치열하게
그리고
우아하게

운명의 지도를
뛰어넘은
영국 여자들

치열하게
그리고
우아하게

김이재 지음

위즈덤하우스

열 살일 때 나는 크면 아프리카로 가서 동물들과 같이 살며 그들에 대한 책을 쓰리라 마음먹었어요. 모든 사람들이 나를 비웃었죠. 어떻게 내가 그 꿈을 이룰 수 있었을까요? 유럽에서는 2차 대전이 벌어졌고, '검은 대륙' 아프리카는 정말이지 먼 곳이었습니다. 우리 집은 너무 가난해서 자동차는 말할 것도 없고 자전거 한 대도 살 수가 없었어요. 난 그저 나약한 '여자애'일 뿐이었죠. 오직 남자애들만이 신나고 모험으로 가득 찬 삶을 꿈꿀 수 있었습니다. 하지만 어머니는 날 비웃지 않았어요. 오히려 나를 격려해 주셨답니다. "네가 정말로 원하는 것이 있다면, 넌 기회를 잡기 위해 정말로 열심히 해야만 해. 그리고 결코 포기하지 말아야 한다." 이것이 바로 내가 세상의 모든 청춘들과 공유하고 싶은 메시지입니다. 당신의 꿈은 불가능할 거란 타인의 말에 귀 기울이지 마세요. 포기하지 않는다면 누구나 자신의 삶을 바꿀 수 있습니다.

— 제인 구달(DBE, 동물학자, '제인 구달 연구소' 설립자, 유엔 평화 홍보대사)

When I was 10 years old, I was determined to grow up, go to Africa, live with animals, and write books about them. Everyone laughed at me. How could I ever do that? World War II was raging in Europe, and Africa, the "Dark Continent," was very far away. We had very little money. My family could not afford a bicycle, let alone a car. And I was a mere "girl." Only boys could expect exciting, adventurous lives. But my mother did not laugh. Instead, she said, "If you really want something, you will have to work hard, take advantage of opportunities and never give up." This message, which I share with young people around the world, has changed lives. Each one of you can achieve your goal in life. Don't listen if anyone tells you that your goal is impossible. Good luck to you all.

Jane Goodall, Ph.D., DBE
Founder, the Jane Goodall Institute &
UN Messenger of Peace

# 차례

## 그녀들도 한때 애벌레였다

**'오만과 편견'에 빠진 영국, 영국 여자에 대한 오해**

소녀 시절 비틀스의 노래를 들으며 영국 문화를 동경했고,《오만과 편견》을 통해 영국 여성들과 처음 만났다. 스무 살 첫 유럽 배낭여행의 출발지로 선택한 런던은 영국에 대한 낭만적인 환상을 더욱 키웠다. 직장과 육아를 병행하는 워킹맘으로 지쳐 가던 30대 중반에 안정적인 한국의 직장을 그만두고 영국행을 결심했다. 하지만 런던대학의 비정규직 연구원으로 시작한 영국 생활은 결코 호락호락하지 않았다.

관광객이 아닌 외국인 노동자로서, 한국계 다문화 가정의 주부로서 체험한 영국은 인종과 계급에 대한 차별이 여전한 보수적인 사회였다. 영어를 잘 못하는 초등학생 아들을 챙기고 런던의 살인적인 물가에 시달리며 먼 거리를 통근해야 하는 고단한 일상은 한국과 별로 다를 것이 없었다. 미국인도 처음에는 이해하기 어려운 영국식 영어와 문화적 차이에 조금씩 익숙해지자 콧대 높은 영국 학자들과의 경쟁이 본격적으로 시작되었다. 교육과 학문의 중심지인 영국에서 살아남기 위해 노력한, 고달프고 힘든 나날이었지만 아시아계 여성 지리학자로서 보람도 컸다. 새로운 연구 분야를 개척하여 국제 학계에서 인정을 받게 되자 영국 대학 동료들의 대접이 달라졌다. 또 영국 사회의 그림자까지 솔직하게 인정하는 양심적인 학자들과 교류하며 영국 사회와 문화에 대한 통찰력을 기를 수 있었다.

2013년은 제인 오스틴의 《오만과 편견》이 출간된 지 딱 200년 되는 해다. 제인 오스틴의 소설과 영화에 등장하는 여주인공들은 지금 봐도 충분히 매력적이지만 《오만과 편견》에 등장하는 여주인공을 닮은 영국 여자들을 현실 세계에서 찾기는 쉽지 않다. 오히려 소박하지만 자신감과 에너지로 충만한 영국 여자들이 대부분이었다. 한국에서 유명한 영국 여성은 첫째가 여왕이고 그다음은 대처 전 수상일 것이다. 대처는 성공한 여성 정치인으로 한국에서 인기가 높지만, 그녀에 대한 영국 사람들의 생각은 전혀 달랐다. "강인한 영국 여성을 대표하는 '철의 여인', 대처 전 수상을 존경한다"고 하면 날 선 대답이 돌아온다. "어떻게 대처를 좋아하는가? 그녀는 영국을 대표하는 여성이라 할 수 없다. 영국 문화를 전혀 이해하지 못해 문제를 많이 일으킨, 차갑고 별난 여자였다."

우아한 외모에 강한 카리스마까지 갖춘 정치인으로 위기에 빠진 영국을 구한 대처 전 수상을 왜 영국인들은 부정적으로 평가할까? 여성에 대한 편견과 계급적 한계를 뛰어넘기 위해 치열하게 노력한 대처를 본받고 싶었던 나는 그녀의 진짜 모습이 궁금해졌다. 대처 전 수상의 고향과 선거구 등 그녀의 자취가 남아 있는 지역들을 차례로 답사하고 많은 자료를 분석하고 다양한 영국인들을 만나 인터뷰한 결과, 대처 전 수상의 의외의 모습을 발견하게 되었다. 강인하고 독립적인 영국 여성들과는 달리 부유한 이혼남을 전략적으로 선택하고 평생 경제적으로, 정신적으로 많이 의존하는 등 '소녀처럼 매우 약한 내면을 가진 여자'였다는 진실과 마주하게 된 것이다. 전형적인 '파도추녀(파면 팔수록 추한 면이 많은 여성)'인 대처에게 크게 실망한 나는 '어려운 상황에서도 포기하지 않고 꿈을 이룬 영국 여자들, 내게 영감을 주는 진짜 강하고 멋있는 영국 여자들'을 찾게 되었다.

**글로벌 마인드와 헝그리 정신으로 무장한 진짜 강한 영국 여자들**

이탈리아 이민자 가정에서 홀어머니의 레스토랑 일을 도우며 자랐지만 돈을 많이 벌기보다는 제3세계의 가난한 사람들을 돕고 지구의 환경을 보호하는 일에 앞장선 '보디숍의 창업자' 애니타 로딕, 어려운 가정 형편으로 대학에 진학하지 못했지만 아프리카 오지에서 침팬지 연구에 매진해 여성 과학자에 대한 편견에 도전하고 인간에 대한 정의마저 바꾼 과학자 제인 구달, 역시 고졸이었지만 독학으로 패션을 공부해 70대에도 여전히 현역 디자이너로 활약하며 스물다섯 살 연하남과 달콤한 결혼 생활을 즐기는 패션 디자이너 비비안 웨스트우드는 글로벌 마인드와 도전 정신으로 무장한, 진짜 강한 영국 여자들이었다. 넉넉지 못한 가정 형편에 학벌도 별로였지만 잘난 남자들에게 의존하거나 중심지의 특권을 놓고 경쟁하기보다는 세계 여행으로 새로운 길을 개척하고 탁월한 공간적 의사 결정으로 위기를 돌파했다.

21세기를 살아가는 영국 여자들은 자신의 꿈을 이루기 위해 치열하게 노력할 뿐 아니라 정의로운 사회를 꿈꾸고 세상을 아름답게 변화시키는 일에 관심이 많다. 자신의 외모를 꾸미기보다는 정원을 아름답게 가꾸고, 명품에 집착하기보다는 새로운 곳을 여행하며 계속 공부하는 영국 여자들은 지리학자인 내가 봐도 존경스럽다. 비비안 웨스트우드의 명품에만 관심을 가지기보다는 추운 겨울에도 자전거 페달을 밟아 런던의 스튜디오로 매일 출근하는 할머니 디자이너의 치열한 삶에도 주목하자. 비비안의 선글라스만 낄 게 아니라 그녀의 눈으로 세상을 바라보자.

### 유리 천장에 갇힌 한국 여성들을 위한 지리적 처방

여성에 대한 편견과 차별, 공간적 제약이 심했던 19세기 영국의 빅토리아시대와 한국 사회는 은근히 닮았다. 한국은 남녀 성 평등 수준을 말해 주는 성격차지수(Gender Gap Index)로 볼 때 2013년 세계 138개국 중 111위로 최하위권이고, OECD 국가 중에서 유리 천장이 가장 높고 단단한 나라로 악명 높다. 가정의 천사로 집 안에만 머물러야 했고 좋은 조건의 남편을 만나 결혼하는 것이 인생 최대의 목표였던 빅토리아시대 역시 독립적이고 꿈이 있는 여성들에게는 가혹한 사회였다. 몸이 많이 아파 혼기를 놓친 노처녀였던 이사벨라 버드 비숍은 당시 여성들에게 허용되지 않았던 세계 여행을 혼자 다니며 건강은 물론 베스트셀러 작가의 명성을 얻었다. 마흔 이전까지 되는 일 없었던 노처녀 동화 작가 베아트릭스 포터는 부모님의 반대를 무릅쓰고 런던의 부자 동네 첼시를 떠나 어린 시절의 행복한 추억이 많은 시골로 과감하게 이사함으로써 사랑과 행복을 되찾고 재테크에도 크게 성공했다.

두 사람 모두 돈과 권력의 중심지에서 남자들과 경쟁하기보다는 창조적인 에너지가 충만한 변방으로 향했다. 이사벨라는 대도시 에든버러에서 스코틀랜드 서쪽 끝 토버모리로 이사했고, 세계 오지 여행을 통해 베스트셀러 작가가 되고 런던 왕립지리학회 최초의 여성 회원으로 인정받았다. 버섯 연구를 열심히 했지만 단지 여자라는 이유로 과학자의 꿈이 좌절되고 마흔이 다 되어 어렵게 만난 약혼자마저 급사하는 등 거듭되는 불운으로 상처가 컸던 베아트릭스는 영국 북부의 호수 지방으로 이동하여 사랑과 행복을 되찾았다. 치열한 생존경쟁으로 모두가 힘든 한국 사회에서 높고 두터운 유리 천장을 깨뜨리는 것도 의미가 있겠지만 지리적 상상력을 발휘하여 자신의 꿈을 이루기 좋은 곳으로 과감하게 이동해 보는 것은 어떨까?

**트라우마를 극복하는 특별한 전략 : 치유의 공간을 찾아서**

각종 힐링 제품과 심리 상담이 유행하고 심리학 관련 책들이 베스트셀러에 오르는 걸 보면 사람들의 마음과 영혼이 많이 아픈 것 같다. 일과 육아를 병행하며 심신이 지친 워킹맘들의 고충은 세계 최저 수준의 출산율로 나타난다. 남성들에게 뒤지지 않을 실력을 쌓으면서도 경쟁력 있는 외모까지 갖추기 위해 많은 돈과 시간을 쓰는 한국의 젊은 여성들이 받는 스트레스도 만만치 않다. 이처럼 생존경쟁이 치열한 한국 사회에서 꿈을 이룬 여성 선배들의 책을 보면 화려한 성공 스토리로 가득하다. 그녀들도 분명히 개인적인 아픔과 시련이 있었을 텐데 이를 극복하는 과정과 구체적인 방법이 자세하게 설명되어 있지 않아 아쉬웠다. 작은 실수도 용납하지 않는 한국 사회에서 어렵게 성공한 여성들이 고통스러운 기억과 어두운 그림자를 드러내기 위해서는 큰 용기를 필요로 하기 때문이 아닐까 싶다. 사회적 · 정치적으로 해결해야 할 문제까지 심리적인 문제, 개인의 탓으로 돌려 버리는 사회 분위기도 여성들에게는 부담이 되는 듯하다.

한국에서도 모르는 사람이 거의 없을 정도로 유명하고 성공한 영국 여자들에게도 아픈 상처가 있었다. 천재 여류 작가로 유명한 버지니아 울프, 추리소설의 여왕 애거서 크리스티, '해리포터' 시리즈로 영국에서 가장 부유한 여성이 된 조앤 K. 롤링 등 남부러울 것 없어 보이는 베스트셀러 작가들에게도 감추고 싶은 과거가 있었다. 성폭행, 부모와의 갈등, 가족의 죽음, 남편의 외도, 급작스러운 이혼 등으로 고통스러웠던 이들은 트라우마를 극복하기 위해 과감하게 이사를 가거나 치유의 공간을 열심히 찾아다녔다. 어린 시절 비밀의 화원을 찾아가 행복의 에너지를 재충전하기도 했고, 세계 여행을 통해 작품의 소재를 얻고 소설의 배경으로 활용하기도 했다. 자신에게 영감을 주고 창의력이 샘솟는 특별한 공간에서 치열하게 글을 쓰면서 몸과 마음이 다시 건강해졌고 사랑과 행복을 되찾았다.

요즘은 상담실이나 정신과를 찾아 정신적 고통을 해결하려는 경향이 강하다. 하지만 위의 영국 여자들이 그러했듯이, 답답하고 어두컴

컴한 프로이트의 진료실을 벗어나 아픈 몸과 마음을 치유하는 공간의 힘, 지리적 처방의 중요성에 대해 한 번쯤 생각해 봐야 하지 않을까?

**절망에서 희망으로, 당신의 운명을 바꿀 강력한 나비 마법!**

사랑하는 사람을 잃고 슬픔에 빠져 있는가? 수치심에 당장 죽고 싶을 정도로 괴로운가? 인생의 무게에 쓰러져 고통 속에서 절망하고 있는가? 그렇다면 이 책의 후반부에 등장하는, 인종/계급/여성으로서의 한계를 모두 극복하고 희망의 증거가 된 트레이이시 에민과 도린 로렌스를 먼저 만나 보길 권한다. '가난한 결손가정 출신 유색인종 여성'이었던 그녀들은 낙태, 아들의 죽음 등 개인적으로 너무나 충격적이고 불행한 일을 겪었지만 삶을 포기하지 않았다. 절망적인 상황에서도 포기하지 않고 툭툭 털고 일어난 그녀들은 극심한 고통과 큰 시련을 우아하게 극복하고 희망의 공간을 넓혀 가고 있다.

◆ ◆ ◆

너무 힘들어 어린 시절 꿈을 잊고 대충 살고 있는가? 자유롭고 행복한 삶을 목표로 숨 가쁘게 달려왔지만, 별로 이룬 것이 없다는 생각에 초조한가? 답답한 현실에서 벗어나기 위해 치열하게 방법을 찾았지만 별 효과가 없었는가? 거친 세상에서 승리하기엔 너무 작고 무력한 것 같아 비참한 심정인가? 이 책에 나오는 영국 여자들도 한때는 시련 앞에 힘없는 애벌레였다. 한 치 앞도 내다볼 수 없는 꽉 막힌 고치 안에서 그녀들도 발버둥 쳤을 것이다. 하지만 번데기에서 우아한 나비가 되는 마법의 힘을 믿어 보자. 죽음처럼 캄캄한 어둠 속에서 조금만 더 견디고, 모든 힘을 다해 익숙한 세상 밖으로 나오면 아름다운 나비로 다시 태어날 수 있다. 애벌레로, 번데기로 치열하게 산 시간이 길었던 나비일수록 화려한 전성기를 더 오래 누리는 법이다.

이제는 정말 나비가 되고 싶은 당신을 위해, 세상의 끝에서 날게 된 영국 여자들의 생생하고 감동적인 이야기가 펼쳐진다.

멋진 영국 여자들을 만나기 위한
**특별한 영국 지도**

스코틀랜드

토버모리(비숍)
오반
에든버러(롤링)

북아일랜드

호수 지방(포터)
윈드미어
글로솝(웨스트우드)

잉글랜드

맨체스터

케임브리지

웨일스
옥스퍼드
런던

브라이턴

세인트아이브스(울프)
마게이트(에민)

본머스(구달)
리틀햄턴(로딕)

토키(크리스티)

—— 이 책은 영국을 제대로 보고 새로운 방식으로 여행하는 데 유용한 길잡이가 될 수
도 있다. 그동안 영국에 대한 소개는 지역적으로는 런던이나 유명 관광지와 역사 유적지
중심이었고, 시대적으로는 대영제국의 전성기 빅토리아시대에 초점이 맞추어져 있고, 계
급·인종적으로는 백인이나 왕실 사람들, 상류층 위주의 영국인과 문화가 주로 소개되었
다. 하지만 영국은 잉글랜드, 스코틀랜드, 웨일스, 북아일랜드로 구성된 연합 왕국(United
Kingdom)이고, 지역별로 역사와 전통이 다양하다. 런던의 정형화된 관광지와 옥스퍼드,
케임브리지만 갈 게 아니라 애니타 로딕의 리틀햄턴과 브라이턴, 제인 구달의 본머스, 비
비안 웨스트우드의 글로솝과 맨체스터, 런던 남부의 클래펌, 이사벨라 버드 비숍의 스코
틀랜드, 토버모리 섬, 베아트릭스 포터의 호수 지방, 버지니아 울프의 세인트아이브스와
몽크하우스, 애거서 크리스티의 토키, 조앤 K. 롤링의 웨일스 부근 고향과 에든버러, 트레
이시 에민의 고향 마게이트와 런던 이스트엔드, 도린 로렌스 아들의 이름을 딴 갤러리와
재단이 있는 런던 남동부 지역으로 눈을 넓혀 보자.

# 마거릿 대처
Margaret Thatcher

———

## 알고 보면 불쌍한
## '철의 여인'

## 나의 어릴 적 우상, 대처가 숨을 거두다

2013년 4월 8일 오후 영국의 전 수상 마거릿 대처가 숨을 거
뒀다. 철의 여인으로 불리는, 영국 역사상 최초의 여자 수상.
카리스마 넘치는 지도자였던 그녀는 내 어릴 적 우상이기도
했다. 박근혜 대통령도 조의를 표하며 "영국 경제를 살리고
1980년대 영국을 희망의 시대로 이끈 지도자"로 대처 전 수상
을 높이 평가했다. 하지만 대처 전 수상의 타계 소식에 평범한
영국 국민들은 의외의 반응을 보였다. 뮤지컬 〈오즈의 마법
사〉에 나오는 '딩동! 마녀가 죽었다'라는 제목의 노래가 영국
아이튠즈 음악 다운로드 및 아마존 싱글 차트 상위권에 갑자
기 등장했고, 거리에서 샴페인을 터뜨리며 대처 전 수상의 죽
음을 기뻐하는 영국인마저 있었다. "대처 전 수상의 장례식을
입찰에 붙여라. 그리고 가장 싼 업체에게 맡겨라"라는 조롱이
난무했다.

도대체 왜 이런 현상이 발생했을까? 평소에 감정을 잘 드러내
지 않기로 유명한 영국인들이 왜 유독 대처 전 수상에게는 강
한 증오심을 표현하게 되었을까?

# 대처의 고향을 찾아가다
그랜섬의 버려진 생가와 소녀들의 침묵

런던에서 기차로 한 시간 반 정도면 도착하는 그랜섬 (Grantham)은 작은 도시다. 기차가 자주 지나가는 철도 교통의 요지로 18세기의 산업혁명 이후 급성장했다. 지리 교육을 강조하고 관광 산업으로 먹고사는 도시가 많은 영국에서는 쉽게 공짜 지도를 받을 수 있다. 하지만 그랜섬에서는 지도를 얻으려면 1파운드(약 1800원)를 지불해야 했다. 대단한 역사·문화 유적지가 있는 곳도 아닌데, 지도를 사려니 좀 아깝다는 생각이 들었다.

구입한 지도를 들고 대처의 흔적이 남아 있는 장소를 찾아가 보기로 했다. 우선 대처의 생가부터 갈 계획을 세우고 역무원에게 묻자 "왜 대처를 찾아왔냐?"며 궁금해한다. 나는 한국에서는 대처가 매우 유명하며 많은 여성들이 존경하고 있다고 했다. 그는 신기하다는 듯 고개를 갸우뚱하며 대처의 생가로 가는 길을 가르쳐 주었다.

기차역에서 시내 중심부를 거쳐 시 외곽에 있는 대처의 생가에 도착했다. 집 외벽에 대처가 태어난 곳이라는 네모난 표지판이 붙어 있었지만, 눈에 잘 뜨이지도 않고 거리에 특별한 표시도 없어 찾기가 매우 힘들었다. 이웃들에게 대처에 대한 기억을 물었지만 모두들 낯선 방문자를 경계하고 대답을 피했다. 대처 가족이 운영했던 잡화점의 흔적은 온데간데없고 지금은 마사지 숍으로 변해 있었다.

대처의 고향 후배이기도 한 그랜섬의 소녀들과 가벼운 수다를 떨다가 "대처 전 수상이 그랜섬 출신이란 것을 아니? 그녀에 대해 어떻게 생각하니?" 묻자 소녀들은 갑자기 입을 다문다. 어색한 침묵을 깨고 한 소녀가 조심스레 대답한다. "저희는 대처 전 수상을 직접 본 적도 없고 옛날 분이라 잘 몰라요. 하지만 부모님이 별로 좋게 말씀하지 않으시더라고요……. 대처 때문에 우리가 더 힘들어졌다고 하셨어요."

미국 영화 〈철의 여인〉에서 메릴 스트립이 연기한 '마거릿 대처'는 열정으로 가득한 매력적인 캐릭터였다. 한국에서도 대처는 강한 카리스마를 가진 성공한 여성 정치인으로 인식되어 왔다. 여성 정치인들은 대처를 롤모델로 생각하고 그녀의 스타일을 따라 했다. 부풀린 머리에 고급스러운 정장을 입고 화려한 브로치와 핸드백으로 멋을 낸 단정한 대처 스타일이 유행했다.

나 역시 어머니에게 대처를 본받으라는 이야기를 듣고 자랐다. "가난한 잡화점 집 딸로 태어났지만 열심히 노력해서 영국 최초의 여자 수상이 되었단다. 열심히 공부해 명문 옥스퍼드대학을 나와 변호사 자격증까지 땄으니 대단한 노력파 아니니? 자상하고 돈 많은 남편 만나 아들딸 쌍둥이를 두었는데 부부 금실도 그렇게 좋다더구나. 얼굴도 예쁘고, 옷도 고급스럽게 잘 입고…… 정말 멋있는 여자 아니니?" 당신의 딸이 대처처럼 살기를 바라셨던 어머니의 강력한 영향력 덕분에 대처 전 수상은 나의 우상이 되었다.

하지만 영국에서 다시 만난 대처는 또 다른 모습이었다. 대처 전 수상에 대한 영국 사람들의 생각은 충격적이었는데, '영국의 많은 문제가 모두 대처 때문'이라는 시각이 지배적이었다. 심지어 "대처는 죽으면 지옥에 갈" 거라고 악담을 하는 사람마저 있었다. 대처가 자신의 고향에서도 이렇게 냉대를 받을 것이라고는 미처 예상치 못했다.

그랜섬은 번화가가 아닌데도 화장실이나 관광지도가 유료였다. 사람들은 대처에 관한 대화를 유쾌하게 받아들이지 않았고(아래) 대처의 생가(오른쪽)는 찾는 사람이 거의 없는지 그 흔한 표지판조차 없었다.

## 그랜섬에 갇혀 가족과 여행도
제대로 못 다니다

1925년 그랜섬에서 식료품점 주인의 둘째 딸로 태어난 마거릿 로버츠는 인형처럼 예쁘고 똑똑한 소녀였다. 집 근처의 공립 초등학교를 졸업한 뒤에는 케스테번 그랜섬 여학교를 다녔다. 대처가 졸업한 여학교를 찾아가는 길에 그랜섬 시청을 지나게 되었다. 공중 화장실은 20페니(약 400원)를 내야 이용할 수 있었다. 유명 관광지도 아니고 특별한 볼거리도 없는 도시의 화장실을 이용하는 데 돈을 내야 한다니, 기가 막혔다. 그랜섬이 왜 이렇게 유령이 나올 것처럼 황량하고 사람들의 표정이 굳어 있는지 이해가 되었다.

부유한 사립학교는 음악, 미술, 연극, 스포츠 등 예체능 과목이나 문학, 철학, 라틴어, 역사, 지리 같은 인문 과목을 제대로 가르치고 클럽 활동과 국내외 수학여행을 장려하지만 예산이 부족한 공립학교는 영어, 수학, 과학 등 입시 위주 교과과정을 편성한다. 대처의 모교는 수학, 과학을 특성화한 지방의 명문 고등학교였다. 하지만 주변에 역사 유적이나 문화유산도 별로 없으니 지도를 들고 다양한 곳을 답사하는 지리 교육에는 불리한 환경이다. 특히 아름다운 자연이나 풍요로운 농촌 풍경을 쉽게 접할 수 없으니 정서적으로 삭막한 환경이다.

대처의 아버지는 흔히 알려진 것처럼 그저 평범한 잡화점 주인이 아니었다. 그랜섬의 유명 정치인이었고 감리교회 설교자이기도 했다. 그는 부지런히 노력하고 열심히 일하면 누구나 원하는 것을 이룰 수 있다고 믿은 독실한 기독교인이었고, 주일이면 교회에 나가서 예배를

대처가 다닌 고등학교(위)는 공립으로 과학, 수학, 언어
과목을 특성화한 학교였다. 학창 시절 집, 학교, 교회를
벗어나지 못하는 모범생으로 지냈던 대처는 문화적 ·
지리적 경험을 풍부하게 쌓지 못했다. 아래 사진은 대
처가 다니던 교회.

드렸다. 잡화점은 휴일 없이 계속 열어야 했기에 번갈아 가게를 보게되니 대처 가족은 그랜섬을 벗어나 행복한 여가 생활을 누릴 수 없었다. 모두 함께 떠나는 오붓한 가족 여행조차 사치로 생각하는 분위기였던 것이다. 편협한 모범생이자 일 중독자였던 대처는 문화, 예술, 여행은 사치라고 생각했고 평생 비슷한 라이프 스타일을 유지했다.

어린 시절 잡화점은 인도의 쌀, 케냐의 커피, 서인도제도의 설탕, 동남아시아의 향신료로 가득해 지리적 상상력을 기르기에 좋은 장소일수도 있었다. 마거릿이 글로벌 이슈에 관심을 갖고 인도의 식민지 관료가 되고 싶다는 얘기를 하자 아버지는 바로 찬물을 끼얹는다. 네가 대학을 졸업할 때쯤이면 인도는 더 이상 식민지가 아닐 테니 꿈 깨라고. 결국 아버지 말처럼 되었지만, 인도에 가고 싶다는 어린 소녀의 꿈과 지리적 상상력은 냉철한 아버지에 의해 단번에 날아간 셈이다. 실제로 대처는 지리에 약해서 포클랜드전쟁이 발발했을 때 사립학교 출신 남편에게 지도 보는 법을 배웠다고 고백할 정도로 지도맹이었다.

## 엄격한 아버지의 사랑을 갈구하다
### 파더 콤플렉스의 시작

조용하고 평범한 첫째 딸에 비해 정치인의 야망을 그대로 물려받은 둘째 딸 마거릿은 아버지의 관심과 사랑을 독차지했다. 어린 시절 마거릿은 아버지의 메모를 참모에게 전달하는 메신저 역할을 하고 토론회를 따라다니는 등 아버지의 선거를 도우며 자연스럽게 정치 수업을 받았다. 친구들과 우정을 쌓거나 아름다운 추억을 만드는 일에는 시큰둥했고, 고향 소년들과의 데이트에도 전혀 관심이 없었다. 마거릿은 한 번도 소녀였던 적이 없었다고 고향 사람들은 기억한다. 학창 시절엔 집, 학교, 교회를 벗어나지 못하는 모범생이었고 사회에 나와서는 업적과 성과를 내는 데 집중하는 일중독자의 삶을 살았다.

조숙한 마거릿은 명문 대학에 진학하고 정치인으로 성공해 아버지를 기쁘게 하고 싶었고, 자신보다 나이가 훨씬 더 많은 남성에게서 아버지 같은 사랑을 갈구하는 '파더 콤플렉스' 성향을 보였다. 실제로 결혼도 나이 차이가 많이 나는 연상의 이혼남과 했다. 배우 출신으로 푸근한 아버지 같은 레이건 미 대통령과 대처 수상은 서로 말이 잘 통하는 각별한 관계였다. 아픈 몸을 이끌고 2004년 레이건 대통령의 장례식에 참석해 추도사를 낭독할 정도였다. 대처의 집권 시절에 영국과 미국의 관계는 더 가까워졌고, 영국 사회는 경쟁과 효율을 중시하는 미국식 신자유주의를 적극적으로 받아들였다.

또 대처는 여자라서 못할 일은 없다는 것을 증명하고 싶었다. 그렇다면 대처 전 수상의 어머니는 어떤 사람이었을까? 보수적이고 가부장적인 아버지 밑에서 어머니는 한마디도 못하고 존재감 없이 봉사만하는 순종적인 아내이자 '가정의 천사'였다. 대처는 어머니에 대해서는 평소 별 이야기를 하지 않았고 그저 불쌍한 여인 정도로 기억했다. 마거릿이 20대 때 어머니가 돌아가시자 아버지는 곧 재혼했고, 그녀도 대처 부인이 된 뒤로는 고향을 다시 찾지 않았다.

## 전공 공부보다 정치 활동에
## 적극적이었던 대학 시절

마거릿이 고등학교에 다닐 무렵 영국은 한창 제2차 세계대전을 치르고 있었다. 영국 남자들이 유럽에서 벌어지는 전쟁에 참전해 있는 동안 국내에 남은 여성들이 남성들의 빈자리를 메꾸기 시작했다. 보수적인 옥스퍼드, 케임브리지 대학에서도 여학생을 받기 시작하면서 마거릿도 옥스퍼드의 여자 칼리지에 지원할 수 있게 되었다. 입학하기에는 성적이 살짝 모자랐지만 막판에 결원이 생겨 마거릿은 거의 꼴찌로 옥스퍼드대학에 간신히 합격했다. 그녀가 입학한 서머빌 칼리지는 옥스퍼드대학의 많은 칼리지 중에서도 역사가 짧고 규모가 작아 교육 환경이 열악했다.

마거릿은 전공인 화학에 처음부터 별 흥미를 느끼지 못했다. 명문대 학위를 따기 위해 관심도 없는 학과에 점수 맞춰 들어간 학생들은 입학 후 방황하는 경우가 많은데, 그녀 역시 전공 공부보다는 정치 클럽 활동이나 교회 모임에 더 적극적이었다. 대학 시절에 이미 학내 보수연합 조직의 제3대 여성 회장이 될 정도로 정치적 야망이 커서 "저기 미래의 총리가 지나가신다"는 조롱과 야유를 받기도 했다. 아무리 대학에서 공부를 잘해도 넘을 수 없는 계급의 벽이 있음을 일찍이 간파하고, 중하류 계급인 자신이 출신 배경을 뛰어넘을 방법은 오직 정치밖에 없다고 판단한 마거릿에게 낭만적인 대학 생활은 사치였다.

마거릿은 열심히 노력하면 계급에 상관없이 누구나 원하는 것을 얻을 수 있는 사회를 꿈꿨다. 실력도 별로 없으면서 부잣집에서 태어난 덕에 사립학교를 나오고 옥스퍼드대학에 들어온 남학생들, 이른바 '은수저를 물고 태어난 특권층'을 혐오하고 공격했다. 교육장관이 된 뒤 그녀는 시험 성적이 좋은 학생에게 우선권을 주는 공정한 평가 시스템을 구축하기 위해 노력했다. 수상이 된 뒤에도 가문과 계급보다는 수치와 실적을 중시하는 정책을 펼치게 된 것은 당연했다.

## 블루 피그에서 대처 사이다를 마시다

은행과 슈퍼마켓, 개성 없이 똑같이 지어진 주택이 늘어선 거리를 걷다 보니 시내 중심부에 들어섰다. 딱딱한 느낌의 교회와 시청 건물이 전부다. 작은 시골 마을에도 꼭 있는 아트 갤러리나 예술가의 창의적인 공간도 그랜섬에서는 찾아볼 수 없다.

지리학자로서 영국의 많은 도시를 답사했지만, 그랜섬처럼 개성 없고 썰렁한 도시는 처음이다. 영국은 작은 마을, 가난한 도시라도 나름의 매력과 역사적 유산, 흥미로운 스토리를 갖고 있다. 어디를 가든 유명한 정치인이나 돈을 많이 번 사업가보다는 시인, 작가, 예술가의 동상을 더 많이 볼 수 있는데, 문화와 예술이 장소의 정체성을 보여주는 핵심적인 요소라고 생각하기 때문이다. 하지만 그랜섬은 위대한 작가와 예술가를 배출한 적이 없고, 유명 인사로는 과학자 뉴턴과 정치인이자 전직 과학자인 마거릿 대처가 전부다.

영국에서 펍은 서민들이 맥주도 마시고 편안하게 이야기를 나누는 곳이라 동네의 여론을 파악하기에는 최적의 장소다. 그랜섬의 가장 오래된 펍인 '블루 피그(Blue Pig)'를 찾아갔다.

간판에 그려진 파란 돼지는 생경했고, 왠지 펍에서 파는 돼지고기도 맛이 없을 것 같았다. 대처는 "펍에서 축구 경기를 보며 술을 마시는 가난한 노동자들"을 노골적으로 경멸하고 혐오했다. 파란 돼지는 대처가 유난히 좋아했던 파란색 의상과 무슨 관련이 있을까?

왠지 어둡고 썰렁한 분위기의 펍에서 드디어 '대처 사이다' 발견!

"와! 그랜섬에서 대처 가문은 유명한가봐요. 대처 사이다까지 있는 걸 보면."

'대처의 아버지도 유명한 지역 정치인이었다고 하던데, 대처의 흔적을 여기서 발견하는구나.' 내심 기뻤다.

"대처 사이다를 주문하는 사람이 많은가요?"

"아니요. 일 년에 몇 잔도 못 팔아요."

펍에서 일하는 여점원이 퉁명스럽게 대답했다. 뉴턴이 만유인력의 법칙을 발견하도록 영감을 준 사과는 그랜섬의 명물이지만, 대처 사이다의 원료가 된 사과의 맛은 별로인가보다.


## 강해 보이는 겉모습에 가려진 약한 내면

영국에서 정치를 하려면 든든한 배경, 무엇보다 돈이 있어야 했다. 당시 영국 정치인들은 아주 적은 보수를 받았기에 정치를

하려면 부모와 가족의 재산에 의존해야 했다. 마거릿이 정치에 매진하려면 확실한 스폰서가 필요했고, 현실적이었던 그녀는 경제적 도움을 줄 수 있는 남편감을 적극적으로 찾았다. 어찌 보면 대처는 요즘 한국 사회에서 화제가 되고 있는 된장녀의 원조일지 모른다.

대학을 막 졸업한 마거릿에게 두 명의 남자가 결혼 상대 후보로 등장했다. 한 명은 지방 출신으로 땅 부잣집 아들이었고, 마거릿에게 명품 핸드백을 선물하는 통이 큰 남자였다. 다른 한 명은 런던에 사는 이혼남 데니스 대처(Dennis Thatcher)로 역시 상당한 재산가였다. 데니스는 제2차 세계대전 때 첫 부인이 바람나 이혼한 상처가 있어서 바람을 피우거나 다시 이혼을 할 염려가 없는 자상한 성격의 소유자였기에 정치적 야망이 큰 마거릿에게 더 높은 점수를 받았다. 하지만 땅 부잣집 아들도 버리기엔 아까운 상대였다. 마거릿은 언니 뮤리엘에게 땅 부잣집 아들을 소개했는데, 두 사람은 결국 결혼에 골인했다. 재산이 많아 버리기 아까운 상대는 형부로 삼아 버리는 치밀하고 집요한 마거릿을 보면 그녀가 왜 수상이 될 수 있었는지 짐작할 수 있다.

흥미로운 것은 젊은 시절부터 마거릿이 점을 자주 보고 미신을 믿었다는 점이다. 여성이라면 누구나 부러워할 행복의 조건을 다 갖춘 완벽한 워킹맘의 화려한 삶을 살았지만, 강인해 보이는 외면과는 달리 마거릿의 내면은 불안하고 연약했던 것 같다. 하지만 마거릿이 '나의 보물 상자'라고 부를 정도로 그녀의 불같은 성격을 부드럽게 품어 주는 데니스와 결혼한 뒤로 그녀는 심리적으로 안정을 찾는다.

## 화려한 부와 권력의 중심부로, 중심부로!

1951년 스물여섯 살에 열 살 연상의 이혼남 데니스 대처와 결혼한 후 마거릿은 정치인으로서 날개를 단다. 원만한 성격의 부유한 사업가였던 남편 덕분에 영국의 상류사회에 진입하고 평생 돈 걱정 없이 살게 되었으며, 법학 공부에 전념해 변호사 자격증도 따고 화려한 정치적 경력을 차근차근 쌓아 갔다. "난 딴 여자들처럼 아이들을 키우며 남편 그늘에서 조용히 화초처럼 살아갈 순 없어요. 주방에 틀어박혀 설거지나 하며 살 순 없다고요." 결혼 전 선언한 것처럼 손에 물 한 방울 안 묻히고 살면서, 쌍둥이 아들딸을 낳아 출산마저 효율적으로 했다.

마거릿 대처는 1950년 총선에서 보수당 최초 최연소 여성 후보로 노동당 지지율이 압도적으로 높은 런던 외곽 도시 다트퍼드에 출마했다. 대처는 클럽이나 펍 같은 남자들의 공간에 들어가 연설하는 등 열심히 선거운동을 했지만 아깝게 떨어졌다. 그녀의 정치적 잠재력을 눈여겨본 보수당은 다음 총선에서 그녀에게 보수당 지지자가 많아 안전한 런던의 부유한 중산층 지역구인 핀칠리를 배정했다. 그 후 그녀는 부와 권력의 중심부로 점점 더 가까이 다가갔다. 1965년 주택장관과 연금장관, 1966년 재무장관, 1967년 에너지장관 등 다양한 공직을 맡았고, 1970년 테드 헬스가 수상에 오른 뒤 교육장관으로 지명되었는데, 당시 예산 절감을 위해 초등학교에서의 무상 우유 급식을 철회하여 '우유 강도, 대처 여사'라는 비난을 받기도 했다.

하지만 대처는 '철의 여인'이란 별칭까지 얻을 정도로 강력한 카리스마를 발휘했다. 특히 '살림을 잘 꾸리는 주부' 이미지를 적극 홍보하여 인플레이션에 시달리고 실업에 고통받는 서민의 애환을 아는 정치인이라는 인상을 대중에게 심는 데 성공했다. 우아한 인상을 주기 위해 외모에 특별히 신경을 썼을 뿐 아니라 철저한 발성 연습으로 목소리까지 바꾸면서 이미지 변신을 시도하는 등 처절한 노력의 결과였다. 1979년 '불만의 겨울'에 치러진 총선에서 그녀는 영국 최초로 여성 수상이 되어 유리천장을 깨뜨렸다. 그 후 세 번 연속 총선을 승리로 이끌며 11년 동안 영국을 통치했다. 그녀의 재임 시절 영국 사회는 급격하게 변화했고, 경제 수치는 눈에 띄게 좋아졌다. 아르헨티나와 영토 분쟁이 벌어지자 남자보다 더 강한 카리스마로 전쟁을 승리로 이끌어 1983년 재선에 쉽게 성공하는 행운도 따랐다.

## 세상 부러울 것이 없는 완벽한 철의 여인
### 대처의 경쟁 상대는 영국 여왕?

대처는 자신의 모든 에너지를 국정을 운영하는 일에 쏟으며 최선을 다했다. 업무에서 받는 스트레스는 자상한 남편이 다 받아 주며 경제적·정서적 지원을 아끼지 않았다. 일과 가정에서 모두 성공한 워킹맘 대처는 세상에 부러울 것도 아쉬울 것도 없었다. 그녀는 가난하고 소외된 사람들, 실업자, 싱글맘들의 심정을 헤아릴 수 없었고, 정부 지원금에 의존하여 생활하는 예술가, 비판적인 지식인을

처음에 대처는 노동자층이 두터운 다트퍼드(맨 윗줄)에서 출마
하지만 떨어지고 전형적인 중산층 도시로 보수당 지지자가 많
은 핀칠리(가운뎃줄)에서 당선되었다. 높은 인플레이션이 불만
인 서민들에게 '살림 잘하는 주부'라는 이미지를 적극 홍보해 서
민의 애환을 아는 정치인이라는 인상을 심기도 했다.

노골적으로 혐오했다. 낙후된 경기장에서 축구 경기를 보다 사고를 당해 목숨을 잃은 노동자들을 폭도로 몰았고, 파업을 벌이는 노조를 무자비하게 탄압했다.

대처는 런던을 뉴욕과 같은 첨단 산업·금융 중심지로 만들고 싶어 했다. 런던 동부의 카나리워프 지역을 대대적으로 재개발하면서 고층 건물이 들어서고 외국 기업들이 속속 들어왔다. 효율과 경쟁을 강조하는 분위기가 강해지면서 점심시간은 짧아졌고 우아한 티타임 문화도 사라졌다. 영국병은 확실히 치유된 듯 했지만, 영국의 아름다운 전통도 함께 사라진 것이다. 영국은 유럽의 어떤 나라보다 비정규직 파트타임 노동자의 비율이 높은 나라가 되었다. 경제 수치는 향상되었지만 빈부 격차와 지역 갈등은 심화되었다. 영국에서도 런던을 중심으로 한 남동부 지역은 부동산 가격이 올라갔지만 전통적인 공업 도시들은 높은 실업률과 경기 침체로 최악의 상황에 빠졌다. 영국 국민 모두를 부르주아 중산층으로 만들겠다는 대처의 장밋빛 공약은 수포로 돌아갔고, 소수의 부유층에게만 경제성장의 혜택이 돌아갔다.

대처는 예술가의 도시 브라이턴의 한 호텔에서 테러를 경험했다. 그렇지 않아도 다양한 장소 경험이 부족했던 마거릿 대처는 재임 당시 새로운 곳에 가기를 더 꺼리게 되었다. 자신과 의견이 다른 사람들과 소통할 수 있는 기회는 더 축소되고, 효율을 강조하는 대처의 정책으로 생존의 위협을 받는 사람들의 고통은 더 커졌다. 국민 대다수의 생활이 팍팍해진 가운데, 자산 수준에 관계없이 모든 국민에게 일률적으로 세금을 걷는 인두세까지 도입하려 하자 국민적 저항은 더욱 거세졌다. 영국 국민들의 대처에 대한 반감은 극에 달했고, 심지어 보수당 내에서도 불만의 목소리가 높아졌다. 믿었던 최측근들마저 대처의 오만과 독선에 질려 하나둘씩 떠났고, 영국 여왕 못지않은 최고의 권력을 누리던 대처는 보수당 사람들에 의해 축출되었다. 사임 후에도 대처는 남편과 자녀들을 챙기고 주변을 돌보기보다는 자신의 업적을 홍보하는 데 치중했다. 1992년 작위를 받으며 상원의원이 된 뒤에도 회고록 집필과 선거 활동에 매진하는 등 일중독자의 모습은 여전했다.

## 권력을 좇은 편협한 모범생의 쓸쓸한 말년

영원히 당당할 것만 같았던 대처의 말년은 쓸쓸했다. 모든 사람이 그녀를 비판할 때도 묵묵히 그녀를 지켜주던 남편 데니스가 쓰러지자 대처는 매우 불안해했다. 2003년 남편이 암으로 사망한 후 대처는 완전히 무너졌고, 대처 본인도 뇌졸중 진단을 받고 힘겨운 투병 생활을 계속했다. 2004년 정치적 동지였던 레이건 대통령이 사망하자 생전의 약속을 지키기 위해 아픈 몸을 이끌고 그의 장례식에 참석하여 추도사를 읽기는 했지만 병약해진 대처의 모습은 애처로워 보였다. 남편 데니스의 죽음을 받아들이기 어려웠던 대처는 그가 살아서 자신과 함께 있다는 환상 속에 살았다. 생전에 대처가 얼마나 남편에게 의지하고 정신적으로 약한 여성이었는지 알 수 있는 대목이다.

길게 보면 인생은 공평한 것인가? 불행한 결혼 생활을 한 사람들은 사별 이후 씩씩하게 행복한 노년을 보내는 경우가 많지만, 평소 사이

언뜻 보기에 평범한 대처 사진 같지만 자세히 보면 남자의 성기로 대처를 표현한, 대처를 조롱한 작품이다.(왼쪽 위) 대처 시절 런던 동부 카나리워프 지역을 재개발해 고층 건물이 속속 들어섰지만 효율과 경쟁을 강조하는 분위기 속에서 중산층이 늘기는커녕 국민 대다수의 생활이 피라해졌다. 아래 사진은 개발이 한창이던 런던 동부의 모습이다.

가 좋았던 부부일수록 사별 후 홀로 남은 사람의 고통은 더 큰 것 같다. 아무리 금실이 좋았던 부부라도 죽음까지 함께할 수는 없기에 모두가 외로운 인생이다. 행복한 대처 부부를 보고 자란 딸과 아들의 삶은 그리 평탄치 않았다. 부유한 환경에서 어려움을 모르고 자란 아들은 어머니의 이름을 팔아 무기 밀매에 관여하고 해외 쿠데타에 연루되는 등 끊임없이 말썽을 일으켰다. 미국 정부가 비자 발급을 거부할 정도로 문제적 인물이어서 영국에 정착하지 못하며 유럽의 휴양지를 떠돌았다. 부모에게 물려받은 유산으로 조세 도피처에서 호화로운 생활을 하지만 아무도 그를 부러워하지는 않는 것 같다. 대처의 딸은 아들만 편애하는 어머니에게 받은 마음의 상처가 깊어 평생 독신으로 살았다. 역설적이게도 치매로 고생하는 어머니 대처를 간호하고 마지막까지 함께한 사람은 아들이 아니라 딸이었다.

평생을 부와 권력이 집중된 중심을 지향하여 여왕처럼 영예롭고 호화로운 장소를 좋아했던 대처는 런던 시내 한복판의 최고급 호텔에서 쓸쓸히 숨을 거뒀다.

그랜섬을 찾아가다 2

## 예술가가 고통스러운 도시

영국 전역의 수많은 미술관과 갤러리를 방문하고 전 세계의 다양한 창조 공간에 대한 연구를 해왔지만 그랜섬처럼 문화·예술 자원이 빈약한 도시는 처음 보았다. 도시를 대표하는 미술관이나 갤러리, 그 흔한 거리의 그래피티도 없는 삭막한 도시였다. 창의적인 공간, 예술가의 흔적을 찾기 어려운 가운데, 도시의 거의 유일한 아트 갤러리에 들어갔다. 아티스트의 창의적인 작품보다는 인테리어 용품을 파는 가게라고 보는 게 맞겠다.

하루 종일 그랜섬을 답사하면서 특이한 복장의 남녀 커플과 계속 마주쳤다. 그랜섬의 분위기와는 전혀 어울리지 않는 이들은 무언가를 찾아 그랜섬을 헤매고 있는 듯했다. 온종일 이곳저곳에서 계속 스쳐 지나갔던 우리는 저녁 무렵 정식으로 인사를 나눴다. 이들은 예상대로 그랜섬 사람들이 아닌, 리버풀 출신 예술가 커플이었다. 그랜섬에서 예술적인 공간의 가능성을 찾는 프로젝트를 맡아 계속 도시를 답사하고 있는데 '미션 임파서블' 수준이라고 난감해했다.

"창의적인 공간의 싹을 찾기 위해 아무리 돌아다녀도 예술이 꽃필 가능성을 찾기 힘들어요. 지금이라도 받은 돈을 다 토해 내고 당장 리버풀로 돌아가고 싶어요."

"그 심정 이해해요. 저는 리버풀을 좋아해서, 기회가 될 때마다 자주 간답니다."

공항 이름마저 '존 레넌 국제공항'인 비틀스의 고향 리버풀은 창의적인 예술가들이 넘쳐나고 낭만적인 분위기가 매력적인 도시다.

"꼭 리버풀에 다시 오세요. 리버풀 어디를 가든 예술가들에게 영감을 주는 소재들로 가득하답니다. 오시면 저희가 좋아하는 공간을 특별히 안내해 드릴게요."

"네. 리버풀에 가게 되면 연락드릴게요. 저는 이제 다시 그랜섬에

"리버풀로 어서 돌아가고 싶어요." 그랜섬에서 우연히 만
난 리버풀 예술가 커플(오른쪽), 예술적 공간의 가능성을
찾는 프로젝트를 맡아 그랜섬을 답사 중이지만 그 가능
성은 거의 없다고 했다. 하루 종일 돌아다녀도 변변한 갤
러리 하나 찾기 힘들고 영국에서 그 흔한 그래피티도 거
의 못 봤으니 당연한 얘기다. 황량하고 매정한 그랜섬
에서 발견한 갤러리(아래)마저 삭막한 분위기를 풍겠다.

올 일이 없게 밤 기차 타기 전까지 열심히 돌아다녀 보려고요. 두 분의 아트 프로젝트도 잘 진행되길 바라요."

서로에게 행운을 빌어주며 우리는 리버풀에서 다시 만날 날을 기약했다.


## 대처가 깨뜨린 유리 천장의 의미

대처가 영국을 통치하던 시절 어린이들이 '남자도 수상이 될 수 있나요?'라고 물을 정도로 그녀는 성 역할에 대한 편견과 고정관념을 획기적으로 바꾸었다. 비록 대처 본인은 여성운동을 지지하지도 않았고 '페미니즘은 독'이라고까지 비판했지만, 그녀만큼 효과적으로 페미니즘을 실현한 여성도 없지 않을까? 데이비드 캐머런 수상은 "그녀는 한 시대의 위대한 도전을 규정하고 극복했던 인물이며 유리천장을 깬 주인공"이라고 고인을 애도했고, 버락 오바마 미 대통령역시 "대처 전 영국 수상은 모든 여성들의 본보기였으며, 깨지 못할 유리 천장이 없다는 것을 우리 딸들에게 보여줬다"고 높이 평가했다.

하지만 영국 여성계는 그녀가 영국 여자들에게 도움을 준 적이 없고, '다시는 여성 수상을 뽑지 말자'는 인식을 확산시켜 오히려 후배여성 정치인의 앞길을 막았다고 주장했다. 실제로 그녀는 수상 재임시절 다른 여성들이 유리 천장 위로 올라오도록 돕는 일에는 관심이없었고, 보육 예산을 삭감하는 등 여성 인재 활용에도 소극적이었다.

대처가 죽기 전에 머물렀던 리츠 호텔. 평생을 워커홀릭으로 여유를 모르고 살았던 대처는 말년에 최고급 호텔에 있었지만 치매에 걸린 상태였다. 대처는 과연 어떤 삶을 살고 싶었던 걸까? 정치가? 엄마? 아내? 아니면 '여왕'이었을까?

쌍둥이 남매를 낳았지만 자상하고 부유한 남편의 지원으로 전일제 보모를 둘 수 있었던 그녀였기에 평범한 워킹맘의 고충은 다른 세상 일로 여겨졌을 듯하다. 심지어 "유리 천장에 사다리를 들이대고 자기 혼자 높이 올라간 후 권력을 가진 남자들을 위해 열심히 춤을 춘 것 아니냐, 대처는 유리 천장을 깨기는커녕 오히려 더 단단한 다이아몬드 천장으로 만들었다"는 비아냥거림까지 나왔다.

영국 신문에는 대처가 깨뜨린 유리조각의 파편으로 많은 사람들이 피를 흘리고 도망가는 풍자만화가 실렸다. 그녀에게 상처받고 분노와 증오심을 가지게 된 사람들의 본격적인 반격이 시작된 것이다. 수상이 되고 싶었던 소녀의 꿈은 실현되었지만 너무 많은 사람들에게 아픔과 상처를 남긴 탓이다. 대처의 장례 비용을 아끼려면 "대처를 싫어하는 사람들에게 삽만 쥐어 주면 된다……그들이 자발적으로 몰려와 땅을 파고 무덤을 만들어 줄 테니……" 등 냉소가 난무했다. 영국 북부 지역의 노동자들과 축구 팬들은 거리에 나와 축포를 터뜨리며 대처의 죽음을 기뻐하기도 했다. "경쟁과 효율을 강조했던 대처의 뜻을 기리기 위해 대처의 장례식을 민영화하자, 경쟁 입찰에 부쳐 최저가에 낙찰시키자"는 유머가 유행하기도 했다.

거듭되는 행운과 개인적인 성공에 도취된 대처는 평생 자기만의 세계에 갇혀 타인의 고통에 둔감했다. 아이에게 우유를 사줄 수 없을 만큼 가난한 부모들의 절망을 이해할 수 없었고 포클랜드전쟁에서 아들을 잃은 아르헨티나 어머니들의 상처를 헤아릴 수도 없었다. 절망적인 상황에서 파업을 벌이다 숨진 탄광 노동자들을 외면했고, 낙후된 축구장에서 경기를 관람하다 목숨을 잃은 축구 팬들을 폭도로 몰며 슬퍼하는 유가족을 위로하지 않았다. 차가운 과학자였던 대처에게는 수치화할 수 있는 실적, 과학적으로 입증 가능한 세계가 전부였고, 자신의 결정이 세상에 어떤 영향을 끼칠지 상상하기 어려웠던 것 같다.

영국의 한 유명한 비평가는 "탐욕스러운 자본가들과 보수당에게 발탁되어 실컷 이용당하고 결국은 버려졌다"고 그녀의 삶을 요약했다. 용서받지 못한 자의 죽음은 언제나 서글프다.

· 1부 ·
나는 두렵지 않았고
주저하지 않았다

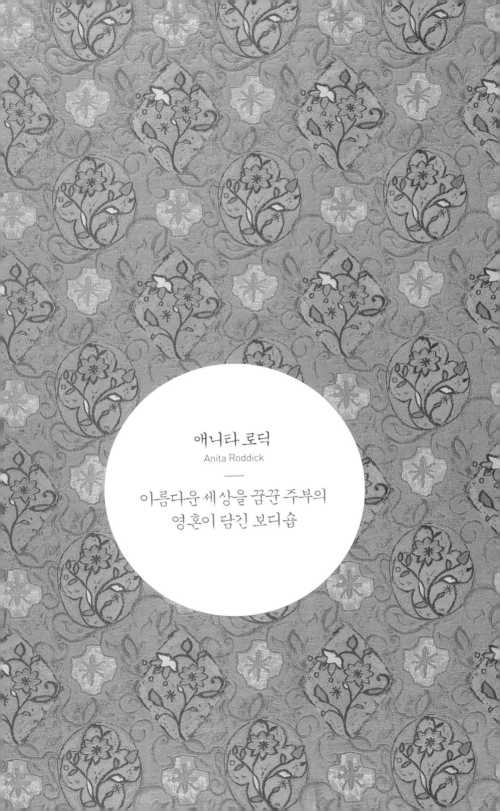

애니타 로딕
Anita Roddick

—

아름다운 세상을 꿈꾼 주부의
영혼이 담긴 보디숍

## 아마존 열대우림 경관이 등장하는
## 광고를 만나다

기차역에서 아마존 열대우림을 배경으로 활짝 웃는 여성의
사진을 보았다. 환경 운동 단체의 광고인가 했더니 화장품 가
게란다. 가게 안에는 세계지도가 여기저기 붙어 있었고, 제품
을 만든 장소와 사람들에 대한 흥미로운 스토리가 가득했다.
펑퍼짐한 몸매의 평범한 여성이 광고 모델로 등장하는 포스
터가 붙어 있었고, 직원들은 화장품 판매와는 아무 상관없어
보이는 '동물실험을 반대한다'라는 전단지를 나눠 주고 있었
다. 매장도 심플하게 녹색으로 통일하여 기업보다는 환경 운
동 단체 같다는 생각이 드는 이 특이한 화장품 회사는 도대체
누가 만들었을까?

## 브라이턴에 있는 최초의
## 보디숍 매장을 찾아서

애니타 로딕은 다문화 가정 출신으로, 이탈리아에서 영국으로 이주한 어머니 밑에서 자랐다. 보수적인 가톨릭 국가인 이탈리아는 양성평등적인 국가들이 많은 유럽에서 여성의 경제·사회적 지위가 특이하게 낮은 나라로 악명 높다. 다양한 분야에서 여성들의 활약이 눈부신 아이슬란드, 스웨덴 같은 북유럽 국가들이 1, 2위를 차지하는 성격차지수(Gender Gap Index) 순위에서 80위 정도인 이탈리아는 여성에 대한 편견과 차별이 아직도 남아 있다.

애니타 로딕은 1976년 봄 영국 남부의 해안 도시 브라이턴(Brighton)에서 첫 보디숍을 열었다. 자연주의 화장품의 원조 기업으로 유명한 보디숍은 처음부터 간판과 인테리어에 녹색을 주로 사용했는데, 그 이유가 재미있다. 당시만 해도 녹색과 환경을 연결 짓는 사람은 없었다. 단지 인테리어 비용을 줄이기 위해 어쩔 수 없이 녹색을 택한 것이다. 오랫동안 비어 있던 가게 벽에 곰팡이가 너무 많이 피어 있어서 녹색으로 페인트칠을 해야 겨우 가릴 수 있었기 때문이다.

브라이턴은 영국 내에서도 학자, 작가, 예술가 등 창의적인 사람들이 많이 사는 도시로 유명하다. 특히 동성애자들이 선호하는 도시인데, 소수자들도 차별받지 않고 당당하게 생활할 수 있을 만큼 자유롭기 때문이다. 런던에서 기차로 한 시간 정도 걸리는 브라이턴에 가면 행복한 미소를 짓는 다정한 사람들을 많이 만날 수 있다. 보디숍이 처음 시작된 장소는 시내와 떨어진 변두리에 있는데, 지금은 안경점으

보디숍이 녹색을 사용한 것은 벽의 곰팡이를 가려 줄 수 있다는 단순한
이유 때문이었다. 지금은 안경점으로 바뀐 보디숍 1호점(아래)과 현재
브라이턴의 보디숍 매장(위).

로 바뀌었다. 바로 앞 레스토랑에서 식사하는 다정한 연인들 옆에 가만히 앉아 있는 큰 개도 행복한 표정인데 곁을 지나가는 사람들도 개를 쓰다듬으며 사랑을 표현한다. 동물 친화적인 브라이턴에서 시작된 보디숍이 동물실험 반대 운동을 적극적으로 전개한 이유를 알 것 같다. 화려하고 번화한 거리는 아니지만 펑키한 사람들이 각자의 개성을 표현하며 조화롭게 공존하고 있었고, 물건을 사고팔면서 서로의 안부를 묻고 따뜻한 인사를 건네는 주말 시장의 풍경은 정겨웠다. 하지만 대처 전 수상과 남편 데니스는 브라이턴을 끔찍한 도시로 기억할 것이다. 대처 부부가 브라이턴의 고급 호텔에 묵고 있을 때 폭탄 테러가 발생하여 목숨을 잃을 뻔했기 때문이다.

브라이턴의 건물 외벽에는 그래피티가 넘쳐나고 거리마다 창의적인 사람들이 뿜어내는 에너지로 활기가 가득하다. 기타를 들고 음악을 연주하는 거리의 예술가, 특이한 메이크업을 하고 무대의상을 입고 거리를 활보하는 연극배우들, 동성애자에 대한 편견을 피해 프랑스에서 브라이턴으로 이주한 게이들도 모두 밝은 표정이었다. 심지어 노숙자도 종이꽃을 접어 거리를 아름답게 만들며 자존심을 지키는 브라이턴은 소외 계층도 따뜻하게 품어 주는 도시라는 인상을 준다. 노숙자 재활을 위한 잡지 《빅 이슈》를 창간하는 데 큰 힘을 보탠 애니타 로딕의 도시답다.

길에서 만나는 사람들마다 밝고 자유로운 분위기를 자아내고 거리마다 지적이고 예술적인 그래피티가 넘치는 브라이턴. 동물을 사랑하는 사람들, 창의적인 예술가들이 많고 소수자들도 차별받지 않고 당당하게 생활할 수 있는 이곳은 행복이 가득한 도시다.

## 어머니 레스토랑에서 인생과 사업을 배우다

애니타 로딕은 브라이턴에서 기차로 30분 정도 걸리는 작은 항구도시 리틀햄턴(Littlehampton)에서 자랐다. 이탈리아 이민자 출신이었던 부모님과 사남매는 힘을 합쳐 카페 '클리프턴'을 운영했다. 애니타는 지역의 어민들에게 새벽부터 밤까지 하루 종일 식사를 제공하는 가족 식당에서 웃고 울고 일하며 인생의 교훈과 비즈니스 원리를 모두 배울 수 있었다고 한다. 특히 다양한 메뉴를 시도하고 음악·실내장식의 변화에 따라 달라지는 손님들의 반응을 관찰하면서 사업에서 극적인 효과와 분위기가 얼마나 중요한지 절실히 깨달았다고 한다. 특히 비즈니스에서 개성의 중요성을 간파하고 "특별해라, 평범함을 거부해라"라고 강조했던 어머니 말씀을 소중하게 생각하고 자신의 삶에 적용했다.

애니타가 여덟 살 때 어머니와 재혼한 미국인 아버지에게 미국 만화책과 풍선껌을 선물로 받으면 친구들의 영화 앨범과 그림카드와 맞바꾸었는데, 공급 과잉 상태가 되지 않도록 거래 시기에 주의했다는 일화는 그녀가 일상생활에서 사업가의 재능을 자연스럽게 발견해 나가는 과정을 잘 보여준다. 고등학교 졸업 후 애니타는 사범대학에 진학하여 초등학교 교사가 되었다. 그녀는 카페에서의 경험을 살려 학교 수업에 음악과 드라마를 적극 반영했다. 중세 역사에 대한 강의를 할 때면 그레고리오 성가를 틀었고, 제1차 세계대전에 대해 강의를 할 때는 전쟁시를 낭송하는 창의적인 교수법을 시도했다.

애니타가 치마가 교복인 가톨릭 학교에 다니던 시절, 그녀의 어머니는 수녀들이 복장이 불량하다며 딸들을 집으로 돌려보내자 바지를 입힌 채로 계속 학교로 되돌려보냈다. 또 주일미사를 가고 싶어 하지 않는 딸들을 위해 교복 단에 마늘을 바르고 손가락에 마늘 물을 들여 미사 사보타주를 도와줄 정도로 억압적인 종교 문화에 적극적으로 저항한 여성이었다. 재혼한 미국인 남편이 채 2년도 지나지 않아 세상을 떠나 슬퍼할 때 가톨릭 사제가 뜬금없이 찾아와 "운 좋게도 가톨릭 장례식을 치를 수 있게 되었다"고 하자, 구정물이 든 양동이를 번쩍 들어 바로 쏟아부을 정도로 배짱이 두둑했다. 용감한 어머니의 모습을 보고 자란 애니타는 학교에서든 교회에서든 어떤 제도에도 기죽지 않고, 모든 일에 도전하고 변화를 시도하는 열정적인 삶을 살았다.

어린 시절 아버지의 갑작스러운 죽음으로 정신적 충격을 받고 홀어머니 밑에서 경제적으로 궁핍하게 자랐지만 애니타는 늘 당당했다. 일하지 않고도 먹고살 수 있는 중산층·상류층 사람들은 '헝그리 정신'이 부족할 수밖에 없고, 돈이 없고 배가 고파야 창의적인 아이디어가 생기고 기업가 정신이 생긴다며 긍정적인 생각을 잃지 않았다. 영국인 노동자 계층이 주로 사는 가난한 해안 도시의 거의 유일한 이탈리아 이민자 가정에서 자란 그녀는 모든 측면에서 아웃사이더였다. 하지만 콤플렉스로 고민하기보다는 평범한 영국 사람들과는 다른 시각을 갖고 있다는 점을 오히려 자랑스럽게 생각했다. 인생이란 사랑이나 일과 마찬가지로 복잡한 것이 아니라고 가르쳐 준 어머니의 배짱과 자신감은 그녀의 딸들에게 그대로 전수되었다.

## 스트로베리 향수처럼 달콤하고 낭만적인 마케팅

브라이턴 중심부에 있는 가장 큰 보디숍 매장을 찾아갔다. 보디숍에 들어가면 향긋한 자연의 향기가 가득하다. 영국에서 주로 생산되는 라벤더 꽃이나 베리류의 과일뿐 아니라 카리브산 바나나, 잠비아의 유기농 꿀, 브라질의 바바수 오일과 참깨 등 오염되지 않은 자연환경에서 오지의 원주민들이 재배한 품질 좋은 식물성 원료를 사용한 화장품이기 때문이다.

밝은 표정의 점원이 따뜻하게 인사를 건넨다. 내가 애니타 로딕을 좋아해 브라이턴까지 왔다고 하니, 보디숍과 관련된 동화 같은 이야기를 들려준다.

"애니타가 첫 보디숍을 시작한 곳은 시내에서 멀리 떨어진 작은 골목에 있었어요. 사람들이 찾아가기 어려웠지요. 한여름 무더운 날씨에 모두가 지쳐 있을 때 애니타는 보디숍의 대표 상품, 스트로베리 향수를 길거리에 한 방울씩 똑똑 떨어뜨리며 시내 중심부에서 외곽의 보디숍 매장을 향해 걸어가기 시작했어요.《헨젤과 그레텔》동화에서 마녀가 과자로 어린이들을 유인하는 것처럼 말이에요. 달콤한 스트로베리 향기에 매혹된 사람들이《피리 부는 아저씨》에 나오는 아이들처럼 즐겁게 그녀를 따라갔다고 해요."

그녀가 브라이턴의 거리에 뿌린 달콤한 향기의 마법에 홀려 더 많은 사람들이 보디숍 매장을 찾았고, 애니타 로딕의 낭만적인 마케팅은 대성공을 거뒀다.

## 애니타 로딕의 매력
일도 사랑도 살림도 열정적으로!

대학 시절 애니타는 장학금으로 이스라엘 키부츠에서 살면서 교육에 대한 연구를 수행한 적이 있었다. 그녀는 어머니의 카페 클리프턴처럼 사랑이 넘치는 따뜻한 공동체 생활을 경험하면서 일하는 기쁨과 함께 만들어 가는 공동체의 신성한 의미를 자연스럽게 깨닫게 되었다. 여자들도 남자들과 똑같이 군대에 가고 키부츠에서 노동을 하는 양성평등적인 이스라엘 사회는 그녀에게 좋은 인상으로 남았다. 무엇보다 혈통이 할머니에서 어머니, 딸로 이어지는 모계 사회의 전통이 강한 유대인 문화 속에서 존경받는 어머니들을 보면서 여성이 주도하는 사회와 어머니의 마음을 닮은 기업에 대한 상상력을 길렀다.

초등학교 교사 생활은 즐거웠지만 다양한 세계를 경험하고 싶었던 그녀는 히피처럼 떠돌다가 스위스 제네바에 있는 국제연합(UN)에 지원했다. 사무실에 이력서만 제출하면 아무도 관심을 갖지 않을 것이라 생각하고 직접 사무실로 찾아가 인사 담당자를 만나 일자리를 달라고 설득했다. 그녀는 결국 UN 산하 국제노동기구의 여성 인권 부서에서 일할 수 있게 되었다. 열정은 사람을 질리게 하거나 매혹시킨다. 다행히 애니타는 UN을 비롯해 다양한 사람들을 매혹시키는 여성이었던 것이다.

배낭 하나 메고 타히티, 남아프리카공화국, 오스트레일리아 등 전 세계를 떠돌다 고향에 돌아온 애니타는 어머니의 가게에서 운명적인 남자를 만났다. 어머니가 소개해 준 고든 로딕(Gordon Roddick)은 농부이자 동화작가가 꿈인 스코틀랜드 남자였다. 세계를 여행하며 자유롭게 살고 싶었던 애니타와 고든은 처음부터 말이 잘 통했다. 무슨 일에든 열정적이었던 애니타는 나흘 뒤 고든과 바로 동거에 들어갔다.

애니타 로딕은 초등학교 교사로 일하며 첫딸 저스틴을 낳았고, 고든은 공사장 인부로 일했다. 두 사람은 어린 딸을 데리고 미국 여행을 다녀오기도 했는데, 둘째 딸이 태어나자 두 아이를 돌볼 시간을 확보할 수 있는 사업을 구상했다. 둘은 리틀햄턴의 낡은 빅토리아식 주거 호텔을 리모델링하여 B&B(Breakfast & Bed, 아침밥을 제공하는 숙박업소)로 재개장했다. 그 후 3년간 로딕 부부는 미국식 햄버거를 파는 식당과 호텔을 성공적으로 운영하기는 했지만 수익이 좋았던 이 사업을 과감히 접기로 했다. 돈을 더 많이 벌기보다는 아이들과 함께 보낼 시간을 더 많이 가질 수 있는 다른 사업을 찾기로 한 것이다.

형편이 넉넉하지는 않았지만 부에노스아이레스에서 뉴욕까지 말을 타고 여행해 보고 싶다는 남편의 오랜 꿈을 이루고 재충전할 수 있는 기회를 주기 위해 애니타 로딕은 일시적 싱글맘의 고달픈 생활을 자처했다. 애니타는 교사 경험을 살려 비누 가게 창업에 필요한 정보를 다양한 방식으로 수집하고 조사했다. 영국 지방의 작은 도시에서 한 주부가 생계를 꾸리기 위해 소박하게 시작한 비누 가게가 세계적인 화장품 회사로 성장하리라고는 아무도 예상하지 못했다.

## 소박하게 시작한
## 작은 화장품 가게의 성공 요인

1976년 3월, 4000파운드(약 760만 원)의 자본금을 들인 보디숍이 브라이턴에 처음 문을 열었다. 아마추어 디자이너에게 25파운드(약 5만 원)를 주어 로고를 만들게 하고 친구들을 동원해 병에 화장품을 넣고 손으로 라벨을 쓰게 했다. 병원에서 소변을 채취할 때 사용하는 플라스틱 병을 화장품 용기로 사용했는데, 그것마저 충분히 살 만한 형편이 못 되어 고객들이 빈 화장품 용기를 가져오면 리필해 주는 것으로 문제를 해결했다. 애니타는 제2차 세계대전 당시 어머니가 알뜰하게 집안 살림을 꾸려 나갔듯 뭐든지 재활용하고 리필하며 가게를 꾸려 나갔다. 가진 게 워낙 없었기에 모든 것을 친환경적으로 운영할 수밖에 없었다. 한마디로 '없는 게 메리트'였다.

긴 여행을 마치고 돌아온 고든은 보디숍이 애니타 로딕의 영혼이 담긴 특별한 기업이 될 수 있도록 다양한 아이디어를 내고 적극적으로 사업을 도왔다. 보디숍이 성공을 거두자 애니타 로딕은 남편과 함께 아르헨티나부터 아프리카 남단까지 전 세계를 여행하며 천연 원료를 구하고 새로운 사업의 기회를 모색했다. 오지의 원주민들이 자연의 풀과 열매로 상처를 치료하고 피부를 가꾸는 것을 보고 천연 성분 화장품을 개발하는 특이한 CEO, 애니타 로딕의 행보에 세계 언론이 관심을 보이자 특별한 광고 없이도 보디숍은 친환경 기업의 이미지를 굳혔다. 또 현지 주민들에게 되도록 많은 이익을 돌려주어 원주민 공동체의 자립을 돕는 사업을 지속적으로 전개한 보디숍은 제3세계의 빈곤을 퇴치하고 공정 무역을 선도하는 대표 기업으로 부상했다.

애니타 로딕은 아이를 키우듯 보디숍을 키워 나갔다. 아이가 하는 짓은 뭐든지 재미있고 예쁘지 않은가. 넘어져도 재미있고, 처음으로 말을 해도 재미있고……. 그녀는 모든 일을 긍정적으로 받아들이고 도전하는 일을 즐겁게 생각했다. 두 딸을 둔 주부로서 워킹맘의 고충을 누구보다 잘 알았던 그녀는 여직원들의 복지와 자녀 교육에 관심을 갖고 아동개발센터를 설립하는 등 지원을 아끼지 않았다. 보디숍이 급속도로 성장하면서 자체 공장의 입지를 결정할 때도 원료를 구하기 쉽거나 인건비 · 운송비가 최소인 지점을 최우선으로 고려하지 않고 고향 마을 리틀햄턴에 공장을 세웠다. 더 많은 이윤을 얻기보다는 더 많은 사람들에게 이익을 나눠 주고자 하는 애니타 로딕다운 선택이었다. 경제적 실적이나 눈에 보이는 수치에 연연하기보다는 가난한 고향 사람들을 돕고 싶은 애니타 로딕의 진심과 따뜻한 배려 속에 리틀햄턴은 보디숍의 심장이 되었다.

화장품 회사의 주 고객은 여성이지만 그동안 주류 화장품 회사는 여성들의 자존심을 건드리고 불안감을 주입하는 방식으로 제품을 팔아 왔다. 애니타 로딕은 "크림을 바르면 주름이 사라진다고? 절대 아니다. 차라리 포도주를 사는 데 그 돈을 쓰는 게 낫다. 화장품이 할 수 있는 건 고작 피부 각질을 벗겨 내고 피부를 보호하는 것뿐이다"라고 솔직히 고백하고, 여성들이 자신의 아름다움에 자신감을 갖지 못하는 현실을 변화시키고자 했다. '비쩍 마른 몸매와 주름살 없는 얼굴을 가진 수동적인 여성들의 이미지'를 퍼부어대는 화장품 업체들의 광고 속에서 보디숍은 확실히 눈에 띄었다. 보디숍은 비싼 돈을 주고 유명 연

애니타는 리틀햄턴에서 어머니의 레스토랑 일을 도우며 사업가의 재능을 키웠다. 그녀는 보디숍의 자체 공장을 리틀햄턴에 세웠는데, 경제적인 이윤을 추구하기보다는 고향 리틀햄턴 사람들에게 이익을 나눠 주고 싶은 소박한 마음에서였다. 애니타가 어머니와 함께 살았던 집이 있는 거리.(왼쪽)

예인을 광고 모델로 영입하기보다는 통통한 보통 몸매를 가진 인형 '루비'를 내세워 획일적인 미의 기준에 도전했다. '이 세상에는 슈퍼 모델처럼 생기지 않은 여성이 30억 명 있고, 슈퍼 모델처럼 생긴 여성은 단지 8명뿐이다'라는 소제목과 함께. 여성들이 자신의 몸매에 불만을 갖고 소녀 시절부터 지나친 다이어트를 하거나 거식증에 걸려 건강을 해치는 현실을 바꾸기 위한 노력의 일환이었다. 그 뒤로도 아름다움은 정형화된 외모가 아니며 '에너지, 행동, 호기심, 유머, 웃을 수 있는 힘' 등 여러 방식으로 존재할 수 있다는 메시지를 창의적인 방식으로 전파했다.

기존 경영학의 이론을 뒤집고 새로운 아이디어와 게릴라 마케팅으로 기업을 홍보하고 제품을 판매하는 보디숍의 가장 큰 성공 요인은 바로 애니타 로딕이라는 주부였다. 애니타 로딕은 보디숍 본사 화장실의 낙서판에 적힌 의견마저 소중하게 생각하는 등 의사소통을 중시했고, 직원들의 사회적 의식을 고취하고 세상을 좀 더 정의로운 곳으로 만들기 위한 다양한 교육 프로그램과 캠페인을 기획했다. 세상을 '강자만이 살아남는 정글'이라고 생각하는 낡은 사고에서 벗어나 기업마저 '따뜻한 공동체'라고 보는 새로운 관점을 도입한 애니타 로딕은 카리스마 넘치는 지도자이자 진정한 혁명가였다. 목표 달성을 위해 경쟁과 효율을 강조하는 인간미 없는 독선적인 지도자 대처에 질린 영국 사람들에게 소통과 협력을 강조하고 공동체를 배려하는 애니타 로딕의 경영 방식은 더욱 신선한 충격으로 느껴졌을 듯하다.

## 보디숍의 진화
진정한 사회적 기업의 탄생

애니타 로딕은 전 세계 보디숍 매장을 중심으로 모금 행사를 열어 시민들의 참여를 유도하고, 직원들에게는 전 세계 어디서든 자원봉사를 하도록 의무화했다. 뉴욕에서 노숙자들을 위해 노숙자들이 직접 판매하는《스트리트 뉴스》라는 잡지를 본 애니타의 남편 고든은 런던 노숙자의 자활을 돕기 위한 잡지《빅 이슈》창간을 주도하고 사회적 기업으로 성공시키는 데 기여했다. 한편 아프리카 최대 빈곤국 가운데 하나인 가나의 타밀 지역에는 로딕이 설립한 '보디숍 재단'을 중심으로 제분소 등의 공장이 세워졌다. 이러한 현지화 사업은 가나의 극빈층 여성들에게 스스로 일해 돈을 벌 수 있는 기회를 주었고, 기업이 국경을 넘어 세계를 좀 더 나은 곳으로 변화시킬 수 있다는 가능성을 보여주었다. 보디숍은 그린피스 등 국제 환경 단체와 연대해 지구온난화의 심각성을 알리고 재생 가능 연료의 활용 기반을 넓히는 캠페인을 벌여 지구 환경보호에 적극적으로 참여하기도 했다.

세계 오지 여행을 통해 새로운 영감을 받은 애니타 로딕은 세상을 아름답게 바꾸고 싶다는 이상을 하나씩 실현해 나가기 시작했다. 그녀는 아마존 강 유역에서 살아가는 카야포 종족에게 브라질 너트를 채집하게 하고 보디숍 오일의 원료로 구매하여 이들이 벌목업자들과 더 이상 거래하지 않게 돕는 방식으로 아마존 열대우림을 구하는 일에 앞장섰다. 또한 네팔산 종이 제품을 구매하여 지역 경제를 활성화하고 수익금은 '지역사회활동기금'으로 적립하여 보건·교육 프로젝

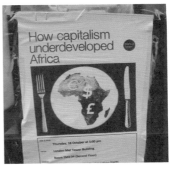

애니타는 보디숍을 사회적 기업으로 성장시켰다. 세계 오지의 환경보호에 앞장서고 공정 무역으로 천연 재료를 구매하고 원주민들의 자립과 직원들의 복지에 힘썼다. 남편 고든은 런던 노숙자들의 재활을 돕기 위해 《빅 이슈》의 창간을 주도하고 사회적 기업으로 성공시키는 데 일조했다.

트에 기부했다. 애니타 로딕은 특히 제3세계 여성과 아동의 생활을 개선하는 데 관심이 많았다. 너트 버터를 피부 보호제와 음식 재료로 사용해 온 가나 북부 타말레 지방 여성들의 지혜를 활용하여 신제품을 개발했으며, 이들에게서 원료를 구매하고 지역사회 환경을 개선하는 데 재투자하는 방식으로 서로에게 도움이 되는 공정 무역을 활성화했다. 방글라데시의 가난한 농촌 여성들에게 일자리를 제공하기 위해 황마 공장을 세웠고, 멕시코에서는 호호바 오일을, 가나에서는 코코아 버터를, 타히티에서는 모노이 오일을 들여오는 등 애니타 로딕의 오지 여행은 세계 여성들의 삶을 바꾸어 나갔다.

'화장품을 위한 동물실험 반대', '향유고래 포획 반대', '핵무기 실험 및 핵 발전소 반대' '가정 폭력 근절', '아동 착취 반대' 등 다양한 캠페인을 벌이며 사회적 · 환경적 이슈에 용감하게 목소리를 내는 보디숍이 소비자들 사이에서 폭발적 반응을 불러일으키자 최고경영자 애니타 로딕의 행보는 더욱 과감해졌다. 애니타 로딕은 1993년 빈에서 개최된 UN 국제인권위원회 회의장에서 다국적 석유업체 '셸(shell)'의 석유 탐사로 인한 영토 파괴와 인권 침해 상황을 알렸다. 거대 기업에 맞선 나이지리아 오고니족의 투쟁을 소개하고 감옥에 갇힌 오고니족의 지도자 켄 사로 위와의 석방을 호소하는 등 국제 사회의 관심을 촉구했다. 결국 세계적 석유 재벌인 '셸'은 이들의 저항운동과 환경 보존 캠페인에 굴복하고 '인권 존중과 지속 가능한 개발'을 포함한 새로운 기업 윤리 강령을 만들 수밖에 없었다. 또한 애니타 로딕은 보디숍 직원들을 보스니아, 루마니아, 알바니아, 코소보 등의 분쟁 지역으로 보내 봉사 활동을 하게 했다. 그녀 자신도 열대우림 파괴 현장에 직접 가서 원주민이 생계 수단을 잃고 야생동물들이 멸종 위기에 처한 상황을 보여주고 환경문제의 심각성을 그 자리에서 설명하는 비디오를 제작하여 직원 교육에 활용하기도 했다.

1999년 시애틀에서 열린 세계무역기구(WTO) 반대 집회에서 애니타 로딕은 전 세계에서 온 인권운동가, 소비자 불매운동 단체·환경 단체를 비롯한 NGO, 노동자, 농민, 학생, 원주민, 경제적 약자, 종교인, 평범한 시민들과 연대하여 다국적기업과 자본가의 탐욕을 비판하는 데 앞장섰다. 가격과 원가 절감 경쟁을 벌이는 세계시장에서 거대한 다국적기업들이 천연자원이나 노동력을 싼값에 구할 수 있는 곳은 민주주의·인권·환경이 제대로 지켜지지 않는 국가임을 고발하고, 자유무역은 사상 최대의 사기극이자 현실을 왜곡하는 환상에 불과하다고 주장하며 세계 정치·경제를 좌우하는 권력자들의 심기를 건드렸다. 영국 내 사형 폐지 운동 단체의 대표를 맡고 국제 인권 단체인 앰네스티인터내셔널의 주요 리더로 활동하는 등 애니타 로딕의 관심 분야가 끊임없이 확장되면서, 영국의 작은 해안 도시에서 시작된 사회적 기업 보디숍의 진화 또한 계속되었다.


## 억울한 모함과 오해로 괴로워하다
애니타 로딕의 수난과 죽음


1990년대 초 애니타 로딕이 걸프전 반대 운동에 나서자 '보디숍' 경영진 내부에서도 너무 심한 것이 아니냐는 우려의 목소리가 나왔지만 그녀는 개의치 않고 미국 내 사업 확장에 적극적으로 나섰다. 1993년 가을에는 경치가 아름답고 기온이 따뜻할 뿐 아니라 안전하고 땅값도 싸서 아이들을 키우기에 좋은 조용한 시골, 노스캐롤라이나주의 롤리를 미국 본사로 정하고 환경 친화적인 공장을 세웠다. 하지만 애니타 로딕이 순수한 마음으로 고향 리틀햄턴과 비슷한 분위기의 평화로운 마을에 미국 본사를 정한 것은 결정적 실수였다. 경상비 지출이 늘어나는 가운데 보디숍의 미국 내 성장세가 갑자기 주춤하더니 기업 실적이 곤두박질쳤고, 미국 내 프랜차이즈 점주들이 보디숍의 윤리 기준이 부담스럽다고 불평하기 시작했다. 애니타 로딕은 반체제 문화를 이해하는 진보적인 사람들이 밀집하여 최신 마케팅 아이디어를 얻을 수 있고 보디숍의 정신을 확산시키기에 유리한 뉴욕이나 샌프란시스코 중심에 보디숍의 본사를 세웠어야 했음을 뒤늦게 깨달았지만 지리적 의사 결정의 실수를 만회하기엔 이미 너무 늦었다.

1992년 5월 영국의 '채널4'에서 방영된 다큐멘터리 프로그램 〈디스패치스〉에서는 '애니타 로딕과 고든은 사기꾼이자 위선자'라는 메시지로 가득한 기획 보도를 방영했다. 노골적으로 제도에 저항하고 기존 대기업의 역할에 도전한 보디숍은 재계, 금융계, 광고계, 언론 매체 등 여기저기에 적이 많았고 공격받기 쉬운 상황이었다. 그들은 보디숍의 캠페인이 대중을 속이고 판매를 촉진하기 위한 냉소적인 마케팅 전략일 뿐이라고 비난하고, 커뮤니티 트레이드 및 공정 무역 사업의 진정성을 의심하고, 사소한 사례를 끄집어내 애니타 로딕과 고든의 도덕성을 공격했다. 프로그램이 방영되자 보디숍의 주가는 하루 만에 270파운드에서 160파운드로 급락했다.

애니타 로딕은 금전적 손실보다 자신의 분신과도 같은 보디숍의 신용과 명예가 추락하는 것을 그대로 보고만 있을 수 없었기에 고통과 손해를 감수하고 명예훼손으로 즉각 고소했다. 프로그램 제작자와 법정 싸움에 휘말리면서, 애니타 로딕은 세계 여행도 못 가고 딱딱한 법조인들을 상대로 보디숍의 결백을 입증해야 했다. 수천 장의 서류와 사내 회람과 비디오를 배심원들에게 제출하고 런던의 법정에 출석하여 심한 긴장과 불안을 견뎌 내야 했다. 비록 무죄판결을 받고 손해배상금으로 27만 파운드를 받기는 했지만 지루한 법정 싸움으로 그녀는 모든 에너지를 소진하고 삶의 의욕마저 상실했다. 보디숍이 유명해질수록 약점을 잡아 한몫 챙기려는 기업 스토커에게 시달렸고, 기존 화장품 재벌들의 견제와 공격도 본격화되었다. 외부에서 영입한 보디숍의 콧대 센 신임 CEO는 애니타 로딕의 경영 철학을 무시했고, '보디숍에서 로딕은 왕따'라는 식의 악의에 찬 언론 매체의 보도가 계속되자 애니타 로딕이 받은 마음의 상처는 점점 깊어졌다. 특히 기업 경영 실적 악화로 300명의 직원을 감원하는 과정을 애니타 로딕은 매우 고통스러워했다.

2006년 보디숍의 지분을 세계 최대 화장품 제조업체인 로레알에게 매각하자 그녀의 도덕성에 대한 비판은 더욱 거세졌다. 억울한 모함과 계속되는 오해로 괴로워하던 애니타 로딕은 더 견디지 못하고 쓰러졌다. 1971년 딸을 출산할 때 수혈로 감염된 C형 간염이 심한 스트레스를 받아 급격히 악화된 탓이었다. 2007년 예순네 살의 나이에 갑자기 세상을 떠난 애니타 로딕은 5100만 파운드(약 850억 원)를 자선단

애니타는 보디숍의 기업 윤리와 경영 철학 때문에 계속된 언론의 모함으로 지쳐갔다. 아쉽게도 직원들의 복지와 사회 봉사 활동을 중시한 그녀의 흔적은 리틀햄턴에서 지워지고 있었다. 방치되어 있는 애니타의 비석(오른쪽)과 굳게 닫힌 유아원 정문(아래 오른쪽).

체에 기부했고, 평범한 주부로 두 아이를 열심히 키우는 큰딸 저스틴과 밴쿠버에서 대안적 삶을 실천하는 둘째 딸 샘에게는 단지 65만 파운드만 유산으로 남겨 생전의 약속을 지켰다. "돈은 나에게 아무런 의미가 없다. 가장 나쁜 것은 탐욕이다"라고 말했던 애니타 로딕을 위선자로 몰았던 사람들은 그녀의 아름다운 마무리에 대해 아무 말도 하지 못했다. 버진 그룹이나 막스 앤 스펜서 같은 영국을 대표하는 기업의 경영인들이 그녀의 이른 죽음을 슬퍼했고, 국제적 환경 운동 단체인 그린피스의 사무총장은 "사업이란 어떤 것인가를 제대로 보여준 인물"이라며 애니타 로딕을 추모했다.

---

**리틀햄턴을 찾아가다**

## 보디숍과 애니타 로딕을 기억하는 사람들

고향을 살린 기업가이자 사회·환경·인권운동가였던 애니타 로딕의 고향 리틀햄턴을 다시 찾았다. 나는 리틀햄턴의 주민들에게 애니타 로딕이 어떻게 기억되고 있는지 궁금해졌다.

"애니타 로딕을 아시나요?"

"그럼 알다마다. 작년에 세상을 떠난 내 친구의 딸이야. 엄마도 딸도 동네에 좋은 일을 참 많이 하고 간 천사 같은 사람들이었지."

애니타 로딕의 어머니와 평소 친하게 지냈다는 할머니는 눈시울을 붉히며 애니타 로딕의 이른 죽음을 아쉬워했다.

리틀햄턴 인근에서 사회복지 단체를 운영하는 한 여성은 애니타 로딕을 이렇게 기억했다.

"보디숍에서 수십 년 전부터 우리 단체에 관심을 갖고 물심양면으로 도와주었어요. 애니타 로딕이 직접 와서 행사를 도와준 적도 있었고요. 정말 따뜻한 분이었죠."

애니타의 남편 고든 로딕의 오랜 친구로 보디숍에서 중견 간부로 일한 적도 있다는 한 남성을 우연히 만나는 행운도 따랐다.

"보디숍은 내게 최고의 직장이었습니다. 어떻게 하면 돈을 더 많이 벌 수 있을지가 아니라, 어떻게 하면 더 많은 사람들을 잘 도울 수 있을지를 고민하며 살았죠. 정말 하루하루가 의미 있는 나날이었고 내 인생 최고의 하이라이트였어요. 고든은 나에게 사회적 기여를 하기 위해서는 새로운 아이디어를 계속 얻어야 한다며 미국과 라틴아메리카 여행을 권했어요. 회사 돈으로 신나게 세계 여행을 다닌 그때 나는 정말 행복했습니다."

그는 이제는 다 추억이 되었다며, 보디숍에서 일하던 시절을 그리워했다.

인근 학교에서 지리 교사로 일했다는 한 여성은 20여 년 전 자신이 직접 만든 보디숍 관련 학습 자료를 보여주었다.

"그동안 지리 교과서에서는 최소운송비, 최저임금 등의 요건을 갖춰 생산비용을 줄일 수 있는 곳, 또는 런던처럼 거대한 소비 시장이 가까운 지역을 최적의 공장 입지라고 가르쳤죠. 하지만 애니타 로딕은 기존 경제지리학 이론을 뒤집고, 교통도 별로인 데다 원료 산지

고향 리틀햄턴에서 애니타 로딕이 사랑
한 장소들은 사라져 가고 있었지만 그녀
를 그리워하는 사람들을 많이 볼수 있었
다. 보디숍 지원을 받았던 복지기관의 직
원(왼쪽)과 보디숍에 관한 자료를 보여
주는, 지리 교사로 일했던 여성(왼쪽 위).

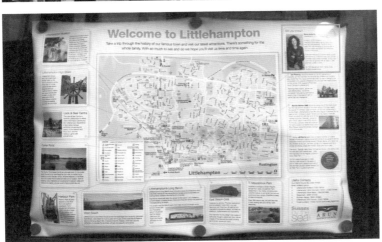

도 아닌 리틀햄턴에 공장을 세웠잖아요. 보디숍 매장도 중소 도시 브라이턴에서 시작되었고요. 당장의 수익보다는 세계 오지의 환경 보호와 원주민들의 자립, 직원들의 복지에 신경을 많이 썼죠. 이제는 영국에서 공정 무역과 윤리 경영이 당연시되는 분위기이지만, 대처 시대에는 낯선 개념이었죠. 보디숍과 애니타 로딕을 사례로 지리 수업을 할 수 있도록 자료를 만들고 지리교육협회를 통해 전국에 보급했는데 반응이 좋았습니다. 공정 무역을 영국에 알리고 확산시키는 데 작은 기여를 한 것 같아 보람을 느낍니다."

## 리틀햄턴에서 애니타 로딕을 다시 만나다

애니타 로딕의 고향이자 보디숍의 심장이라 불리는 리틀햄턴에서 애니타 로딕의 흔적은 조금씩 사라져 가고 있었다. 리틀햄턴의 관광 지도에는 보디숍 공장의 위치가 표시되어 있지 않아 불편했고, 역사적으로 유명한 인물들의 집에 붙어 있는 그 흔한 블루 플라크(Blue Plaque)조차 애니타 로딕의 생가 벽면에서는 찾아볼 수 없었다. 지역 주민들은 로레알이 보디숍 공장을 인수한 이후 모든 것이 달라졌다고 했다. 애니타 로딕의 공간을 찾아가는 보디숍 투어는 오래전에 중단되었고, 리틀햄턴 시내의 보디숍은 불경기로 도저히 수지를 맞출 수 없어 곧 점포를 폐쇄할 예정이라고 했다.

보디숍 직원들의 자녀 교육과 복지를 위해 설립한 아동개발센터와 보디숍의 정신과 윤리 경영의 중요성을 배우는 커뮤니티 대학은 폐쇄되거나 수리 중이어서 들어가 볼 수도 없었다. 보디숍 본사의 정원에 남아 있는 애니타 로딕의 비석은 제대로 관리되지 않아 비문을 알아볼 수도 없을 정도였다. 엄마와 아이를 표상화한 조각품과 다국적 언어로 제작된 보디숍 공장의 안내 표지판은 공장 바리케이드 안쪽에 있어 외부인들이 접근하기 힘들었다. 애니타 로딕이 고향을 사랑하는 마음으로 만들었던 따뜻한 공간들은 하나둘 사라져 가고 그녀의 영혼이 담긴 기업 정신은 희미해져 가고 있었다. 관광산업이 주요 수입원이 될 수 있는 리틀햄턴 시 당국이 애니타 로딕을 추모하고 업적을 기리는 일에 적극적으로 나서지 않는 것은 정말 의외였다. 보이지 않는 큰 힘에 의해 애니타 로딕의 흔적 지우기 프로젝트가 서서히 진행되고 있는 것일까?

울적한 마음에 리틀햄턴의 바닷가를 찾아갔다. 새들이 자유롭게 하늘을 날고 있는 풍경이 아름다웠다. 실험실에서 잔인하게 죽어 가는 동물을 구하기 위한 캠페인에 앞장선 애니타 로딕 덕분에 2013년 유럽연합에서는 동물실험을 금지하는 법안을 제정했다. 바닷가 모래사장에는 애니타 로딕의 마음을 담은 사랑의 하트가 새들에 의해 선명하게 그려져 있었다.

해변가 길을 걷다 돌이 막 지난 딸을 안고 산책하는 젊은 엄마를 우연히 만났다. 이제 막 걷기 시작한 아이는 혼자 걷다 자꾸만 넘어졌다. 엄마는 아장아장 걷는 딸을 사랑스럽게 지켜보다 아이가 넘어지면 바로 다가가 따뜻하게 격려하며 안아서 일으켜 주었다. 환생한 애니타

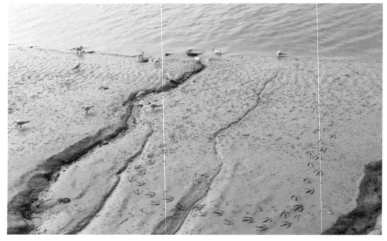

리틀햄턴은 동물과 자연을 사랑하는 도시, 새들의 천국이다. 이곳에서 자란 애니타 로딕이 동물실험을 반대한 것은 당연한 일이다.(왼쪽) 넘어져도 엄마의 사랑으로 다시 일어나는 아기처럼, 이제는 리틀햄턴에서 지워지고 있는 애니타 로딕을 기억하고 일으켜 줄 누군가가 되어 보는 건 어떨까.

로딕을 만난 것 같은 느낌이 들어 반가웠다.

　태어나자마자 처음부터 잘 걷는 사람은 아무도 없다. 우리는 모두 아기처럼 걸음마를 배우며 많이 넘어지고 아파하던 시절이 있었다. 하지만 누군가의 도움과 사랑으로 포기하거나 절망하지 않고 다시 일어났다. 영국을 여행할 때, 생의 마지막에 거대한 장애물에 걸려 넘어져 아파하다 세상을 떠난 애니타 로딕의 흔적을 찾아가 보면 그녀의 아름다운 마음이 좀 더 오래 기억되지 않을까? 일상생활에서 지리적 상상력을 발휘하여, '누가, 어디서, 어떻게, 어떤 마음으로 만든 것'인지 한 번 더 생각하고 소비하면 세상이 좀 더 아름다워지지 않을까?

# 제인 구달
Jane Goodall

—

침팬지 과학자에서
세계를 누비는
지리학자로 진화하다

## 저 많은 침팬지 인형이
## 다 팔릴까?

2010년 미국지리학회가 수도 워싱턴D.C.에서 열렸다. 행사
장은 미국뿐 아니라 전 세계에서 온 수천 명의 지리학자들로
붐볐다. 학회 중에는 저녁마다 다양한 모임이 있는데 이날은
모두 선약이 있었다. 다들 제인 구달의 강연을 보기 위해 시
간을 비워 둔 것이다. 대형 강연장 앞에는 그녀의 책과 침팬
지 인형이 수북이 쌓여 있었다. '저게 다 팔릴까? 지구 환경을
생각하는 지리학자들은 지갑을 잘 안 여는데…….' 조용한 목
소리로 부드럽게 시작된 그녀의 이야기는 청중들을 매혹시
켰다. 마법 같은 두 시간의 강연이 끝난 후 수천 개의 인형은
다 팔려 나갔다.

## 타잔의 여자친구도 제인이라지

　　　　세계적인 과학자의 꿈은 작은 인형에서 시작되었다. 런던 동물원에서 태어난 새끼 침팬지를 기념하여 주문 제작된 침팬지 인형을 아버지가 별 생각 없이 어린 딸에게 선물했다. 그 침팬지 인형을 제인 구달은 무척이나 사랑했다. 그녀는 인형에게 주빌리라는 이름을 붙여 주고, 잘 때도 먹을 때도 외출할 때도 그 인형과 함께했다. 그리고 어른이 되면 진짜 침팬지를 꼭 보겠다고 다짐했다. 침팬지를 만나려면 열대의 정글에 가야 했기에 소녀는 바다를 바라보며 아프리카로 배를 타고 가는 꿈을 꾸었다.

　런던에서 태어난 제인 구달은 제2차 세계대전이 일어나자 가족들과 영국 남부의 해안 도시 본머스(Bournmouth)로 이사했다. 그녀의 나이 다섯 살 때였다. 아버지는 군대에 자원했고 그녀는 어머니와 본머스로 이사해 외가 식구들과 함께 살았다. 씩씩한 외할머니, 유쾌한 이모들, 독립심 강한 어머니로 구성된 완벽한 모계사회 환경이었다. 그녀는 여자라서 못 할 일은 없다는 말을 들으며 자랐다. 비록 전쟁으로 떨어져 살던 아버지와 어머니가 이혼을 했지만 그녀에게 별다른 정신적 충격은 없었다. 워낙 긍정적이고 낙천적인 여인 천하 가정에서 자란 그녀는 원하는 공부를 하고 꿈을 키우며 행복한 청소년기를 보냈다. 그녀가 침팬지를 연구하러 아프리카로 가고 싶다는 꿈을 말했을 때 어머니는 적극적으로 지지했다. "멋진 생각이야. 너는 꼭 할 수 있을 거야!"

제인은 침팬지뿐 아니라 모든 동물을 좋아했다. 특히 '러스티'로 불리는 개를 좋아해서 고향의 집 앞 버치스 언덕을 매일 함께 달렸다. 지금도 그녀는 지치고 힘들 때마다 고향 본머스에 돌아가 생의 에너지를 충전하는데, 특히 버치스 언덕에서 내려다보는 아름다운 바닷가 풍경을 가장 좋아한다고 한다.

제인은 동물들을 관찰하고 기르는 일을 좋아해서 친구들과 동물 연구 클럽을 만들기도 했다. 나비 알을 채취해서 번데기를 거쳐 나비가 되는 과정을 관찰하는 것을 아주 좋아했다. 작은 닭이 어떻게 큰 달걀을 낳는지 궁금해서 견딜 수가 없었던 그녀는 이른 아침 닭장 속에 들어가서 닭이 알을 낳을 때까지 숨죽이며 기다렸다. 제인이 닭장 속에 있는 동안 집안은 난리가 났다. 어머니는 갑자기 사라진 어린 딸을 애타게 찾아다니다 저녁 무렵 닭장 속에 쪼그리고 앉아 있는 딸을 발견했다. 제인은 상기된 표정으로 소리쳤다. "닭이 알을 낳는 것을 보았어요!" 어머니는 딸을 혼내기는커녕 그 자리에서 딸의 이야기를 열심히 들어 주었다. 하루 종일 좁고 냄새나는 닭장에서 기다린 제인도 대단하지만 그런 딸의 열정과 호기심을 인정하고 키워 준 어머니의 그릇도 참 넓다. 훌륭한 여성 과학자는 여장부 어머니의 따뜻한 격려 속에서 꿈의 날개를 마음껏 펼칠 수 있었던 것이다.

제인은 동물과 관련된 책을 특히 좋아해서 구하는 대로 다 읽었다. 동화책도 동물이 나오는 이야기를 좋아했는데, 특히 《둘리틀 선생 아프리카로 간다》, 《밀림의 왕자 타잔》과 같은 아프리카를 배경으로 한 책은 더 열심히 읽었다. 둘리틀 박사의 동물 이야기는 그녀가 가장 좋아하는 동화책 시리즈였다. 타잔 이야기도 좋아했는데 제인은 타잔의

제인이 러스티와 시간을 보낸 비치스 언덕
(위). 제인은 동물들을 관찰하고 기르는 일
을 좋아해서 친구들과 동물 연구 클럽을 만
들기도 했다. 나비 알을 채취해서 번데기를
거쳐 나비가 되는 과정을 관찰하는 것을 특
히 좋아했다.

여자친구 이름이 제인이라는 사실에 주목했다. 하지만 소설 속 제인은 치마를 입고 외모에 신경을 많이 쓰는 새침한 영국 여성이었기에 '내가 대신 타잔의 여자친구가 되면 얼마나 좋을까' 아쉬워했다.

영국 소녀들이 좋아하는 화장품이나 드레스, 액세서리에 제인은 별로 관심이 없었다. 영국은 어느 도시를 가든 예쁜 그릇, 공예품, 장식품들이 많아 쇼핑하기에 좋다. 하지만 제인은 쇼핑에 관심이 전혀 없었고, 화장을 하고 외모에 신경 써서 자신을 화려하게 꾸미고 나가는 댄스파티에는 별 흥미가 없었다. 꾸미지 않아도 워낙 예뻤기 때문에 그녀를 따라다니며 구애를 하는 남자들이 꽤 있었지만 그녀의 머릿속에는 어떻게든 아프리카에 가겠다는 생각밖에 없었다. 그녀의 첫사랑은 목사님이었기에 여고생의 순수한 첫사랑의 대상일 뿐이었다.

세계를 깜짝 놀라게 한 과학자 제인 구달이 학창 시절 가장 좋아했던 과목은 과학과 수학이 절대 아니었다. 지리, 역사, 영문학을 좋아하는 낭만 소녀였다. 소설가가 되고 싶었던 어머니의 영향을 받아 어릴 때부터 책을 읽고 글을 쓰는 연습을 꾸준히 했다. 본머스에서 제인은 공부를 열심히 했지만 장학금을 받지 못하면 대학에 진학할 수 없는 형편이었다. 경제적으로 넉넉지 않은 가정환경이었지만 그녀는 아프리카에 가서 침팬지를 연구하겠다는 꿈을 포기하지는 않았다.

## 자연을 사랑하는 사람들의 도시

나는 제인을 이해하고 싶어 그녀의 어린 시절 추억이 가득한 본머스를 직접 찾아갔다. 런던에서 기차로만 세 시간이 걸리는 잉글랜드 남부의 해안 도시 본머스에 도착하니 우선 공기부터 달랐다. 소나무 향이 은은하게 풍기는 숲을 지나니 그녀의 집이 보였다. 전형적인 영국의 중산층 주택이었다. 언덕에서 내려다보이는 바다가 보석같이 반짝였다. 해안가에서 모래 놀이를 하고 하늘에 연을 날리는 소녀들이 많았다. 공원 주변은 동물들을 관찰하거나 개를 데리고 산책하는 가족들로 행복한 풍경이었다.

자연을 아름답게 보존하고 동물을 사랑하는 사람들로 가득한 본머스는 제인 구달의 고향다웠다. 새 인형을 들고 다니는 여자 아이는 제인 구달을 꼭 닮았다. 나는 그녀를 데리고 나온 아버지에게 물었다.

"혹시 제인 구달을 아시나요? 따님이 꼭 그녀를 닮았어요."

컴퓨터 엔지니어라는 여자 아이의 아버지는 고개를 갸우뚱하며 제인 구달이 누구냐고 반문했다.

"아니, 제인 구달을 모르신다고요? 한국에서 얼마나 유명한데요. 여기 본머스 출신의 세계적인 과학자예요."

본머스를 하루 종일 돌아다니며 제인 구달을 아느냐고 기회가 될 때마다 물었지만, 아쉽게도 그녀를 아는 본머스 사람을 만나지 못

새 인형을 들고 활짝 웃고 있는 소녀(옆 쪽 왼쪽 위)는 마치 제인 구
달의 어린 시절을 보는 듯하다. 자연을 아름답게 보존하고 동물을
사랑하는 사람들로 가득한 본머스는 제인 구달의 고향다웠다.

했다. 런던을 비롯한 영국의 다른 지역에서도 상황은 크게 다르지 않았다. 하지만 아프리카뿐 아니라 미국, 대만, 일본 등 세계 여러 나라에서 그녀는 과학자이자 유명 인사다.

왜 제인 구달은 영국 사람들에게서 잊혔을까? 나는 그 이유가 궁금해졌다.

## 런던에서 기회를 잡다

고등학교를 졸업한 제인이 아프리카로 가기 위해서는 여행 비용을 마련해야 했다. 당시 영국에서 고졸 여성이 가질 수 있었던 직업으로는 비서가 그나마 가장 나았다. 런던에는 여러 비서학교들이 있었는데 그녀는 일부러 첼시에 있는 학교에 지원했다. 켄징턴 역 주변은 프랑스 문화원과 박물관, 미술관 등이 밀집한 문화의 중심지였고, 특히 그녀가 가장 사랑했던 공간인 자연사박물관이 가까웠다. 제인은 비서학교를 다닐 때에도 짬짬이 시간을 내어 자연사박물관을 자주 찾았다. 높은 지붕을 가진 궁전처럼 멋진 외관을 자랑하는 자연사박물관은 내부도 환상적으로 아름답다. 누구에게나 무료로 개방되는 자연사박물관에서 그녀는 인류의 기원과 생명체의 역사를 상상하고 동물에 대한 지식을 심화할 수 있었다.

제인은 런던 동물원에서 실제로 살아 있는 동물들을 보며 아프리카로 가는 꿈을 계속 키웠다. 동물과 관련된 전문 서적을 구해서 읽기도

제인이 다녔던 비서학교(아래). 뒤에 보이는 건물이 제인이 학교를 다니면서도 틈틈이 보러 다녔던 자연사박물관이다. 지금도 많은 아이들이 이곳에서 과학자의 꿈을 키우고 있다.

하고 영화를 만드는 회사에서 일하며 사진 찍는 법을 배우기도 했다. 비서학교를 졸업한 뒤에는 옥스퍼드대학교의 사무실에 취직했다. 비록 가정 형편이 어려워 대학에 정식으로 입학해 공부할 수는 없었지만 옥스퍼드 대학생들과 같은 공간에서 생활하며 지적인 자극을 계속 받을 수 있었다. 교수들의 일을 보조하며 논문을 찾고 자료를 정리하는 법도 자연스럽게 배울 수 있었다. 하지만 런던과 옥스퍼드의 비싼 생활비 때문에 아프리카 여행 비용을 빨리 마련하기는 어려운 상황이었다. 아프리카에 갈 만반의 준비를 마친 그녀는 뱃삯을 마련하기 위해 우선 고향으로 돌아갔다. 유명한 휴양지인 본머스에서 여름 한 철 레스토랑 웨이트리스로 열심히 일하면 뱃삯은 마련할 수 있었기 때문이다.

## 아프리카에서 만난 행운과 시련

아프리카로 향하는 배를 탄 그녀는 정말 행복했다. 드디어 어린 시절의 꿈을 이룬 것이다. 아프리카에 살고 있는 여고 동창생의 초청을 받아 처음으로 혼자 떠나는 여행이었다. 아프리카에서 직업을 구하는 데는 런던과 옥스퍼드대학에서의 비서 경력이 도움이 되었다. 아프리카에서 그녀는 루이스 리키(Louis Leakey)라는 영국인 과학자를 소개받았다. 그는 아프리카에서 인류의 조상 화석을 발굴하여 고고학계를 발칵 뒤집어 놓은 스타 과학자였지만 보수적인 영국 학계에 상처를 많이 받았기에 아프리카에서 자신의 여생을 마치겠다는 생각이 확고했다. 그리고 화석이 아니라 인간과 가장 유사한 살아 있는 영장류를 연구할 사람을 찾고 있던 리키 박사 앞에 침팬지를 연구하겠다는 열정으로 불타는 20대의 아름다운 영국인 아가씨가 딱 나타난 것이다. 첫눈에 제인이 마음에 든 리키 박사는 처음에는 그녀에게 이성으로서 호감을 가지고 접근했다. 그리고 그녀가 아프리카에 남아서 계속 연구를 하는 데 필요한 연구비를 마련하기 위해 동분서주했다.

그렇다면 리키 박사가 왜 젊은 '여성'인 제인을 침팬지 연구자로 선택했을까? 리키 박사는 영장류를 연구하는 데 남성보다 여성이 더 뛰어난 능력을 발휘할 수 있다고 생각했는데, 실제로 여성은 야생동물들에게 덜 위협적인 존재로 인식되어 영장류 사이에 있을 때 수컷 영장류의 공격을 받을 가능성이 남성에 비해 훨씬 낮았다. 더욱이 제인은 온갖 위험과 내적인 외로움을 견뎌 내고 연구할 수 있는 인내심, 열정, 끈기를 가지고 있었기 때문에 침팬지 연구에 있어 가장 적합한 인물이었다. 하지만 20대의 가녀린, 그것도 매우 예쁜 아가씨가 침팬지를 연구하러 홀로 밀림에 들어가는 것은 너무나 위험한 일이라고 생각한 아프리카 현지의 공무원들이 그녀의 연구를 허가하지 않았다. 결국 그녀는 연구 현장에 동행할 사람을 구하는 수밖에 없었고, 늘 자신의 꿈을 지지하던 어머니를 떠올렸다. 제인이 SOS를 보내자 어머니는 딸을 돕기 위해 선뜻 아프리카로 달려왔다.

해결사 어머니가 아프리카에 오자 어려운 문제들이 술술 풀렸다. 연구 지역으로 들어가도 좋다는 허가도 쉽게 받았고, 무엇보다 제인에게 여자로서 매력을 느껴 치근덕거리던 리키 박사와의 미묘한 관계도 쉽게 정리되었다. 서로 말이 잘 통했던 동년배의 어머니와 리키 박사는 좋은 친구가 되었고, 제인은 편안한 마음으로 연구에 전념할 수 있었다. 리키 박사가 영국에 잠깐 들를 때면 늘 제인의 어머니 집에 머물렀고, 심지어 리키 박사의 임종도 어머니가 지켜볼 정도였다. 제인의 어머니는 아프리카 현지 사람들에게 약을 나누어 주고 친분을 쌓아 제인이 연구에만 집중할 수 있는 좋은 환경을 만들어 주었다. 딸이 침팬지 연구를 하는 동안 제인의 어머니는 자신도 소설을 쓰며 시간을 보내는 등 독립적으로 활동했다. 제인은 지금도 힘들 때면 어머니를 떠올리고, 또 자신이 가장 존경하는 여성은 어머니라고 힘주어 이야기하곤 한다.

## 제인 구달이 예쁘지 않았어도 유명해졌을까?

미모 속에 감춰진 열정과 터프함

제인은 아프리카의 열악한 연구 환경 속에서도 끈질기게 연구를 계속했다. 그녀가 1960년 처음 침팬지 연구를 시작한 곳은 탄자니아 곰베(Gombe)였다. "아프리카에서 침팬지를 연구할 수 있는 곳이 얼마나 많은데, 이런 천국에 오다니 운이 정말 좋았죠"라고 극찬할 정도로 최상의 연구 지역이었다. 제인은 그런 장소를 선택하는 지리적 안목을 갖고 있었다. 탕가니카 호수가 있었던 덕분에 삼림의 생태계가 건강하게 살아 있었고, 수많은 단층과 협곡이 발달한 곰베 지역의 가파른 지형을 활용하면 관찰 시야를 확보하기에 유리했다. 무엇보다 탄자니아는 영국의 식민지였기 때문에 제인이 연구 허가를 받기가 그리 어렵지 않았다. 매뉴얼도 없는 가운데 모든 일을 자신이 스스로 결정해야 하는 상황에서 그녀의 센스는 빛을 발했다. 그녀는 매일 같은 옷을 입고 침팬지를 관찰하러 갔다. 그리고 닭장 속에서 하루 종일 닭을 관찰하던 어린 시절부터 단련된 인내심으로 침팬지가 먼저 자신에게 다가오기를 기다렸다. 결국 그녀는 침팬지에게 이름을 붙여주고 서로 대화를 나누고 감정을 소통하는 친밀한 관계를 맺는 데 성공했다. 특히 도구를 사용하는 침팬지를 학계에 보고하여 센세이션을 불러일으키고 연구비도 계속 확보할 수 있게 되었다. 도구를 사용하는 침팬지의 사례를 통해 인간만이 도구를 사용할 수 있다는 고정관념을 깨고 인간의 정의마저 바꾸는 세계적인 과학자가 된 것이다.

그녀가 세계 과학계의 주목을 받게 되자 《내셔널지오그래픽》에서 관심을 보였다. 연구비를 지원하는 대신 그녀가 아프리카에서 연구하는 모습을 사진과 비디오에 담고 《내셔널지오그래픽》에 특종 기사를 제공한다는 조건이었다. 《내셔널지오그래픽》은 네덜란드 출신 사진작가 휴고 판 라윅(Hugo van Lawick)을 그녀의 연구 지역인 곰베로 보냈다. 휴고는 밤낮을 가리지 않고 침팬지를 연구하는 현장에 붙어 지내면서 그녀의 가장 아름답고 매력적인 모습을 충실하게 사진에 담았다. 휴고가 이때 찍은 그녀의 사진은 《내셔널지오그래픽》을 통해 전 세계로 퍼져 나갔고 그녀는 유명 인사가 되었다.

외진 아프리카의 정글에서 몇 개월을 계속 함께 지낸 둘은 많은 이야기를 나누었고 침팬지 연구에 열중하는 제인의 아름다운 모습을 카메라에 담던 휴고는 그녀의 매력에 푹 빠졌다. 네덜란드 출신으로 따

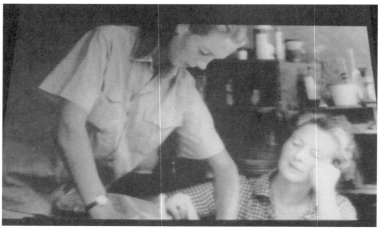

뜻한 인간미를 갖춘 휴고에게 제인 역시 호감을 갖게 되었다. 네덜란드는 유럽에서도 가장 양성 평등적이어서 어린이가 특히 행복한 나라로 알려져 있는데, 휴고는 보수적인 영국 남자와는 달리 강인한 여성에 대한 존경과 배려가 몸에 배어 있었다. 그전에도 그녀의 미모에 반해 접근하는 영국 남자들이 많아 약혼까지 간 경우는 있었지만 아프리카에 가서 침팬지 연구를 하겠다는 그녀의 열정을 이해하지 못해 번번이 관계가 깨지곤 했다. 하지만 일하는 현장에서 만나 제인을 깊이 이해하고 그녀의 일을 열심히 도운 휴고는 결국 제인의 마음을 얻는 데 성공하고 둘은 결혼하게 되었다.

아프리카 곰베 지역에서의 침팬지 연구는 순조롭게 진행되었다. 제인은 특히 플로라는 어미 침팬지에게 깊은 애정을 느꼈다. 인간이 보기에는 못생긴 침팬지였지만 좋은 엄마였던 플로는 침팬지 사회에서 인기가 아주 높았다. 제인은 플로를 통해 좋은 엄마가 되는 법을 배울 수 있었다고 고백했다. 제인은 침팬지 연구를 계속 하다가 아프리카에서 아들을 출산했다. 아프리카 곰베 지역은 제인에게는 행운의 장소, 행복한 추억으로 가득한 비밀의 화원이 되어 갔다. 그녀의 외아들도 아프리카 여성과 결혼해 탄자니아에서 가정을 꾸리고 아이들을 아프리카에서 길렀다.

아이를 낳은 후 제인은 점점 더 바빠지기 시작했다. 리키 박사는 케임브리지대학에서 제인이 박사 학위를 받을 수 있는 길을 열어 주었다. 제인은 일 년에 두세 차례씩 케임브리지대학에 가서 논문을 진행하고 다시 곰베로 돌아와 연구 데이터를 수집하는 일을 몇 년 동안 계속 해야 했다. 엄격한 과학적 연구 방법론을 중시했던 교수들은 그녀의 자유로운 연구 방식을 공격하기도 하고 여성 과학자에 대한 편견을 드러내기도 했다. 그 후 그녀는 보수적인 케임브리지대학보다는 여성에 대한 편견과 차별이 상대적으로 적은 지역에서 주로 활동했다. 곰베 지역에서 연구를 계속하기 위해서 그녀는 연구계획서를 제출하고 침팬지에 관한 대중 강연도 계속 해야 했다.

위킹맘으로서 고달픈 생활을 하며 지쳐 가는 제인에게 또 다른 고통이 생겼다. 바로 남편 휴고와의 관계가 불편해진 것이다. 함께 연구한 결과를 각자 책으로 냈는데 제인만 주목을 받고 휴고의 책은 묻히고 말았다. 남편으로서 자존심이 상한 휴고가 자꾸 밖으로 겉돌고 가족과 함께하는 시간이 줄어들면서 둘의 관계는 소원해지고 결국 이혼에까지 이르렀다.

제인에게 또 다른 사랑이 다가왔다. 아프리카의 탄자니아 국립공원의 최고 책임자였던 영국인 데렉 브라이슨이었다. 그는 제2차 세계대전에 전투기 조종사로 참전했는데, 중동에서 추락해 하반신이 거의 다 마비되는 큰 부상을 입었다. 하지만 강한 의지로 재활에 성공해 지팡이를 짚고 돌아다닐 수 있게 되었다. 스와힐리어를 영어만큼이나 잘했던 그는 평생 아프리카 사람들을 돕는 일을 해왔기 때문에 모든 탄자니아인들이 그를 좋아하고 존경했다. 데렉은 제인이 아프리카에서 새로운 연구센터를 세우고 연구에 집중할 수 있도록 음으로 양으로 지원을 아끼지 않았고, 무엇보다 아들 그럽에게 좋은 아버지 역할을 해주었다. 제인은 데렉의 자상한 배려와 해박한 지식에 매료되었고 아버지 같은 따뜻한 사랑을 느껴 재혼했다.

하지만 결혼 생활은 그리 행복하지 못했다. 보수적인 영국 남자였던 연상의 데렉은 제인에게 전형적인 주부와 아내 역할을 기대했다. 하지만 제인은 쏟아지는 일과 강연 요청을 외면할 수 없었고 특히 미국 캘리포니아 스탠퍼드대학에서의 강의와 연구는 그녀에게 큰 의미가 있었다. 제인의 바쁜 일정을 못마땅해했던 데렉과의 갈등이 심해지는 가운데 그가 암에 걸렸다는 통보를 받았다. 제인은 모든 스케줄을 뒤로하고 데렉의 투병 생활을 도왔다. 데렉이 몇 달 후 숨을 거두면서 둘의 짧은 결혼 생활은 5년 만에 막을 내렸다.

## 희망의 이유
미국으로 이동하여 새로운 기회를 얻다

다시 혼자가 된 제인은 날개를 달았다. 아프리카 현지에서 존경받는 유명 인사였던 데렉의 미망인으로서 확실한 인맥을 구축하고 곰베에서도 안정적인 연구 기반을 확보하게 되었다. 곰베에서의 연구가 오랜 세월 계속되었기 때문에 제인은 침팬지의 행동에 대해 누구보다 잘 아는 전문가였다. 하지만 영국 케임브리지대학에서 박사 논문을 쓰며 스트레스를 많이 받았던 그녀는 학계에서 인정받기 위해 논문을 많이 쓰는 일보다는 전 세계의 어린이들을 교육하고 평범한 사람들을 위해 책을 쓰는 일을 더 좋아했다. 어린 시절부터 동화책을 읽으며 상상력을 기른 그녀는 천부적인 이야기꾼이었다. 그녀는 강연에서 어려운 과학적 용어를 쓰지 않고도 침팬지의 생태를 정확하게 묘사했고, 그녀가 쓴 글은 사람들의 마음을 움직이고 영혼을 두드렸다. 그녀의 책을 읽은 사람들은 침팬지가 얼마나 멋진 동물인지, 그리고 모든 생명체가 얼마나 경이로운 존재인지 느낄 수 있다.

좀 더 적극적으로 해외 강연을 하고 대중 서적을 쓸 시간을 확보하면서 그녀의 베스트셀러들이 본격적으로 쏟아져 나오기 시작했다. 제인은 그 후 영국보다는 미국에서 주로 활동했는데, 이는 보수적인 영국과는 달리 미국이 침팬지 연구에 대해 열린 태도를 가지고 있었기 때문이다. 여성 과학자에 대한 편견이 적은 미국에서는 침팬지 관련 강연 요청이 많이 들어왔고 각종 단체에서 후원금을 받을 수 있는 기회도 풍부했다. 자연스럽게 제인은 모국인 영국보다는 미국에서 주로 활동했고, 아프리카뿐 아니라 아시아 지역으로 활동 무대를 계속 넓혀 나갔다. 그 결과 고향인 영국에서는 그녀의 존재가 희미해졌지만, 미국이나 아프리카, 아시아 지역에서는 제인을 모르는 사람이 없을 정도로 유명해졌다.


제인 구달을 만나다
"여자라서 못 할 일은 없어요"


2013년 11월 생물 다양성 재단 창립식에서 기념 강연을 하기 위해 내한한 제인 구달을 이화여대 최재천 교수 연구실에서 만났다. 신사임당이 그린 〈초충도〉에 등장하는 나비 벽지가 인상적인 방이었다. 따사로운 햇살이 들어오는 조용한 방에서 차를 마시고 있던 제인 구달과 마주 앉으니 꿈만 같았다.

우선 그녀에게 '세상을 바꾼 멋진 영국 여성들에 대한 책을 쓰고 있으며 그녀들의 지리적 경험과 공간적 의사 결정에 대해 관심이 많은 지리학자'라고 나를 소개했다. 그리고 그녀에게 가장 큰 영향을 준 영국 여자가 누구인지 물었다.

제인은 1초도 머뭇거리지 않고 "어머니"라고 대답했다. "어머니는 정말 대단한 여성이셨어요. 참정권 운동을 경험한 세대였고, 1 · 2차 세계대전도 견뎌 내셨죠. 어머니는 내 인생의 해결사였어요. 내가 아주 어릴 때부터 여자라서 못 할 일은 없다고 늘 말씀하셨죠. 지쳐 쓰러지기 직전일 때 어머니가 계신 본머스에 가면 다시 일어설 수 있는 힘이 생겼어요."

나는 그녀의 결혼 생활과 이혼 과정에 대해 물었다. "첫 남편 휴고와는 이혼 후에도 친구처럼 지냈어요. 아들도 가끔씩 만났고요. 아쉽게도 세상을 일찍 떠났어요. 담배를 너무 많이 피웠거든요. 담배가 그를 죽인 셈이에요. 두 번째 남편 데릭과도 5년 정도 결혼 생활을 했지요. 그가 일찍 떠난 것은 슬픈 일이지만…… 아마 평생 결혼 생활을 했다면, 답답하지 않았을까 싶어요. 내가 하고 싶은 일을 이렇게 적극적으로 할 수는 없었을 거예요."

1년에 300일 이상을 외국에서 보내는 그녀에게 가장 행복하고 편안한 힐링 공간이 어디인지 궁금해졌다. "연말에는 아무리 바빠도 꼭 고향 본머스의 집에 가서 크리스마스를 보내요. 나를 알아보는 사람이 별로 없어서 편하거든요. 또 처음 침팬지 연구를 시작한 탄자니아의 곰베 지역도 내게는 행복을 충전하는 곳이고요."

"전 세계 대부분의 나라를 가보셨을 텐데…… 영국, 아프리카 탄자니아 외에 가장 좋아하는 나라는 어디인가요? 최재천 교수님이 계시는 한국도 제외하고요(웃음). " 그녀는 한참 생각을 하더니 조심스럽게 대답했다.

"대만이에요. 내가 강연을 하고 나면 반응도 가장 뜨겁고요. 진심으로 환경을 생각하고 변화를 실천하는 대만 사람들을 보면서 나도 배우는 게 많아요. 평범한 시민들과 어린이들이 힘을 합쳐 대만 정부에 건의를 한 결과, 이제 정부에서 개최하는 모든 공식 연회에서 상어 지느러미 요리가 사라졌을 정도니까요."

"계속 비행기를 타고 바쁜 스케줄을 소화하다 보면, 체력이 달리지는 않으세요? 건강을 유지하는 특별한 비결이 있나요?"

"아마 채식 덕분이 아닐까 해요. 그리고 세계 각국의 어린이들을 만나면 나도 모르게 힘이 나요." 아프리카에 사는 손주들 이야기를 하면서 그녀는 또 행복한 미소를 지었다.

## 제인 구달의 끊임없는 진화
과학자에서 리포터로, 저자에서 환경운동가로

제인의 노력에 불구하고 침팬지가 아프리카에서 점차 사라져 가고 있었다. 그녀가 연구를 시작할 때만 해도 25개 나라에 침팬지가 분포했었으나 이제는 몇 개국에서만 침팬지를 볼 수 있을 정도로 멸종 속도가 빨라졌다. 사람들이 침팬지를 잔인하게 사냥하거나 목재를 팔아 부자가 되기 위해 삼림을 마구 파괴했기 때문이다. 그녀

첫 번째 만남, 1996

의 연구 지역인 곰베 주변도 삼림이 급속도로 줄어들면서 스트레스가 심해진 침팬지들이 난폭한 성향을 보이고 패싸움을 벌이면서 연구가 순조롭게 진행되지 못했다.

1986년 시카고에서 열린 회의에서 아프리카 각국에서 연구를 수행하는 학자들이 인구 증가, 서식지 파괴, 밀렵 때문에 침팬지가 급속하게 줄어들고 있다고 보고했다. 국제적인 규모의 야생동물 거래(의학 연구와 유흥용) 때문에 어미와 새끼 침팬지들이 함께 목숨을 잃는 상황도 발생했다. 의학 연구실에서 실험할 용도로 침팬지를 거래하고 서커스나 애완용으로 팔려 가는 현실을 제인은 견딜 수 없었다. 스타 과학자로서 학술 논문을 쓰고 스탠퍼드대학에서 강의를 하는 안락한 삶을 살수도 있었지만 그녀의 양심이 허락하지 않았다.

아프리카 사람들의 상황은 점점 더 악화되었다. 특히 자이르 동부의 상황이 불안해지자 난민들은 계속 늘어만 갔다. 제인은 1990년대 초에 경비행기를 타고 아프리카의 국립공원을 둘러보다가 삼림이 파괴된 현장을 목격하고는 큰 충격을 받았다. 침팬지 못지않게 현지 사람들의 삶도 너무나 비참했기 때문이다. 1994년 제인 구달 연구소는 'TACARE(The Lake Tanganyika Catchment Reforestation and Education)' 프로그램을 시작했다. 연구 지역인 곰베 주변의 공동체를 돕는 환경 보호 프로그램을 제안한 그녀는 침팬치 서식지 주변에 살고 있는 마을 사람들의 삶을 개선하는 일에 매진했다.

야생동물 연구와 교육을 통한 지식의 공유, 지구상에서 생명을 유지해 줄 환경 보전에 앞장서기 위해 그녀는 1977년 제인 구달 연구소를 설립했다. 또한 곰베의 영장류를 대상으로 학생들이 가상현실 연구를

102

할 수 있는 시스템을 개발하고, '뿌리와 새싹' 프로그램을 국제적인 환경 교육 운동으로 발전시키고 전 세계 120개국으로 확산시켰다. 자신과 다른 사람들뿐 아니라 모든 생물을 귀중하게 여기며, 그들 자신이이 지구와 어떤 관계를 맺고 있는지를 인식하게 하고 지구 환경을 보존할 목적으로 설립된 '뿌리와 새싹'은 제인 구달이 가장 심혈을 기울이는 사업이다.

이러한 과정에서 그녀는 지리학자들과 함께 일한다. 지리정보시스템(GIS) 기술은 제인 구달 연구소에서 침팬지가 서식하는 위치를 조사하여 기록하고 잠재적인 서식지를 예측하는 데 도움을 준다. 또한 자연 자원뿐 아니라 주민들의 거주지, 농장, 기타 토지 이용과 같은 인간이 초래한 변화를 추적하고 생활 환경을 개선하는 데에도 활용된다. 고해상도 위성사진과 함께 GIS자료와 지도는 시간 경과에 따른 서식지 파괴 현황을 실시간으로 업데이트해 주기에 제인이 문제의 심각성을 대중에게 전달하는 데 매우 유용한 도구가 된다. 제인 구달이 학자에서 저술가·강연자로, 환경운동가로 끊임없이 변신하는 과정에서 지리학은 큰 도움이 되었다.


## 침팬지 인형을 품에 안고
## 희망의 세계를 만들어 가다


아버지가 어린 딸에게 선물하려고 우연히 고른 침팬지 인형에서 소녀의 꿈이 시작되었다. 침팬지를 연구한 제인 구달의 열정

**Jane Goodall's**
**roots&shoots**

야생 침팬지 연구자로 시작된 제인 구달의 열정은 야생 동물의 보호, 현지 주민들의 삶을 개선하는 일을 넘어 이제는 환경 교육 운동으로까지 확장되었다. 그녀는 세계 구석구석을 다니며 강연과 워크숍을 개최하여 짐을 쌌다 풀었다 하는 여행자의 삶을 살았다. 1년 중 4개월은 곰베에서 침팬지를 관찰하고, 4개월은 연구 결과를 마무리 짓고 읽고 쓰고, 4개월은 연구 및 환경 교육 운동 캠페인을 위한 모금 활동을 하는 치열한 삶을 산다.

으로 인간에 대한 정의가 바뀌었고, 그녀의 지리적 상상력으로 아프리카 탄자니아 주민들과 전 세계 사람들의 운명이 달라졌다. 지금도 그녀는 어디를 가든 침팬지 인형을 꼭 가지고 가고, 사진을 찍을 때면 침팬지 인형을 품에 안고 행복한 미소를 짓는다.

곧 여든을 바라보는 그녀는 지금도 세계 각지에서 쇄도하는 초청 강연을 소화하느라 바쁜 스타 과학자이자 인기 강연자다. 제인 구달의 일정은 한류 스타 못지않게 빡빡하지만, 낡은 스웨터와 단출한 여행 가방은 그녀의 검소한 생활 태도를 잘 보여 준다. 머리를 하나로 질끈 묶는 헤어스타일을 평생 고수하는 할머니 제인 구달의 자태는 여전히 우아하고 아름답다.

식빵 반 조각과 홍차 한 잔이면 한 끼 식사로 충분하다는 그녀는 아침부터 밤까지 계속되는 강행군에도 끄떡없는 강철 체력의 소유자이기도 하다. 연약해 보이지만 강인한 생명력으로 단단한 벽도 뚫는 '뿌리와 새싹'은 제인 구달을 닮았다. 전 세계 어린이들에게 생명과 환경의 소중함을 가르쳐 주는 지리 교육자로 진화한 제인 구달은 인간과 동물, 모든 생명체가 평화롭게 공존할 수 있는 희망의 세계를 만들어 가는 중이다.

# 비비안 웨스트우드
Vivienne Westwood

———

자전거를 타고 런던을 누비는
열정의 디자이너

## 연하의 꽃미남 제자를 사로잡은
## 디자이너의 매력

미용실에서 패션 잡지를 넘기던 중 사진 한 장이 내 눈길을
사로잡았다. 말괄량이 삐삐처럼 장난기 가득한 표정의 할머
니가 호수같이 파란 눈을 가진 롱다리 꽃미남과 다정하게 포
즈를 취하고 있었다. 그녀의 이름은 비비안 웨스트우드. 오스
트리아 빈의 패션학교에서 만난 스물다섯 살 연하의 제자와
결혼하여 20년 넘게 해로하고 있다. 대처 수상의 위세가 하
늘을 찔렀던 1980년대에 "그녀도 한때는 펑크였다"며 대처
수상을 조롱하는 잡지 표지의 주인공으로 발탁되는 등 어떤
권력에도 쫄지 않는 당당함이 매력이다. 영국 왕실에서는 비
비안 웨스트우드에게 윌리엄 왕세손의 신부 케이트 미들턴
의 웨딩드레스 디자인을 의뢰했지만, "내 옷은 왕실 스타일과
맞지 않는다"며 단칼에 거절해 버렸다. 세련된 패셔니스타로
인기가 높은 왕세손비에게는 "환경보호를 위해서라도 옷 좀
그만 사라"고 일침을 가한 전력도 있다. 대처 전 수상이나 왕
실 사람들 앞에서도 할 말 다 하는 배짱은 도대체 어디서 비
롯된 것일까?

# 기 센 여자들을 배출한
# 영국 북부 도시 맨체스터와 글로솝
## 여성참정권 운동의 중심지

비비안은 영국 북부 도시 셰필드와 맨체스터 사이에 있는 더비셔 주 글로솝(Glossop)의 작은 시골 마을 틴트휘슬(Tintwistle)에서 태어났다. 원래는 모직 산업이 발달한 공업지역이었으나 지금은 차로 출퇴근하는 중산층 주거지가 되었고, 자연 경관이 아름다운 피크 디스트릭트(Peak District) 국립공원과 가깝다. 비비안의 아버지는 구두 장인이었고, 어머니는 직물 공장에서 노동자로 일했다.

영국 북부 지역은 산업혁명 당시 영국 공업의 중심지였는데, 특히 맨체스터에서는 공장 노동자의 여가 스포츠로서 축구의 인기가 높았다. 맨체스터는 강한 남자들뿐 아니라 기 센 여성들도 많아 여성참정권 운동이 처음 시작된 곳이기도 하다. 여성참정권 운동을 대를 이어 주도한 팽크허스트 가문 역시 맨체스터 출신이었는데, 1911년 팽크허스트 모녀가 런던으로 진출하면서 참정권 운동은 전국으로 확산되었다. 거리를 행진하며 여성의 투표권을 요구하다 경찰에 체포되어 투옥되기도 했는데, 이들은 감옥에서 단식을 감행하는 등 치열하게 투쟁했다.

1913년 6월 4일 에밀리 데이비슨은 왕실과 상류층 사람들이 운집한 엡슨 경마장에 들어가 참정권 깃발을 왕의 말에 달려고 시도하다 사고를 당해 목숨을 잃었다. 하지만 언론이 그녀의 죽음을 애도하기는커녕 왕의 말이 부상당한 것만 강조하여 기사화하자 영국 여성들은 분노했다. 런던을 중심으로 그녀의 죽음을 추도하는 성대한 장례식이 치러지면서 투표권을 쟁취하고자 하는 영국 여성들의 열망은 더 강렬해졌고, 런던 시내 건물의 유리창을 깨고 기물을 파손하는 등 과격한 행동도 불사하는 일부 열혈 운동가까지 등장했다.

여성들은 투표할 권리뿐 아니라 이혼할 권리, 재산을 소유할 수 있는 권리 등을 요구했는데, 북부 지역 출신인 비비안의 어머니 도라 역시 참정권 운동의 영향을 받은 깨인 여성이었다. 도라는 글로솝에서 우체국을 겸한 잡화점을 운영할 때도 자기 명의로 등록했고, 맨체스터의 제조업 경기가 나빠지자 과감하게 런던으로 이사 갈 결정을 직접 내리기도 했다. 맏딸 비비안은 주체적이고 적극적인 어머니의 유전자를 그대로 물려받았다.

비비안의 부모님은 딸의 성적표를 거의 보지 않았고, 공부 스트레스도 주지 않았다. 비비안과 두 동생은 자연에서 마음껏 뛰어놀며 행복한 어린 시절을 보냈다. 그들은 야생화가 잔뜩 핀 벌판에서 딸기와 블루베리를 간식으로 따 먹으며 자유를 만끽했다. 비비안은 행복한 어린 시절의 추억이 담긴 글로솝을 사랑했고, 자신이 북부 지역 출신 여자라는 것을 언제나 자랑스럽게 이야기했다. 개발 사업으로 고향의 스왈로 숲(Swallow's Wood)과 계곡이 파괴될 위험에 처하자 비비안은 지역 환경보호 운동에 힘을 보태기 위해 짧은 시를 지어 보내고 고향에서 찍은 어린 시절 사진을 공개하기도 했다. 사진 속 그녀는 스타킹을 짝짝이로 신고 장난기 가득한 표정으로 동네를 휘젓고 다니는 천방지축 장난꾸러기 소녀의 모습이었다. 이 말괄량이 소녀의 꿈은 해적이 되는 것이었다.

비비안은 어려서부터 자연에서 뛰어놀아 체육을 잘했다. 고향 마을 틴트휘슬의 경사가 급한 데다 학교까지 거리도 상당하여 강철 체력이 저절로 길러진 것이다. 어릴 때부터 패션 잡지를 보고 집에 남은 자투리 천으로 자신의 옷을 직접 만들어 입는 등 눈썰미와 손재주가 남달랐다. 고등학교에 다닐 때는 교복을 자신의 스타일에 맞게 폭을 줄이고 치마를 짧게 고쳐 입었고, 최신 유행 패션을 따라잡기 위해 맨체스터의 쇼핑가에 자주 가곤 했다.

어린 동생들을 이끌고 다니며 여장부같이 자란 비비안은 유치원에 등교한 첫날부터 이미 혁명가의 조짐을 보였다. 여자 화장실 줄이 길게 늘어서 있었는데, 남자 화장실에는 아무도 없었다. 그녀는 조금도 머뭇거리지 않고 규칙을 바로 깨버렸다. 남자 화장실에 들어가는 방식으로. '독재와 억압에 대한 첫 번째 대항'은 그렇게 시작되었다. 권위에 복종하지 않는 비비안의 반골 기질은 곳곳에서 엉뚱한 방식으로 표출되었다. 1992년 영국 여왕의 훈장을 받으러 켄징턴 궁에 가면서 속옷을 전혀 입지 않은 채 속이 훤히 내비치는 드레스를 입어 참석자들을 경악시켰고, 패션 어워드 시상식장에서 수상자로 호명되었으나 화장실에 다녀오느라 무대에 늦게 올라오기도 했다.

하지만 비비안이 기존 체제에 반항만 한 것은 아니었다. 특별한 과외 수업을 받지 않고도 수재들만 입학할 수 있는 고향의 명문 중·고등학교에 진학할 정도로 똑똑하고 공부 잘하는 학생이었다. 그녀는 학창 시절 "자유를 간절히 원하고 주장해야 민주주의가 당연한 것이 된다"는 역사 교사 스콧의 가르침 덕분에 민주주의와 정의로운 사회에 대해 강한 신념을 갖게 되었다. 또한 전쟁으로 식량 사정이 어려워져 배급을 받는 궁핍한 시절을 경험한 비비안은 그 후 디자이너로 활동할 때에도 자투리 천을 최대한 줄이는 커팅을 선호하고 물자를 아끼는 절약 생활을 평생 실천했다.


## 펑크족으로 진화한 비비안 웨스트우드

　　　　　열일곱 살 때 온 가족이 런던 북서부 해로(Harrow)로 이사를 가게 되면서 그녀는 화려하고 세련된 도시 문화에 살짝 기가 죽는다. 해로 아트스쿨에 입학하지만 패션으로 밥 먹고 살 자신이 없어 초등학교 교사로 진로를 바꾼다(교사가 되려면 치열한 경쟁을 치러야 하는 한국과는 달리 영국에서 초등학교 교사는 고졸의 평범한 여성들도 비교적 쉽게 얻을 수 있는 직업이었다). 20대 초반에 댄스파티에서 만난 연상의 데릭 웨스트우드(Derek Westwood)는 항공사 근무를 원하던 회사원으로 초등학교 교사인 아내와 평범하게 살기를 원하는 남자였다. 스물한 살이라는 이른 나이에 결혼해 '웨스트우드'라는 성을 갖게 된 비비안은 이듬해 첫아들 벤저민을 낳았지만 첫 남편과의 인연은 딱 거기까지였다.

뻔하고 지루한 일상생활에 권태를 느낀 비비안은 과감하게 이혼을 하고 젖먹이 아들을 데리고 친정으로 되돌아왔다. 초등학교 교사였던 그녀는 당시 해로 아트스쿨에 다니던 남동생 친구 맬컴 매클래런(Malcolm McLaren)을 만나면서 인생의 전환점을 맞이했다. 맬컴은 유럽의 부유한 보석 가게 집안 출신인 할머니 손에서 오냐오냐 자란 그랜드마마보이로 피터팬 같은 몽상가였다. 그는 남자로서, 아버지로서 책임감은 부족했지만 문화 예술의 최신 트렌드를 읽는 감각은 탁월해서 나중에 펑크 록그룹 섹스 피스톨스의 매니저로 이름을 날리기도 한다. 스물다섯 살이었던 비비안과 스물한 살이었던 맬컴은 동거를 시작했고, 얼마 지나지 않아 비비안은 그에게 임신 소식을 알렸다. 아버지가 될 준비가 전혀 되어 있지 않았던 크로이던 예술대학생 맬컴은 할머니에게서 받은 낙태 비용을 비비안에게 건넸지만, 낙태 수술을 받으러 가던 길에 본드 가에서 예쁜 울코트를 발견한 비비안은 아이를 그냥 낳기로 마음을 바꿨다(당시 영국에서 낙태는 불법이었고, 낙태 시술은 산모의 건강을 위협하는 매우 위험한 수술이기도 했다). 1967년 11월 30일 둘 사이에서 조지프 코레(Joseph Corre)가 태어났고, 비비안은 맬컴의 안내로 흥미로운 펑크의 세계에 진입했다.

　1968년 파리에서 혁명이 일어나자 비비안은 어린 아들 둘을 어머니에게 맡기고 맬컴과 함께 프랑스로 건너갔다. 히피 생활을 하며 혁명의 기운을 온몸으로 흡수한 비비안은 새로운 패션과 문화를 실험하는 펑크족이 되어 모든 권위에 마음껏 저항했다. 하지만 영국에 돌아와 보니 어린 두 아들의 건강 상태가 매우 좋지 않았다. 비비안은 자연환경이 좋은 북웨일스로 아이들을 데리고 가 전원생활을 하며 아이들이 건강해질 때까지 기다렸다. 1970년 다시 런던으로 복귀한 비비안은 런던 남부에 거처를 마련하고 맬컴과 다시 동거를 시작했다.
　맬컴은 어린 아들에게 질투를 느낄 정도로 정신적으로 미숙한 남자였고, 특히 둘째 아들 조지프는 아버지 맬컴과의 관계에서 많은 상처

비비안은 여성참정권 운동을 경험한 어머니 세대의 독립적이
고 적극적인 유전자를 물려받았다. 참정권 운동 관련 자료들
을 기록, 전시하고 있는 팽크허스트 센터(오른쪽). 현재 여성들
이 누리는 권리는 선대 여성들의 희생이 있었기에 가능했다.

'강풍 주의'라는 교통 표지판이 곳곳에 서 있는 비비안의 고향 틴
트휘슬을 찾아가는 밤길은 쉽지 않았다. 한밤중에 도착한 틴트휘
슬에는 눈발이 흩날리고 있었고, 황소의 눈(Bull's Eye) 펍은 일찍
문을 닫았다.(맨 위) 비비안은 틴트휘슬 스왈로 숲의 보호 운동에
힘을 보태기 위해 어린 시절 사진을 홈페이지에 공개하기도 했다.

를 받았다. 맬컴은 비록 아빠로서는 자격 미달이었지만 참신한 아이디어 제공자로서 비비안과 동업자 관계는 지속했다. 1971년 비비안은 첫 번째 숍 '렛 잇 록(Let It Rock)'을 킹스로드 430번지에 열고 자신이 직접 디자인한 도발적인 펑크 스타일의 옷을 팔기 시작했다. 1976년 맬컴이 록그룹 섹스 피스톨스를 결성하고 비비안에게 그들의 옷 디자인을 맡기면서 비비안은 디자이너로서의 경력을 본격적으로 쌓기 시작했다.

비비안 웨스트우드는 다음 패션쇼의 테마를 '해적'으로 통일했는데, 1981년 3월 런던 서부의 올림피아 전시 센터 홀에서 열린 그녀의 해적 패션쇼는 큰 기대를 불러 모아 입장권을 얻기 위해 싸움까지 일어날 정도였다. 바우 와우 와우(Bow Wow Wow) 밴드가 음악 연주를 시작할 때까지 조수들과 함께 무대 뒤에서 마지막 옷 손질을 할 정도로 일정이 촉박했지만, 비비안은 쇼가 시작되자 무대 바로 앞자리에서 자신이 기획한 성대한 패션쇼를 즐겼다. 보통은 무대 뒤에서 패션쇼를 지휘하는 디자이너 세계의 관습을 과감히 깬 것이다. 해적선 분위기의 무대 위에 검은 안대를 쓰고 헐렁한 남성복을 입은 여자 모델들이 씩씩하게 등장하는 파격적인 연출이었다. 보이 조지와 믹 재거 같은 팝스타들도 관중들과 함께 새로운 시도에 열광했고, 그녀의 첫 번째 컬렉션은 큰 성공을 거뒀다.

대처의 정치적 영향력이 급격히 강화되던 시기에 열린 비비안 웨스트우드의 반항적인 패션쇼는 영국 패션계를 강타했다. 영향력 있는 패션 잡지들은 "비비안 웨스트우드는 패션계에 새로운 룩을 창조하는 가장 인기 있는 디자이너"라고 극찬했고, 바이어들로부터 주문이 쇄도했다. 패션 컬렉션은 6개월마다 열리는 패션쇼에서 선보이는 라인으로 지탱된다. 대개 컬렉션이 좋은 평가를 받으면 전 세계에서 주문이 밀려오고, 디자이너는 패션쇼에 쓴 비용을 상쇄하고 다음 시즌을 준비할 수 있는 자금을 확보할 수 있게 된다.

하지만 비비안에게는 돈을 많이 버는 것보다 관습을 깨고 새로운 패션 스타일을 창조했다는 점이 더 중요했고, 영국 패션의 역사에서 의미 있는 인물로 기억되길 원했다. 빅토리아 앨버트 박물관(V&A Museum)의 20세기 드레스 담당 큐레이터에게서 영구 전시를 위해 옷본이 필요하다는 연락을 받았을 때 그녀는 크게 기뻐했는데, V&A의 전시실과 도서관은 평소 그녀가 디자인 영감을 얻기 위해 자주 찾았던 곳이었기 때문이다. 비록 패션 디자인 대학 문턱도 제대로 밟아 보지 못한 그녀였지만 V&A, 월리스 컬렉션 등의 박물관과 미술관을 직접 찾아다니며 독학으로 패션 공부를 한 셈이다. 각고의 노력 끝에 고졸 학력의 40대 여성 비비안 웨스트우드에게 패션 디자이너로서의 새로운 삶이 열렸다.

해적 쇼 성공 뒤에 또 다른 암초가 그녀를 기다리고 있었다. 파트너인 맬컴이 그녀의 성공을 질투하면서 둘 사이의 관계가 삐거덕거리기 시작한 것이다.

## 맬컴과 막장 드라마를 찍다

몽상가였던 맬컴이 생활력이 전혀 없었기 때문에 비비안은 두 아이를 키우는 싱글맘으로 알아서 생계를 꾸려 가야 했다. 경제적으로 궁핍했던 비비안은 주중에는 초등학교 교사로 일하면서 아들 둘을 키우고 주말에는 포르토벨로 마켓에서 자신이 만든 액세서리를 파는 억척스러움을 보였다. 북부 지역 출신 영국 여자의 강한 생활력을 엿볼 수 있는 대목이다. 아들 둘이 좀 더 크자 기숙학교에 보냈지만 수업료가 자주 밀려 계속 학교를 옮겨 다녀야 할 정도로 경제적으로 어려웠다. 비비안이 클래펌(Clapham)의 낡은 아파트에서 워킹맘으로 고생하는 동안 맬컴은 자유롭게 세계를 여행하며 다양한 여성들과 지속적으로 스캔들을 만들고 다녔다. 한성격하는 비비안이 맬컴과 10년 넘게 애증의 관계를 지속한 이유는 무엇이었을까? 세계 여행 마니아 맬컴으로부터 새로운 세상에 대한 이야기를 들으며 급변하는 트렌드를 따라잡을 수 있었기 때문이 아니었을까?

비비안은 개인적으로는 맬컴과 계속 삐걱거렸지만 그와의 패션 협동 작업은 계속 진행했다. 성공적인 해적 시리즈에 이어 두 번째 컬렉션 '야만인(Savage)'을 1981년 10월 런던에서 선보였다. 대담하고 강렬한 디자인과 다채로운 옷들은 비비안이 제3세계의 부족 문화를 연구하여 발굴한 소재였다. 1982년 비비안과 맬컴은 런던 중심부에 '진흙의 향수(Nostalgia of Mud)'라는 두 번째 숍을 열고, 세계 패션의 중심지 파리로 진출을 모색했다. 1960년대에 영국 디자이너 메리 퀸트가 파리에

캠던 시장은 다양한 인종뿐 아니라 개성이 돋보이는 물건도 많아 비비안이 펑크에 눈을 뜨게 된 결정적인 장소이기도 하다.(위) 그녀는 주중에는 교사로 일하고 주말에는 장사를 하면서도 생활력 없는 맬컴(왼쪽 아래)과의 패션 협동 작업은 지속했다.

Above left: Portrait of Malcolm McLaren by Jean-Charles de Castelbajac.

Above: Alan Jones, Chrissie Hynde, Vivienne and Jordan promoting SEX in 1975.

Left: McLaren wearing the SEX T-shirt Two Naked Cowboys that winched at Alan Jones arrest in August 1975. Despite promises McLaren failed to turn up in court to support Jones.

서 패션쇼를 선보인 후 오랫동안 비어 있던 영국 디자이너의 자리를 비비안이 1982년 '버팔로(Buffalo)' 컬렉션으로 도전한 것이다. 고질적인 자금 부족으로 충분히 실력을 발휘할 수는 없었지만 버팔로 컬렉션은 언론과 동료 디자이너들에게 강한 인상을 남겼다. 하지만 패션쇼 준비 비용을 상쇄할 만큼 주문이 들어오지 않아 상업적으로는 실패였다.

직업적 평판이 올라가고 있었지만 비비안의 현금 유동성은 좋지 않았다. 맬컴은 그녀가 이탈리아 디자이너 엘리오 피오루치와 계약을 하자 이를 막기 위한 법적 조치를 취했다. 즉 비비안의 디자인이 숍의 재고와 마찬가지로 공동의 재산이라고 주장하며 소송을 걸었던 것이다. 생활비 한번 제대로 낸 적이 없고 친아들에게도 상처만 준 맬컴이 그녀의 발목을 잡은 것이다. 그 후 그녀는 3~4년간 디자이너로서도 깊은 슬럼프에 빠졌다. 법원을 오가고 변호사들을 만나면서 창조적 에너지가 소진되었기 때문이다. 법적 분쟁은 많은 경제적 대가를 요구했고 맬컴은 치졸한 공격으로 비비안을 괴롭혔다. '진흙의 향수'는 결국 문을 닫았고 늘 혼란의 원천이었던 그녀의 불안한 개인 금융 문제가 또다시 불거졌다. 그녀는 결국 1983년 파산을 선언할 수밖에 없었다.

비비안과 결별한 뒤 맬컴은 전 세계의 다양한 여성들과 끊임없이 교제하며 자유롭게 살았다. 맬컴의 마지막 여자는 서른 살가량 나이 차이가 나는 한국계 미국 여성 김 영(Young Kim)이었다. 맬컴의 조수이기도 했던 그녀는 희귀병에 걸린 그의 투병 생활을 도우며 스위스 병원에서 마지막 길을 동행했다. 비비안은 아들을 스위스로 보내 아버지의 임종을 지키도록 배려했지만, 맬컴은 수십억 원에 달하는 재산을 자신의 마지막 여자에게 몰아주고 친아들에게는 단 한 푼의 유산도 남기지 않은 채 2012년 사망했다. 맬컴의 친아들 조지프는 란제리 사업으로 성공한 CEO였고 비비안 역시 엄청난 재력가였지만, 자존심이 크게 상한 조지프는 맬컴의 미망인에게 재산 분할 청구 소송을 걸었다. 평생 아버지로서 제대로 해준 것 없는 맬컴이었지만 조지프는 아버지와 화해하고 싶었을 것이다. 하지만 끝까지 자신을 홀대한 아버지를 아들로서 용서하기 힘들었던 것은 아닐까. 맬컴의 죽음은 강인하고 쿨한 영국 여자 비비안에게도 기억하고 싶지 않은 아픈 상처로 남았다.

맬컴과의 관계가 정리되자 비비안은 패션의 세계를 자유롭게 탐색하고 다양한 남자들과 본격적으로 교제를 시작한다. (영국 남자에게 질린) 그녀는 이탈리아 출신 사업가, 프랑스 패션 디자이너, 미국 그래피티 아티스트, 유럽의 대학교수 등 다양한 문화적 배경을 지닌 외국 남성들과 사귀며 새로운 패션의 영감을 얻고 성적인 에너지를 충전한다. 인생을 즐기고 교양도 쌓고 외국으로의 사업 확장에도 도움을 받을 수 있으니 1석 3조인 셈이다.

정확히 셀 수도 없을 정도로 다양한 남자들과 파란만장한 연애를 했던 비비안에게 특히 두 명이 중요한 역할을 했다. 첫 번째 상대는 캐나다 출신 예술가이자 미학자인 게리 네스(Gary Ness)였는데, 그는 파리에서 예술가 교육을 받은 유명한 초상화가로 비비안의 문화적·예술적 멘토 역할을 기꺼이 맡아 주었다. 둘은 다양한 아티스트, 예술 작품, 문학, 미학에 대해 폭넓게 대화했고, 게리 네스는 고졸 학력이었던 비비안에게 지적인 자신감을 길러 주었다. 두 번째 상대는 파리에서

# 비비안 웨스트우드의 주변에서
# 살아남은 남자들의 공통점
### 부드러운 성격과 깔끔한 매너, 탁월한 실력을 갖춘 다국적 인재들

**1 | 이탈리아 출신 디자이너, 페페 (이탈리아 남부 출신)**

"그녀가 이탈리아에 왔을 때 처음 만났죠. 그녀는 일하는 현장에서 나를 바로 채용했습니다. 여기 런던까지 온 것은 정말 행운이라고 생각해요. 주변에서 다들 저를 부러워합니다. 그녀는 완벽주의자예요. 정말 대단한 여성이죠. 물론 스트레스도 커서 담배를 많이 피우게 돼요. 하지만 그녀와 함께 일하면서 배우는 게 정말 많아요."

**2 | 외국어에 능통한 멋쟁이 매너남 (중국계 말레이시아 국적)**

"몇 개 국어를 하냐고요? 중국어, 광동어(중국어 방언), 말레이어(말레이시아 · 인도네시아에서 사용되는 언어로 한국에서는 '마인어'라고 한다), 영어, 일본어…… 한국어도 요즘 조금씩 연습해요. 비비안의 옷은 전 세계 여성들이

좋아하고, 특히 아시아 여성들에게 인기가 많잖아요? 이곳을 찾는 여성들이 그녀의 패션을 충분히 이해하고 구매를 결정하도록 돕고 싶습니다. 그래서 늘 공부하고, 고객들이 편안하게 그녀의 옷을 입어 보도록 배려합니다."

### 3 | 여성복 매장의 훤칠한 꽃미남 점원 (동유럽 출신)

"세계 최고의 디자이너, 비비안의 명성에 걸맞게 저도 최대한 멋진 모습으로 고객들을 만나기 위해 끊임없이 노력합니다. 제 자신을 가꾸는 일을 게을리 하지 않습니다. 운동도 계속 하고 음식도 신경 써서 먹어요. 무엇보다 비비안의 매장을 찾는 여성분들에게 진심이 담긴 친절을 베풀고 싶습니다."

### 4 | 클래펌 이웃 주민이자 캐이터링 업체 사장 (에콰도르 출신 이민자)

"솔직히 그녀가 여성적이라거나 아름답다는 생각은 전혀 안 들어요. 하지만 그녀는 정말 똑똑하고 카리스마가 넘치는 여성이지요. 그녀가 주관하는 행사에 필요한 음식을 제공하는 일을 여러 번 하면서 직접 목격했는데, 그녀 주변 사람들은 모두 그녀를 여왕처럼 모시더군요. 저 역시 그녀를 존경합니다."

오스트리아 출신 연하의 꽃미남, 남편 안드레아스를 비롯해 그녀는 남자 복이 정말 많았다. 까칠한 성격의 비비안 웨스트우드 주변에는 그녀를 알아서 모시는 다국적 능력남, 부드러운 매너남들이 포진해 있었다. 또 여성복 매장에서는 멋진 남성 점원이, 남성복 매장에서는 섹시한 여성 점원이 손님을 맞았다. 외국을 많이 여행하거나 특별한 노력을 들이지 않아도 젊은 감각, 글로벌한 시각을 유지할 수 있는 비비안 웨스트우드만의 독특한 전략인 듯해서 흥미로웠다.

만난 이탈리아 남자 카를로 다마리오(Carlo D'Amario)였다. 그는 노련한 사업가여서 패션 산업에서 어떻게 돈을 벌고 영향력을 가질 수 있는지를 비비안에게 제대로 가르쳐 주었다. 비록 둘의 연인 관계는 오래 지속되지 못했지만 그는 비비안의 사업 파트너가 되어 그녀의 패션 사업이 안정되는 데 실질적으로 기여했다.

## 다시 고향으로! 영국 전통으로!
위기를 돌파하는 공간적 의사 결정

비비안의 작품은 박물관이나 미술관에 전시되어야 할 정도로 실험 정신이 충만했기에 수익성이 그리 높지는 않았다. 오직 새로운 패션을 만드는 데만 열중했던 그녀에게는 경영 마인드가 부족했고, 그 결과 영국에서의 사업은 엉망이 되었다. 1983년 비비안은 영국의 스튜디오를 버리고 유럽으로 건너가 새로운 사업 기회를 모색했다. 패션의 중심지인 파리와 밀라노에서 새로운 에너지를 얻고 사업 기회를 포착하기 위해 이탈리아 출신 사업가와 협력을 모색했지만, 여성에 대한 편견이 영국보다 강한 이탈리아에서 외국 여성이 성공하기란 쉽지 않았다. 결국 그녀는 파리와 밀라노에서 디자이너로서 감각을 키우고 다양한 경험을 쌓기는 했지만, 기대만큼 큰 성공은 거두지 못했다.

별 성과 없이 빈손으로 영국에 돌아온 그녀에게는 더 이상 물러설 곳이 없었다. 런던의 월즈엔드에 다시 숍을 연 비비안은 반드시 재기에 성공해야만 했다. 이제는 아이디어를 주는 맬컴도 없었으니 혼자 힘으로 모든 것을 다시 시작해야 했다. 런던의 박물관과 미술관을 다니며 패션의 역사를 철저하게 연구하고 새로운 스타일을 탐색했고, 어린 두 아들을 키우며 디자이너가 되기 위해 꿈을 키웠던 클래펌의 낡은 아파트에서 밤새 작업에 몰두했다. 하지만 빚이 많아 자신의 이름으로 새로운 사업을 시작할 수 없었기에 어머니와 둘째 아들 조지프의 이름을 빌려 새로운 회사를 차렸다. 그녀는 친한 친구들에게서 실질적인 도움과 충고를 받았는데, 게리 네스는 그녀가 문화와 예술에 초점을 맞추도록 돕고 그녀가 시도한 새로운 디자인에 대해 자신감을 갖도록 이끌었다. 동료 디자이너 제프 뱅크스 역시 비비안이 북부 런던의 스튜디오를 임대할 수 있도록 배려했다.

꽉 막히고 답답한 상황을 돌파하기 위해 고심하던 그녀는 어린 시절의 행복한 추억이 남아 있는 북부 지역을 여행했다. 그러던 중 스코틀랜드의 전통이 담긴 모직물과 체크 문양, 해리스 트위드(Harris Tweed) 등 영국 섬유산업의 전통과 역사에 주목하고 디자인 영감을 얻었다. 비비안은 영국의 전통적인 모직물을 재해석해 전통적인 소재와 컷을 미묘하게 변화시킴으로써 그녀만의 패션 스타일을 창조했다. 존 스메들리 밀은 고향 마을 틴트휘슬 근처에서 유명한 장인 기업으로, 1784년부터 모직물을 생산해 온 전통 있는 수공업자 조합이기도 했다. 첨단 패션과는 거리가 멀어 보였지만 비비안은 모직물 생산지로 직접 찾아가 10년 넘게 팔리지 않는 천을 사오는 대범함을 보였다.

과격한 반항은 더 이상 필요 없었다. 비비안은 전통적인 패션에 기반해 아이디어를 개발하고 상상력을 발휘했다. 1987년 발표한 해리스

트위드 컬렉션은 패션 세계의 전면으로 돌아오기 위한 안전한 방법이다. 비비안은 판매에 신경 쓰지 않는 반항아 이미지를 탈피하고 비즈니스 마인드로 무장했다. 아이디어만으로 승부하다 보면 그녀의 스타일을 복제한 옷들이 양산되지만 전통적인 원료를 사용하면 독창성을 유지하기 쉬울 거라는 계산도 했다. 비비안은 타탄체크 디자인을 독창적으로 재해석했으며 이를 경쾌하게 드러냈다. 클래식한 분위기에서 울려 퍼지는 포크 송과 북부 스코틀랜드의 브라스 밴드 음악은 그녀의 패션이 맬컴의 로큰롤 스타일과 완전히 결별했음을 의미했다. 이번 쇼에서 맬컴은 그 어떤 역할도 맡지 않았기에 또 소송에 휘말릴 위험도 없었다. 영국의 전통적인 모직 소재를 사용한 '해리스 트위드' 컬렉션은 큰 성공을 거두었고, 전 세계에서 주문 계약이 밀려들었다.

　1988년이 되자 그녀는 10명의 스태프를 둘 수 있었다. "나는 쉬운 노(easy no)를 받아들이지 않는다. 나는 언제나 어려운 예스(difficult yes)를 원한다." 그녀가 스태프에게 입버릇처럼 말하던 주문이었다. 전통의 새로운 해석에 자신감을 얻은 그녀는 고대 그리스로 눈을 돌렸다. 비비안은 대영박물관을 찾아 고대 그리스의 유물을 연구하며 상상력을 길렀고 좁은 아파트에서 벗어나 좀 더 큰 스튜디오에서 새로운 컬렉션을 준비했다. 물 흐르는 듯한 튜닉과 날개 달린 샌들이 특징인 파간 컬렉션은 유럽의 디자이너들에게 많은 영감을 주며 파리·밀라노 등 유럽의 패션 중심지를 강타했다. 영국의 전통을 재발견하고 유럽 패션의 역사를 재해석했다는 찬사를 받으며 홀로서기에 성공한 비비안 웨스트우드였지만 경제적으로는 여전히 불안정한 상태였다. 이때 오스트리아 빈 디자인 스쿨에서 매달 사흘만 가르치면 당시 돈으로

비비안은 V&A 박물관 같은 미술관이나 박물관에서 패션 공부를 독학했고(위), 프랑스와 이탈리아의 의복까지 공부해 자신의 방식으로 재해석해 냈다.(왼쪽)

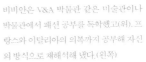

는 파격적인 4000파운드(약 750만 원)를 주겠다는 제안이 들어왔다. 사업 자금에 쪼들렸던 비비안은 비행기를 타고 유럽을 오가게 된다.

## 스물다섯 연하의 꽃미남과 결혼한 후 모든 일이 다 잘 풀리다

1989년 빈 패션 스쿨에서 처음 만난 제자 안드레아스 크론탤러(Andreas Kronthaler)는 20대 초반의 풋풋한 훈남이었다. '파간 V' 컬렉션의 상업적 실패에 낙담하여 의기소침했던 비비안은 어린 나이지만 의젓한 안드레아스의 품속에서 위로를 받고 바로 동거에 들어갔다. 안드레아스는 비비안의 소울메이트가 되었고 (비비안은 안드레아스가 먼저 자신을 유혹했으며, 자신은 그의 외모보다는 교양과 탁월한 디자인 감각에 반했다고 주장한다), 행복해진 비비안 웨스트우드는 패션 업계에서 큰 상을 받으며 승승장구하기 시작했다. 1992년 비비안은 둘째 아들 조지프를 증인으로 내세우고 약식 결혼식을 올렸다. 당시 안드레아스는 스물여섯 살, 비비안은 쉰한 살이었다. 열정과 노력에 비해 제대로 되는 일이 없었던 비비안은 양성애자 안드레아스와 결혼한 후 심리적·경제적 안정을 얻고 지금까지 20년 넘게 전성기를 이어 왔다. 안드레아스 역시 1996년 비비안 웨스트우드 남성복 부문을 총괄하는 수석 디자이너가 되어 지금까지 맹활약 중이다.

1990년대 초반 안드레아스와 교제를 시작하면서 그녀의 사업 영역은 급속히 확장되었는데, 1992년에는 비비안이 신부 드레스까지 디

비비안은 유럽에서 큰 성과 없이 런던으로 돌아와
서 재기해야 했다. 그녀는 위기를 벗어나기 위해 어
린 시절의 행복한 기억이 남아 있는 북부 지역을 여
행하다 스코틀랜드의 전통 체크 문양을 재발견했
다. 가장 영국적인 것, 기본에 충실하고자 한 그녀의
선택은 타월했다. 영국의 전통에 자신의 개성을 더
한 새로운 패션은 대성공을 거뒀다.

자인해 모두를 놀라게 했다. 영국에서 가장 악명 높은 반항아 펑크 디자이너가 대중적인 웨딩드레스 라인을 시작하다니. 하지만 전통적인 백색의 웨딩드레스에 국한하지 않고 타탄 등 스코틀랜드 모직물을 활용하여 웨딩 가운과 페티코트를 만드는 센스는 여전했다. 영화 〈섹스 앤 더 시티〉의 여주인공 케리의 결혼식 웨딩드레스가 바로 비비안 웨스트우드의 작품이다. 닭살 커플 비비안과 안드레아스는 지금도 런던 남부 배터시(Battersea)의 스튜디오에서 함께 작업하며 행복한 결혼 생활을 즐기고 있다. 비비안은 스코틀랜드 타탄 시리즈의 이름을 사랑스러운 연하 남편의 이름을 따서 지을 정도로 남편에 대한 지극한 사랑을 적극적으로 표현한다. 그뿐 아니라 독일, 프랑스, 이탈리아 출신의 젊고 실력 있는 (주로 비주얼이 훌륭한 남성) 조수들이 배터시 스튜디오에서 비비안의 작업을 도우며 에로틱한 에너지를 그녀에게 계속 공급하고 있다.

## 비비안 웨스트우드를 만나다
### 배터시 스튜디오에서
### 진짜 비비안 웨스트우드를 만나다

강한 자만이 살아남는 냉혹한 패션 업계에서 30년 넘게 전성기를 이어 가기란 쉽지 않다. 비비안 웨스트우드는 재벌 기업에 자신의 브랜드를 팔지 않고 독립 디자이너의 위상을 유지하고 있는 특별한 존재다. 나는 그녀를 깊이 이해하기 위해 치열하게 연구했고 인터뷰를 성사시키기 위해 1년 넘게 공을 들였다. 그 결과 비비안의 개인 비서이자 홍보 담당자들은 내 신상을 외울 정도였고, 리셉션 직원은 어느덧 친밀한 농담을 나누는 사이가 되었다.

어렵게 비비안 웨스트우드와 인터뷰하는 시간을 확보했다. 가을비가 주룩주룩 내리는 날이었는데, 우주복 같은 옷을 입고 립스틱 하나 바르지 않은 민낯의 비비안 웨스트우드가 나타났다. 수첩을 정리하다가 얼떨결에 그녀와 만난 나는 그녀의 강렬한 카리스마에 압도되어 말까지 더듬거렸다. 땀과 빗물로 범벅이 되어 헝클어진 머리를 한 그녀에게 사진 찍자는 말은 감히 꺼낼 수 없었다.

"런던에서 가장 좋아하는 장소가 어딘가요? 오늘 출근하면서 무엇을 보았죠?" 질문을 던지자 그녀는 "바빠 죽겠는데…… 아무것도 못 봤다. 가장 빠른 길로 다닌다"며 쏘아붙였다. 남편 안드레아스 얘기를 꺼내자 그녀의 인내심은 금방 바닥을 드러냈다. "맬컴의 마지막 여자도 한국 여자였는데…… 난 한국 여자, 재수 없다"라고 말하고는 문을 쾅 닫고 들어가 버렸다.

황당하게 갑자기 끝난 불쾌한 인터뷰였다. 옆에서 모든 상황을 지켜보던 직원이 나를 위로했다.

"원래 그러세요. 너무 속상해하지 마세요. 패션쇼가 다가오면…… 굉장히 예민하세요. 저희는 늘 겪는 일인걸요. 그래도 당신하고는 마주 보고 이야기를 나누신 거니까…… 오늘 굉장히 운이 좋으신 거예요. 무명 시절 때, 그러니까 1970년대 말 BBC 방송국에서 그녀를 인터뷰하러 킹스로드에 있는 숍으로 찾아왔대요. 카메라 설치하고 장소 세팅하고 막 인터뷰를 시작하려는데 '아, 피곤해.' 한마디 하곤 그냥 나가 버렸대요. 결국 인터뷰를 못 한 거죠."

상냥한 직원이 생글생글 웃으며 나에게 에피소드 하나를 더 들려주었다.

"비비안이 한창 바쁠 때 아드님이 꽃을 들고 스튜디오를 찾아왔대요. 그녀가 아들을 끔찍이 좋아하는 건 잘 아시죠? 아들이 노크를 하고 문을 열고 들어와 인사를 건네도 본 척 만 척 하더래요. 향이 진한 노란 수선화 다발을 바로 그녀 코앞에 갖다 대고 '엄마, 오늘이 마더스 데이Mother's Day예요. 사랑해요'라고 마음을 전했더니, 비비안이 '나 그 꽃 안 좋아해' 퉁명스럽게 대꾸하곤 눈길 한 번 안 주었대요. 그러니 너무 신경 쓰지 마세요."

비비안과 함께 일하며 상처받지 않기 위해 그들 사이에서 전설처럼 내려오는 이야기인 듯했다.


## 자전거를 타고 런던을 누비는 디자이너의 탁월한 지리적 감각

디자이너로 유명해진 뒤에도 그녀는 계속 클래펌의 낡은 아파트에 살며 자전거로 통근이 가능한 거리에 새로운 스튜디오를 열었다. 클래펌은 다양한 인종적·문화적 배경을 가진 사람들이 섞여 사는 지역으로 특히 자전거도로가 잘 갖춰져 있다. 클래펌 주변 동네를 자전거만 타고 돌아다녀도 세상의 변화를 따라잡을 수 있고, 고급스러운 첼시나 켄징턴에서는 느낄 수 없는 다문화 사회 특유의 역동적인 에너지가 샘솟는 곳이기도 하다. 또 녹지 공간이 많고 안전하

비비안은 배터시의 엘초 스트리트에 스튜디오를 마련한다. 배터시 주변은 왕립미술원 건물과 예술 작품 보관 창고까지 들어서는 등 한창 젠트리피케이션 현상이 가속화되고 있다. 자전거로 출퇴근하는 그녀의 탁월한 부동산 감각이 돋보인다.

여 아이들 키우기에 좋은 지역으로 워킹맘 비비안 웨스트우드에겐 최적의 주거지였다. 그녀는 본능적으로 자신에게 맞는 장소가 어디인지 알아내고, 앞으로 발전할 가능성이 높은 지역을 골라내는 데 천부적인 재능이 있는 것 같다.

그녀가 처음으로 숍을 연 곳은 고급 상점이 몰려 있는 첼시와 서민 주거지 클래펌 사이에 있는 월즈엔드 지역이었다. 거꾸로 가는 펑키한 시계가 걸려 있는 비비안 웨스트우드의 숍은 그녀의 젊은 시절 행운의 장소였다. 1995년 비비안은 템스 강 남부 배터시의 엘초 스트리트에 일찌감치 넉넉한 면적의 스튜디오를 확보했다. 왕립미술원 건물과 예술 작품 보관 창고까지 주변에 있어 최근 젠트리피케이션 (gentrification) 현상이 가속화되고 있는 핫 플레이스! 요즘 배터시 주변에는 세련된 건축물이 들어서고 예술가들이 몰려들고 있다. 그녀의 첫 번째 숍이 있는 첼시 주변의 킹스로드와도 가깝고 클래펌 집에서도 자전거로 출퇴근이 가능한 편리한 위치인 데다 주변이 계속 개발되면서 지가가 올라 엄청난 부동산 수익까지 바라볼 있는 환상적인 입지다. 이 역시 자전거를 타고 다니면서 갖게 된 그녀의 탁월한 부동산 감각 덕분인 듯하다.

오늘도 그녀는 호기심 가득한 눈을 반짝이며 자전거 페달을 밟는다. 눈이 오나 비가 오나 런던을 누비며 평범한 사람들의 일상생활을 유심히 관찰하고 새로운 트렌드를 온몸으로 흡수하려 노력한다. 건강을 위해 따로 운동할 시간이 없기도 하지만 무엇보다 젊은 감각, 세상에 대한 호기심을 유지하기 위해서란다. 자전거로 출퇴근할 때도 매번 다른 방식, 다른 길로 간다고 하니, 자전거를 타고 움직이는 일상적인

클래펌 주변은 녹지 공간이 많고
아이들을 키우기에 안전한 지역
이다. 비비안은 디자이너로 유명
해진 후에도 클래펌의 낡은 아파
트에 계속 살면서 스튜디오나 숍
에는 자전거로 출퇴근한다.

동선 또한 창의성을 유지하기 위한 그녀만의 특별한 전략이 아닐까?


## 패션계의 마거릿 대처 또는 애니타 로딕?


1989년 4월 《태틀러(Tatler)》지 표지에 대처 전 수상으로 분장한 비비안 웨스트우드의 사진이 실렸다. "그녀도 한때는 펑크였다"라는 설명과 함께. 물론 패러디였다. 평소 비비안 웨스트우드는 대처 수상에 대한 노골적인 반감을 드러냈으니까. 하지만 사진을 본 영국 사람들은 마거릿 대처 수상과 비비안 웨스트우드를 연결시킨 예술가 마이클 로버츠의 통찰력에 감탄했다. 뚜렷한 목표 의식과 일중독자 성향, 자신의 의견에 반대하는 사람은 매몰차게 공격하는 편협성, 주변을 자신의 숭배자로 채우고 치밀하게 인간관계를 조종하는 능력, 함께 있으면 매우 불편한 이기적이고 독선적인 성격까지……두 사람은 정말 닮았다.

싸가지 없고 정나미 뚝 떨어지게 하는 비비안 웨스트우드의 성격. 하지만 그것만으로는 그녀를 설명하기에 뭔가 부족하다. 그녀 안에는 인정미 넘치는 따뜻한 세상을 꿈꾼 보디숍의 창업자, 애니타 로딕 같은 면도 분명히 존재하니까.

비비안은 상업적인 디자이너이면서도 "옷은 꼭 필요한 것만 신중하게 사고, 좋아하는 옷은 닳아 해질 때까지 입어라"라고 충고한다. 또 공사장 인부들이 입는 오렌지색 작업복과 점퍼를 재활용한 패션쇼를 통해 "지구온난화가 심화되는 때 환경보호를 위해 옷을 적게 사자"는 도발적인 메시지를 전하기도 했다. 패스트 패션이 유행하는 시대에 "먼저 자신을 돌아보고 정말 좋은 것으로 딱 한 가지만 사서 두 달 동안 입어 보라"며 슬로 패션의 가치를 역설하는(고급 소재를 사용하여 오래 입어도 괜찮은 자신의 옷이 좋다는 고도의 광고 전략일 수도 있다) 비비안의 메시지는 "화장품을 아무리 발라도 노화를 완전히 막거나 이미 생긴 주름을 없애지는 못한다"고 솔직히 밝히는 보디숍 CEO 애니타 로딕과 닮았다.

밀라노 남성복 패션위크에서 비비안은 부스스한 헤어스타일의 모델들을 추위에 얼어 회색빛으로 변한 얼굴로 분장시키고 노숙자들이 추위를 피하기 위해 사용하는 대형 박스에 테이프를 붙여 무대 위에 올렸다. 패션쇼 테마를 '노숙자 시크 (homeless chic)'로 정한 이유를 묻자 이렇게 대답했다. "유럽에서 최근 혹한으로 노숙자들이 많이 죽었다. 노숙자를 돕는 기구에서 일하는 남편 안드레아스의 친구에게 들은 얘기에서 영감을 받아 '추운 날씨에 매일 아침 눈을 뜨는 것 자체가 전쟁인 노숙자들의 고통과 절망'에 공감하며 패션쇼를 준비했다. 나 역시 자전거를 타고 집에 도착했는데 열쇠가 없어 들어가지 못하고 발을 동동 구르고 추위에 떤 경험이 많다." 패션쇼가 끝난 뒤 모델들이 끄는 부상자용 들것에 실려 나오는 퍼포먼스를 벌인 비비안의 모습이 노숙자 재활을 위한 잡지, 《빅 이슈》 창간을 도운 애니타 로딕과 겹치지 않는가? 아이티에서 지진이 발생했을 때 그 어떤 기업가보다 피해 여성과 어린이를 돕는 기금 모집에 열성적이었던 비비안 웨스트우드는 패션계의 애니타 로딕으로 불려도 손색이 없다.

펑크 룩에서 우아한 이브닝드레스까지, 섹스 피스톨스에서 정통 클래식 음악까지, 펑키한 그래피티 아트에서 섬세한 낭만주의 풍경화까지…… 모든 경계를 자유롭게 넘나들며 다양한 세계를 경험하고 치열하게 도전하는 비비안 웨스트우드를 한마디로 정의한다는 건 그녀에 대한 모독이 아닐까?

## 거꾸로 도는 시계를 닮은 70대 현역 디자이너의 뜨거운 심장

전직 초등학교 교사로 학생들을 가르치며 갖게 된 영국과 유럽의 역사 · 문화 · 지리 지식은 그녀가 패션 디자이너로서 성장하는 데 기반이 되었다. 다른 디자이너의 작품이나 패션 잡지는 거들떠보지도 않고 영화는 실패한 커뮤니케이션 방식이라며 비판하는 그녀는 "대중문화는 쓰레기"라며 혐오하고 멀리한다. "남과 달라야 하기에 현대적인 것은 모조리 배척한다"며 고집스러운 태도를 고수하는 비비안 웨스트우드는 새로운 영감을 얻기 위해 V&A 박물관이나 미술관을 찾아 고전적인 예술 작품과 골동품을 연구한다. "영국 문화와 전통에 대항했지만, 한 번도 영국의 테두리를 벗어나 본 적이 없다"는 평가를 받는 비비안 웨스트우드. 이브닝드레스 · 코르셋 등 고가의 오트쿠튀르(맞춤복) 중심의 골드라벨, 밝고 경쾌한 레드라벨 의상은 100퍼센트 이탈리아에서 제작되지만 옷감의 소재와 디자인 아이디어는 영국의 전통에서 얻기에, 그녀는 가장 영국적인 디자이너라는 역설적

대처 전 수상으로 분장한 비비안의 사진.(왼쪽) 반항적
이고 평키하면서도 사회적인 이슈를 담아내는 의식 있
는 디자이너의 면모가 티셔츠에도 드러나 있다.(아래)
거꾸로 도는 시계는 그런 비비안의 영원한 젊음과 열정
을 상징적으로 보여준다.(위)

인 평가를 받고 있다. 일흔이 훌쩍 넘은 나이에도 매년 새로운 시즌에 독창적인 디자인을 선보이는 현역 디자이너, 비비안 웨스트우드의 옷들은 2012년 런던 올림픽 폐막식을 빛내기도 했다.

트레이드마크인 오렌지 컬러의 헤어와 레드 립 메이크업의 비비안 웨스트우드는 성공한 디자이너의 삶에 안주하지 않는다. 매일같이 전쟁터 같은 스튜디오에 나가 남편 안드레아스를 비롯한 추종자들과 치열하게 작업하는 와중에도 시사적인 문제에 민감하게 반응한다. 정부와 기업의 불법행위를 고발·폭로하는 사이트 위키리크스의 설립자인 줄리언 어산지의 석방 운동을 적극 지지하고, 데이비드 캐머런 현 영국 수상이 지구온난화 문제에 무관심하다며 쓴소리도 마다하지 않는다. 2013년 밀라노 패션위크에서는 "프리 브래들리 매닝(Free Bradley Manning)"이라고 적힌 티셔츠를 입은 모델을 등장시켰고, "펑크는 정의이자 더 나은 세상을 만들기 위한 시도"라며 세계 각국의 부정부패 사실이 담긴 외교 기밀문서를 위키리크스에 넘겼다는 이유로 브래들리 일병에게 35년을 구형한 미 정부에 항의하는 액세서리를 달고 다녔다. 지금도 그녀는 시위 현장에 달려가 인터뷰를 자처하고 사회적·정치적·환경적 이슈에 목소리를 높인다. 그녀가 처음 숍을 열었던 킹스로드 430번지에는 비비안 웨스트우드의 뜨거운 심장이 지금도 뛰고 있다. 그곳에 걸려 있는 거꾸로 도는 시계는 매일 새롭게 태어나는 그녀를 닮았다.

· 2부 ·

발길 닿는 곳마다
세상이 열리고

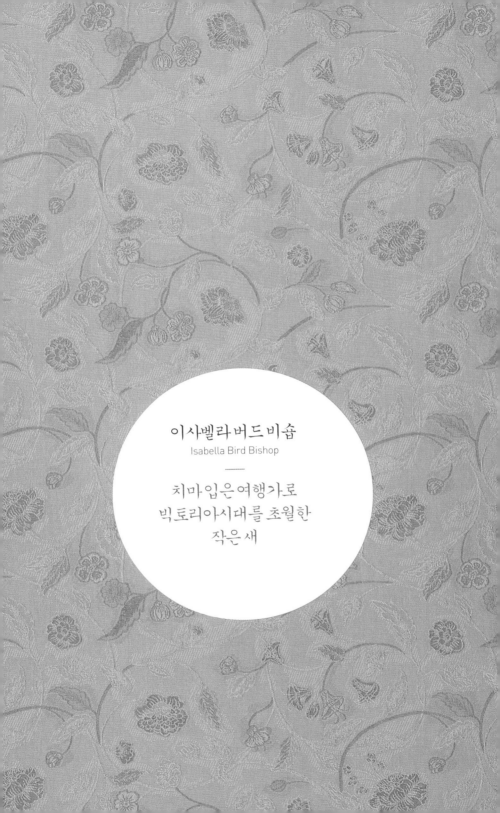

이사벨라 버드 비숍
Isabella Bird Bishop

—

치마 입은 여행가로
빅토리아시대를 초월한
작은 새

## 《한국과 그 이웃 나라들》을 쓴
여성 지리학자

지리학과 지도교수님의 소개로 이사벨라 버드 비숍의 《한국과 그 이웃 나라들》이라는 책을 만났다. 당시 나는 어린 아들을 키우며 살림도 하고 돈도 벌면서 해외 지역 연구 논문을 쓰기 위해 방학마다 동남아시아에 가야 하는 힘겨운 상황이었다. "100년 전 한국을 답사한 영국의 여성 지리학자가 쓴 책인데…… 그러고 보니 남편과 사별하고 환갑이 넘어 한국에 처음 왔네." 영국을 대표하는 여성 여행가였던 그녀는 고종과 명성황후를 직접 만나고 우리나라 방방곡곡을 샅샅이 답사하면서 구한말 조선의 현실과 국제 정세를 정확하게 파악했다. 그녀의 책은 베일에 가려져 있던 19세기 말 한국의 실정을 서구인에게 제대로 소개한 최초의 지역 연구 서적으로 인정받았고, 그녀 생애 최고의 베스트셀러가 되었다. 영국 여왕 엘리자베스 2세는 서울 올림픽을 기념하여 노태우 대통령에게 이사벨라 버드의 책을 선물했고, 그녀의 글은 우리나라 고등학교 한국사 교과서에 사례 자료로 등장하기도 했다. 영국의 여성 지리학자가 무슨 이유로 한국까지 찾아왔을까? 사별한 남편과의 결혼 생활은 어땠을까? 여행 비용은 어떻게 마련했을까?

# 어린 시절 아버지에게
## 특별한 지리 수업을 받다

　　이사벨라 루시 버드(Isabella Lucy Bird)는 1831년 영국 북부 요크셔(Yorkshire) 지방의 독실한 기독교 가정에서 태어났다. 인근 지역에서 버드 가문의 명성은 대단했는데, 이사벨라의 증조부는 런던 시장을 지냈고, 조부 로버트 버드는 인도와 미국에서 모은 많은 재산으로 버크셔에 넓은 땅을 사서 일가를 이루었다. 법률을 공부하고 인도에서 판사로 재직한 적도 있는 이사벨라의 아버지는 목사직을 수행하며 사회적 존경과 경제적 안정을 함께 누렸다. 두 딸의 교육에 관심이 많았던 자상한 아버지는 특히 맏딸 이사벨라를 예뻐했는데, 어린 딸을 말에 태워 함께 마을을 둘러보며 자연에 대한 감수성과 주변 환경을 세밀하게 관찰하는 능력을 길러 주었다. 아버지는 길가의 꽃과 나무, 들판에 자라는 곡물들의 이름을 알려 주면서 이사벨라에게 그녀만의 언어로 풍경을 다시 묘사하고 느낌을 표현해 보게끔 했다. 후일 이사벨라는 아버지의 특별한 지리 수업 덕분에 여행 작가에게 필수적인 날카로운 관찰력과 통찰력, 다양한 경관을 해석하는 눈을 갖게 되었다고 회상했다.

　　열여덟 살의 빅토리아가 여왕이 되어 통치를 시작한 1837년 당시 영국 여성들은 지리를 배우거나 지도를 활용할 수 있는 기회 자체를 갖지 못했다. 탐험과 모험의 세계는 남성들에게만 허용되었고 지도는 남성들의 전유물이었다. 해가 지지 않는다는 대영제국의 화려한 전성기를 이끈 빅토리아 여왕 자신마저도 스무 살에 정략결혼을 한 이후 아홉 명의 아이를 임신하고 출산하는 일을 반복하며 왕궁에 갇혀 청춘을 보냈다. 고통스러운 출산을 하다 죽을 수도 있다는 공포에 시달렸던 여왕은 아홉 명에 달하는 아이들의 어머니 역할만으로도 버거워하며 동갑내기 남편 앨버트 공에게 국가의 중요한 의사 결정과 대외 활동을 맡기고 정신적으로 의존했다. 하지만 앨버트 공이 마흔 살 무렵 갑자기 세상을 떠나자 그녀는 그 후 40년을 미망인으로 살며 남편의 부재를 슬퍼했고 국정에는 별 관심을 보이지 않았다. 이는 영국을 실제로 통치하고 막강한 영향력을 행사한 남자 수상들과 빅토리아 여왕이 좋은 관계를 유지할 수 있었던 비결이기도 했다.

하지만 독립적이고 지성적인 버드 가문의 여자들은 달랐다. 설탕 생산과정에서 노예들이 착취당하는 데 반대해 차를 마실 때 설탕을 넣지 않을 정도로 사회적 의식이 높았다. 또한 이사벨라는 전 세계에 흩어져 있는 친척들이 보내오는 편지를 읽으며 생생한 지리적 지식을 얻고 변화하는 세계에 대한 상상력을 길렀다. 특히 딸에게 행복한 어린 시절의 추억을 선물하고 싶었던 아버지 에드워드 버드의 배려로 이사벨라는 말을 타거나 강가에서 배를 타고 주변 지역을 자유롭게 탐험할 수 있었다. 글로벌한 친척들과 아버지의 진보적인 교육관 덕분에 그녀는 어린 시절부터 사회적 관습에 얽매이지 않고 독립적인 여행가의 삶을 살 수 있는 기반을 닦을 수 있었다.

## 계속되는 병으로
## 연애와 결혼을 포기한 이사벨라

　　　　　목사였던 아버지가 영국 중부의 산업 도시 버밍엄 교구로 옮기자 이사벨라는 더 이상 자연에서 모험을 즐기며 자유롭게 살 수 없었다. 19세기 빅토리아시대의 대도시는 활달하고 재능 있는 소녀들에게 매우 가혹한 환경이었다. 소녀들은 소년들처럼 사립학교에 다닐 수 없었고, 또래 친구를 사귈 수도 없는 상황이었다. 하녀와 가정교사, 사립학교 여교사, 간호사 정도가 빅토리아시대 여성에게 허용되는 직업이었지만, 보수가 낮고 고생을 감수해야 했기에 중·상류층 여성들은 기피했다. 빅토리아시대 여성들은 '가정의 천사'가 되도록 철저히 교육(세뇌)받았고, 귀족 가문 출신 부유한 마나님들의 교회를 통한 빈민 구제나 선교를 위한 사회 활동 정도가 겨우 용인되는 수준이었다. 봉사 활동을 열심히 벌여 유럽에서도 칭송이 자자했고 5파운드짜리 영국 지폐에 등장할 정도로 명망이 높았던 영국 여성 엘리자베스 프라이마저 '애는 어디다 팽개치고 다니느냐? 집안이 엉망이라지'라는 영국 사람들의 조롱과 구설수를 견뎌 내야 했다.

　버밍엄으로 이사 온 후 자연 속에서 자유롭게 말을 타고 주변 지역을 탐험할 수 없게 되자, 이사벨라는 삶의 큰 행복과 즐거움을 모두 잃어버린 느낌이었다. 대신 그녀는 아버지의 서재에서 주로 시간을 보내며 법학, 지리, 역사, 종교에 대한 책을 읽어 나갔다. 이사벨라는 책 읽기를 좋아한 여동생과 지적인 대화를 나누고, 세계 각 지역에 사는 친척들과 편지를 주고받으며 아쉬움을 달랬다.

빅토리아시대의 소녀들은 소년과 달리 학교에
다닐 수 없었고(위) 바깥 활동에도 제약이 많았
다. 진보적인 교육관을 가진 아버지 덕분에 이사
벨라는 어릴 때 자연에 대한 감수성과 주변 환경
을 관찰하는 능력을 길렀다.

버밍엄에 살면서 생긴 이사벨라의 요통과 두통은 열여섯 살 때 아버지를 따라 케임브리지 근교의 작은 시골 마을 위턴(Wyton)으로 이사한 뒤 더욱 심해졌다. 요통, 두통, 불면증, 우울증, 소화불량 등등 병명도 정확히 알 수 없고 치료를 해도 차도를 보이지 않는 질병들이 그녀를 계속 괴롭혔다. 주치의는 척추의 섬유 근종이 모든 증상의 원인일 수 있다고 진단하고 칼과 톱을 사용하여 근종을 제거하는 위험한 수술을 권유했다. 열여덟 살의 이사벨라는 감염의 위험과 극도의 통증을 감내하며 마취도 하지 않고 고통스러운 수술을 받았지만, 병세는 나아지지 않았다. 당시 여학생을 받아들이지 않을 정도로 보수적이고 남성 중심적이었던 케임브리지대학의 분위기는 그녀를 더욱 힘들게 했고, 계속되는 병마와 자주 재발하는 요통은 그녀를 평생 따라다녔다.

## 치료가 안 되는 여환자에 대한 의사의 마지막 처방
아픈 몸과 마음을 치유하는 여행의 힘

산지 지역을 여행하며 신선한 공기를 쐬는 것이 좋겠다는 의사의 처방에 따라 이사벨라의 아버지는 식구들을 모두 이끌고 스코틀랜드 고지대로 가서 6주간 머물렀다. 스코틀랜드의 신선한 공기와 오염되지 않은 자연환경은 대도시의 악취와 스모그에 지친 영국인들에게 매력적인 이상향이었다. 빅토리아 여왕도 남편 앨버트 공과 아홉 자녀들을 이끌고 스코틀랜드의 밸모럴 성으로 자주 여행을 떠날 정도였다. 지금도 스코틀랜드는 작가와 예술가들에게 영감을 주는 아름다운 풍광으로 유명하다. 이사벨라는 답답한 도시를 벗어나 스코틀랜드의 산과 바다, 섬을 마음껏 돌아다니면서 통증을 잊었고 건강도 빠르게 회복되었다. 특히 스코틀랜드 서부의 스카이 섬, 멀 섬, 해리스 섬에서 시원한 바닷바람을 맞고 아름다운 해변을 걸으며 가족들과 행복한 여름을 보냈다. 스코틀랜드는 그녀의 의식 속에 아름답고 행복한 장소로 각인되었다. 위턴으로 돌아온 이사벨라는 스코틀랜드 고지대의 여행 경험을 써 잡지에 기고했고, 그 뒤에도 익명으로 쓴 글을 잡지사에 보내는 등 작가로서의 재능을 길렀다.

빅토리아시대에는 유럽 대륙을 여행하며 견문을 넓히는 '그랜드 투어(Grand Tour)'가 큰 인기를 끌었다. 소년들에게는 남자 가정교사의 인솔하에 유럽을 자유롭게 여행하며 견문을 넓히고 교양을 쌓을 것을 장려했지만, 소녀들에게는 먼 세상 이야기였다. 특히 유럽을 벗어난 장거리 해외여행이나 오지를 탐험하는 여행은 남성들에게만 독점적으로 허용되었다. 여성들은 결혼 후 남편을 따라가 외국에서 생활하더라도 차를 마시고 사교 모임을 주최하는 안주인 역할에 만족해야 했다. 대영제국의 전성기였던 빅토리아시대의 사립학교에서 세계 지리를 충실히 배운 중·상류층 남성들은 해외 식민지로 진출했다. 아시아, 아프리카 등지에서 식민 정부의 군인·공무원으로 일하거나 사업을 하며 번 돈은 빅토리아시대 총각들의 장가 밑천이었다(부모가 아무리 재산이 많아도 토지는 장남에게만 물려주는 제도하에서 차남 이하의 아들들은 자수성가해야 했다). 아무리 대머리가 벗겨진 노총각이라도 외국에서 벌어온 돈이 많으면 많을수록 더 젊고 아름다운 여성과 결혼하는 데 유리했다.

계속 재발하는 질병으로 고통받던 이사벨라에게 연애와 결혼은 사

스코틀랜드는 아름다운 자연 풍광
으로 끊임없이 예술가들의 영감을
불러일으키는 곳이다.(아래) 병이
잘 낫지 않은 이사벨라에게도 스코
틀랜드의 신선한 공기와 자연은 좋
은 치료제가 되었다.

치였다. 절망적인 상황에서 의사가 다시 제안한 마지막 치료법은 '공기의 전환'이었다. 아버지는 스물두 살이 된 딸에게 100프랑을 주며 돈이 다 떨어질 때까지 캐나다와 미국에 사는 친척들을 방문하며 자유롭게 여행하라고 격려했다. 동반자나 하녀 없이 여성 혼자 외출하는 것도 손가락질받던 빅토리아시대에 젊은 미혼 여성이 홀로 세계 여행을 한다는 것은 대단한 용기를 필요로 했다. 딸의 병이 낫기를 바랐던 진보적인 아버지 덕에 귀한 여행의 기회를 얻은 것이었다. 결국 1844년 스물세 살의 이사벨라는 혼자 미국 여행길에 오르게 된다.

이사벨라는 심한 풍랑을 만나 죽을 뻔하는 등 위기도 만났지만, 캐나다와 미국을 횡단하며 아름다운 풍광에 감탄했고 모험이 가득한 자유로운 여행을 즐겼다. 의사의 예측대로 대서양을 건너 신대륙으로 가는 항해를 거치며 그녀의 병세는 급속도로 호전되었다. 육체적 괴로움은 사라졌고, 새로운 사람들과의 교우와 인상적인 풍경을 통해 얻은 기쁨이 그녀를 훨씬 건강하게 했다. 영국에 있으면 고질병이 재발하고 여행을 떠나면 자연스럽게 병이 낫는 경험은 평생 반복된다. 여행 중 자연스럽게 생기는 호기심과 자연의 복원력이 그녀로 하여금 질병의 고통을 잊고 모든 장애물을 극복하도록 도왔던 것일까?

## 빅토리아 여성들의 고질병, 착한 여자 콤플렉스와 행복 공포증

당시는 미국으로 이주한 영국인들이 늘어나 미국에 대

한 관심이 고조되던 시기였다. 리버풀에서 출발해 뱃길로 핼리팩스를 거쳐 뉴욕까지 갔다가 다시 영국으로 돌아오는 여행을 통해 이사벨라는 다시 태어났다. 이사벨라는 여행의 스릴을 즐기고 위기 속에서 오히려 강해지는 자신을 발견하면서 여행가로서의 숨겨진 적성과 재능을 자각하게 된다. 이사벨라가 스물다섯 살인 1856년 신대륙에서 관찰한 풍경과 흥미로운 에피소드를 모은 《미국에 간 영국 여인(An Englishwoman in America)》이 존 머리(John Murray)에 의해 출판되었다. 찰스 디킨스, 여성 사업가 프랜시스 트롤럽(Frances Trollope) 등 미국을 방문한 영국인들은 미국인을 부정적으로 보는 책을 썼지만 이사벨라는 미국의 풍경과 사람들을 매우 긍정적으로 그렸다. 기차를 타고 보스턴과 온타리오 호수, 신시내티 그리고 동해안 지역을 차례로 여행하며 현지에서 만난 보통 사람들의 삶을 세밀하게 묘사한 그녀의 책은 인기가 높았고, 그녀는 꽤 많은 돈을 벌었다.

하지만 착한 여자 콤플렉스와 행복 공포증이 심했던 그녀는 자신의 예기치 못한 성공을 부담스러워했다. 이사벨라는 자신이 좋아하는 여행과 글쓰기가 돈과 성공을 가져왔다는 사실에 죄책감을 느끼며 괴로워했다. 빅토리아시대에는 좋은 집안 출신 여성이 남편이나 아버지의 지원을 받지 않고 스스로 돈을 버는 일은 매우 부적절하다고 보는 사회적 분위기가 팽배했다. 빅토리아시대에는 오직 천박한 하층계급 여성들만이 돈을 벌기 위해 일했다. 이사벨라는 책의 인세로 스코틀랜드의 가난한 어부들에게 배를 사주는 등 소득을 사회에 환원하는 방식으로 죄책감을 덜었다.

요통과 불면증으로 고생하던 이사벨라는 복음주의에 대해 책을 쓰고 있는 아버지를 돕기 위해 다시 미국으로 여행을 떠났다. 노예해방론자들이 주최한 회의에 참석한 이사벨라는 종교에 대한 과격한 비판이 나오고 여성들이 치마 대신 바지를 입는 등 거친 언행을 일삼는 모습을 보고 언짢아졌다. 설상가상으로 이사벨라가 미국 여행에서 돌아온 날 병석에 누운 아버지는 한 달 만에 돌아가셨다. 그녀가 힘들 때마다 의지하고 세상의 편견으로부터 그녀를 보호해 주던 아버지가 돌아가시자, 그녀는 세상이 다 무너진 듯한 충격을 받았다. '암탉이 울면 집안이 망한다'는 사고가 강한 시대였기에 그녀는 자신이 이기적으로 미국 여행을 감행한 것이 아버지의 죽음을 불러온 것이 아닌가 하는 죄책감에 시달렸다. 남자가 한 명도 없는 집안의 맏딸로서 가장이되어 어머니와 여동생을 어떻게 이끌고 살아가야 하나 막막했고 삶에대한 고민은 깊어졌다.

스물아홉 살에 버드 집안을 이끌게 된 이사벨라는 어머니와 여동생 헨리에타와 함께 에든버러(Edinburgh)로 이사했다. 에든버러는 당시런던이나 파리에 견줄 만한 지성과 예술의 중심지였고 특히 의학과과학이 발달한 첨단 도시였다. 이사벨라는 작가, 시인, 예술가, 출판인들과 교류했고, 찬송가의 역사와 작곡가의 생애에 관해 조사하는 등종교적인 주제의 글을 써 잡지에 기고했다. 해외여행을 가고 싶은 욕구가 컸지만, 아버지의 죽음 앞에서 여행을 하고 싶은 이기적 욕구를누르고 남을 돕는 일에 헌신하기로 다짐했기에 그 약속을 지키고 싶었다. 8년 후 어머니마저 돌아가시고 이제 여동생 헨리에타만 남았다.이사벨라와 여동생은 젠트리(중·상류) 계급 여성의 이미지에 맞춰 살려고 노력했으며 에든버러의 안락한 중산층 생활 방식에 따르려고 애를 썼다.

　에든버러에서 만난 스코틀랜드 출신 의사 존 비숍(John Bishop)이 이사벨라에게 다가와 호감을 표현했지만 그녀는 청혼을 거절하고 노처녀로 늙어 갔다. 빅토리아시대에는 학자나 지식인에게 결혼은 어울리지 않는다는 사회적 편견이 강했기 때문이다. 아버지가 세상을 떠난 지 12년이 지났지만 그녀는 여전히 시나이반도 성지순례조차 이기적이라고 생각하여 여행을 주저했다. 하지만 여행에 대한 그녀의 갈망은 더욱 강해졌고, 여성의 능력을 억압하는 사회에서 살면서 받는 스트레스와 감정적 분노 역시 계속 누적되었다. 요통, 두통, 우울증이 심해지자, 건강을 위해서 여행을 하라는 의사의 처방에 따라 그녀는 다시 여행을 준비했다. 1871년 40대의 불치병 환자 이사벨라는 지푸라기라도 잡는 심정으로 마지막이 될지도 모르는 긴 여행을 위해 짐을 쌌다. 심리학과 정신과 치료가 발달하지 않은 시대였기에 이사벨라의 질병이 여성을 억압하는 빅토리아 사회와 문화에서 비롯된 것이라고 생각하는 사람은 아무도 없었다. 더 이상은 어떠한 도전도 탈출도 가능하지 않을 것 같은 삶의 막다른 위기가 그녀에게는 '위험한 기회'가 되었다.


## 스코틀랜드 서쪽 끝 섬, 토버모리에서의 짧은 행복과 슬픈 추억

　　　　이사벨라가 본격적으로 여행을 떠나기 전에 두 자매는 에든버러의 전형적인 빅토리아시대 빌라에서 살았는데, 그곳은 중심지인 헤이마켓에서 가까운 곳이었다. 에든버러는 제국의 심장부였던 런던보다 여성에 대한 차별과 편견이 적었지만, 어린 시절 부모님과 여행한 스코틀랜드 고지대의 아름다운 자연에 매료되었던 두 자매는 오반(Oban)이라는 스코틀랜드 서부 항구도시에서 가까운 멀 섬의 토버모리(Tobermory)를 가장 좋아했고 에든버러의 집은 처분하기로 했다. 1872년 봄 버드 자매는 스코틀랜드 서쪽 끝 멀 섬의 토버모리에 하얀 페인트칠이 된 작은 집을 빌려 완벽하게 행복한 여름을 보냈다.

오반은 신선한 해산물과 자유로운 분위기로 지금도 인기 높은 관광지다. 토버모리로 가는 배를 탈 수 있는 오반행 기차에서 바라보는 풍경은 숨 막히게 아름답다. 지금도 에든버러에서 멀 섬의 토버모리에 가려면 꼬박 하루가 걸린다. 글래스고에서 항구도시 오반까지 가는 기차는 하루에 서너 번밖에 없고, 기차도 중간에 갈아타야 해서 번거롭다. 중간에 기다리는 시간까지 생각하면 네다섯 시간은 족히 잡아야 하지만 차창 밖으로 펼쳐지는 아름다운 풍경 덕분에 전혀 지루하지 않다. 아름다운 글과 그림이 절로 나올 것 같은 스코틀랜드 기차 여행은 여행자들과 예술가들에게 최고의 풍광을 선물한다. 토버모리 고양이를 시리즈로 한 동화책이 있을 정도로 아름다운 스토리가 가득한 멀 섬의 토버모리는 멘델스존을 비롯한 예술가들에게도 많은 영감을 주었다. 1847년 멘델스존의 음악을 좋아했던 빅토리아 여왕이 남편 앨버트 공과 함께 토버모리의 왕실 요트장을 방문하자, 토버모리 관광은 더욱 활기를 띠었다. 여성에 대한 억압이 상대적으로 적었던 스코틀랜드의 아름다운 섬 지방은 두 자매에게 잘 어울리는 장소였다.

1872년 7월 마흔한 살이 된 이사벨라는 리버풀에서 증기선에 몸을 실었다. 숨 막힐 듯 경직된 빅토리아시대의 답답한 영국 사회를 벗어나자 이사벨라는 모든 정신적 구속에서 자유로워진 느낌이었다. 그녀에게 항구는 답답한 정신의 코르셋을 벗어던지는 공간이었다. 이제 그녀는 버드 목사의 딸이라는 것을 잊고 낯선 곳에서 자신의 새로운 모습을 발견할 수 있을 거라는 희망으로 가득했다. 이사벨라가 낯선 곳으로 여행을 떠나면 여동생 헨리에타는 언니가 보내는 편지를 읽으며 언니가 안전하게 돌아올 날을 손꼽아 기다렸다.

당시로서는 타자기를 들고 여행할 수도 없고 수첩에 적어 놓더라도 분실과 도난의 위험이 컸기에 이사벨라가 여행 중에 보내는 편지는 여행지의 정보와 감상을 안전하게 보관하는 최상의 매체이기도 했다. 해외여행을 떠난 언니를 걱정하며 홀로 토버모리 집을 지키고 있는 동생 헨리에타를 위해 이사벨라는 흥미로운 여행 이야기를 편지로 계속 보내 주었다. 여행지에서 얻은 생생한 정보와 여성 지식인의 예리한 관찰이 담긴 편지를 설레는 마음으로 받아 보았던 헨리에타 역시 외국의 문화에 관심이 많은 지적인 여성이었다. 이사벨라가 사랑하는 여동생에게 보낸 편지들은 감성이 풍부한 여행기로 재탄생했고, 토버모리는 두 자매에게 완벽한 천국이 되어 주었다.

하지만 두 자매의 행복한 시간은 오래가지 않았다. 이사벨라가 일본, 말레이시아 여행에서 돌아온 지 얼마 되지 않았을 때 헨리에타는 장티푸스에 걸려 고열에 시달렸다. 이사벨라는 하나밖에 남지 않은 가족이자 삶의 모든 의미인 동생 헨리에타가 쾌유하기를 간절히 기도했다. 이사벨라는 에든버러의 의사인 존 비숍에게 도움을 청했는데, 바람같이 달려온 비숍이 헨리에타를 정성껏 치료했지만 별 차도가 없

토버모리행 배편이 있는 항구도시 오반은 신선한 해산물과 자유로운 분위기로 유명하다. 오반에서만 맛볼 수 있는 특이한 해산물 튀김은 한국 순대 튀김과 비슷하다.(아래)

색색의 예쁜 집들이 나란히 서 있는 토버모리 해변가 풍경은 아기자기하다. 이사벨라는 헨리에타가 죽자 시계탑을 세워 마음에 여동생을 묻었다.(왼쪽 가운데) 둘 다 싱글맘으로 아들과 딸을 열심히 키워 결혼시킨 후 함께 토버모리 여행을 왔다는 두 여인의 모습이 무척 행복해 보였다.(왼쪽)

었다. 결국 헨리에타는 숨을 거두었고, 이사벨라는 세상에서 가장 친밀한 존재였던 여동생을 잃은 슬픔에 괴로워했다. 이사벨라는 다음과 같이 고백했다. "동생은 함께 있든 떨어져 있든 나의 전부였다. 헨리에타는 나에게 영감을 준 최고의 독자였으며 가장 친밀하고 마음이 잘 맞는 친구였다."

이사벨라는 존 비숍을 싫어하지는 않았지만, 그렇다고 꼭 결혼을 해야겠다는 생각도 없었다. 하지만 아픈 여동생을 마지막까지 정성스럽게 돌봐 준 비숍에게 고마운 마음이 컸고, '여동생을 잃은 그녀의 슬픔을 충분히 이해하고 끝까지 기다리겠다'는 비숍의 청혼을 거절할 마땅한 이유도 찾지 못했다. 결국 1881년 쉰 살이 된 이사벨라는 여동생을 추모하는 의미로 검은 드레스를 입고 마흔 살의 스코틀랜드 의사 존 비숍과 결혼식을 올리고 비숍 여사가 되었다. 하지만 결혼의 기쁨보다는 동생을 잃은 슬픔이 그녀를 압도했다. 에든버러의 고급 주택가에서 신혼 생활을 시작했지만, 결혼 후 계속되는 사교 모임으로 그녀는 조금씩 지쳐 갔다. 결혼 전에 비숍에게서 '그녀의 여행을 절대로 방해하지 않겠다'는 약속을 받았지만, 막상 결혼을 하고 나니 상황은 그리 녹록지 않았다. '발이 묶인 새'가 되었다는 느낌에 이사벨라는 우울했다.

결혼하고 얼마 되지 않아 불행한 일이 발생했다. 비숍이 환자를 진료하다 감염되어 사경을 헤매자 그녀는 공기 좋은 프랑스 해안 지역으로 남편을 데려가 그의 곁을 지키며 극진히 간호했다. 하지만 남편의 병세는 호전되지 않았고 결국 결혼 5년 만인 1886년 존 비숍은 마흔다섯의 이른 나이에 세상을 떠났다.

## 오지 여행을 통해 삶의 의미를 되찾다
치마 입은 여행가의 놀라운 성취

이사벨라는 1900년 친구에게 보낸 편지에서 "내 인생의 한 장을 닫는 일은 정말 힘든 일이다. 토버모리 집에는 여동생 헨리에타와 남편에 대한 행복하고 슬픈 기억이 모두 담겨 있다"고 슬퍼하며, 20년간 임대했던 토버모리의 집을 처분하는 어려운 결정을 내렸다. 이사벨라 버드는 중국과 중앙아시아 등 아시아 지역에 병원을 세워 환자들을 치료하고 선교 사업을 하고 싶어 했던 남편의 유지를 받들어 새로운 인생을 계획한다. 세계지도를 들고 여행 짐을 싸기 시작하니 다시 삶에 대한 열정과 희망의 에너지가 샘솟았다. 더 이상 질병을 핑계 댈 필요도, 누군가의 허락을 받거나 눈치를 볼 필요도 없어지자 그녀는 더 멀리 더 힘차게 비상하기 시작했다. 자신이 진정으로 원하는 삶을 실현하고 자유롭게 세상을 여행할 수 있는 날개를 단 셈이었다.

그녀가 다시 여행을 떠나게 된 배경에는 유능한 편집인 존 머리 3세의 끈질긴 설득도 있었다. 그는 이사벨라에게 가장 잘할 수 있는 일, 즉 해외로 여행 가서 새롭고 흥미로운 모험을 하고 글을 쓰는 일을 하라고 끊임없이 격려했다. 지금도 갤러리와 상점이 밀집한 런던의 고급 쇼핑가에 위치한 존 머리 출판사는 왕립미술원과 린네협회 근처라는 환상적인 입지와 수백 년의 역사와 전통을 자랑한다. 존 머리 3세는 1894년《티베트인들 사이에서(Among the Tibetans)》를 마지막으로 출판하고 세상을 떠날 때까지 이사벨라와 함께 40년간 책을 계속 펴낸 동료이자 친구였다. 그녀가 쓴 여행기들은 빅토리아시대 최고의 베스트셀러가 되었고, 존 머리 출판사를 먹여 살리는 주요 수입원이었다.

위험을 두려워하지 않는 강한 의지와 지성을 겸비했던 이사벨라 버드 비숍은 오스트레일리아, 하와이, 일본, 인도, 티베트, 페르시아, 쿠르디스탄 등 세계의 오지를 계속 탐험하며 19세기를 대표하는 여성 여행가로서 명성을 얻었다. 여성 특유의 감성과 예리한 관찰력으로 외국의 문화와 풍물을 생생하게 묘사한 그녀의 책들은 큰 인기를 끌었다. 독자들은 연약한 여성 여행자가 풍랑을 만나 죽음의 위기를 넘기고 용암이 분출하는 화산에 오르는 장면을 상상하며 짜릿한 스릴과 긴장감을 느꼈다. 그녀는 치마를 입은 채로 경계를 넘어 여행했고, 그녀의 여행기는 빅토리아 여성들에게 새로운 세계를 상상하게 하고 떠날 수 있는 용기를 주었다. 무엇보다 드레스를 입고 세계 각지를 홀로 여행하는 용감한 여성이 묘사하는 이국적인 풍경과 낯선 남성들과의 만남은 무척이나 매혹적이었다.

40대의 이사벨라 버드가 신대륙을 여행하며 험준한 로키산맥에서 야성미 넘치는 미국 남성 잭을 만나면서 시작되는 로맨스와 아슬아슬한 모험담에 독자들은 특히 열광했다. 하지만 이사벨라가 미국 여자들처럼 남자들이나 입는 옷을 입고 미국을 여행했다는 의혹과 비판이 대두하자 그녀는 조신한 빅토리아시대 영국 여성으로서 자존심과 품위를 한 번도 잃은 적이 없었다고 주장하며 매우 억울해했다. 특히 바지를 입고 로키산맥에 올랐다는 의혹에 반박하기 위해 《로키산맥에서의 한 여인의 삶(A Lady's Life in the Rocky Mountains)》 개

정판 서문에 자신이 치마를 입고 여행한 그림을 실어 적극적으로 해명을 시도하기도 했다.

지금은 여성이 바지를 입고 여행하는 것이 비판받거나 조롱받을 일이 전혀 아니지만, 빅토리아시대 영국 사회에서는 여성 여행자의 옷차림도 큰 논쟁거리가 되었다. 21세기 현대 한국 사회에 팽배한 여성의 외모에 대한 지나친 집착과 차별적 시선은 빅토리아시대와 본질적으로 별로 다를 것이 없다는 생각이 든다. 화장을 하지 않거나 외모를 적극적으로 가꾸지 않는 여성은 게으르거나 예의가 부족하다고 손가락질받고 여성의 능력이나 성취보다는 얼굴과 몸매를 우선시하는 현실이 당연시된다. 소박하고 평범한 동양인의 얼굴, 통통한 몸매는 부끄러운 것이라고 생각하여 10대 소녀들까지 성형수술을 받고 다이어트를 심하게 하여 건강까지 해치는 심각한 상황이다. 외모지상주의가 팽배한 연예계는 말할 것도 없고 의사들까지 돈벌이에 혈안이 되어 성형 왕국이라는 국제적인 오명까지 얻은 한국 사회의 현실은 여성들을 억압했던 빅토리아시대보다 별로 나아진 것이 없지 않은가.

## 여성 여행자에 대한 편견과 차별의 온상, 런던 왕립지리학회

이사벨라 버드는 스코틀랜드 왕립지리학회의 런던 지부 특별회의에서 자신의 페르시아 여행에 대한 강연을 했고, 지리학자로서 그녀의 전문성에 감탄한 학회는 그녀에게 최초의 여성 특별회

이사벨라 버드 비숍은 여행기에서 삽화(오른쪽)로 자신이 바지가 아닌
치마를 입고 다녔다는 걸 스스로 증명했다. 남성 중심적이었던 런던 왕
립지리학회(아래)가 이사벨라를 여성 특별회원으로 임명하자 남성 회
원들은 협회의 결정에 강력하게 반발했다.

원 자격을 수여했다. 이사벨라는 '여성의 업적을 인정한 스코틀랜드 학계의 혁신성'에 기뻐했고, 스코틀랜드 왕립지리학회와 라이벌 관계에 있던 런던의 왕립지리학회는 당황했다. 런던의 왕립지리학회는 그녀보다 훨씬 수준 낮은 성과물을 낸 남자들에게 상과 감사장을 수여하고 경의를 표했지만, 여성 여행가인 이사벨라의 탁월한 업적을 인정하는 일은 계속 미루고 주저해 왔다. 궁지에 몰린 런던의 왕립지리학회는 이사벨라 버드를 학회 최초의 여성 특별회원으로 임명할 수밖에 없었고 의회는 이를 승인했다.

하지만 런던 왕립지리학회의 남성 회원들은 협회의 결정에 강하게 반발했다. 특히 이사벨라와 비슷한 시기에 페르시아에 대한 책을 출간했으나 제대로 인정을 받지 못해 피해의식이 컸던 조지 커즌은 다음과 같은 독설을 퍼부었다. "우리는 과학적인 지리학 지식에 공헌할 수 있는 여성의 능력에 의문을 제기한다. 여성과 여성이 받은 교육은 탐험에 걸맞지 않다. 최근에 미국으로부터 전해져 우리에게도 친숙하게 된 전문적인 여성 세계여행가라는 존재는 19세기 후반의 가장 끔찍한 현상들 중 하나다." 남성 회원들 사이에서 여성 회원을 받아들인 왕립지리학회의 결정에 대해 과격한 토론이 벌어지고 악의와 분노에 찬 글들이 《타임스》에 계속 실렸다. 유머 잡지인 《펀치》에서는 여성 여행가를 다음과 같이 조롱했다. "숙녀 탐험가? 치마 입은 여행가? 말도 안 되는 단어다. 여자들은 집에서 애나 보게 하거나 바느질이나 하게 하라. 여자는 절대로 지리학자가 되어서도 안 되고 될 수도 없고 될 일도 없을 것이다."

1893년 4월 런던 왕립지리학회는 특별회의를 소집하여 재투표를 실시했다. 결과는 147대 105. 다시 여성 회원을 받아들이지 않기로 결정했으나 이미 회원으로 인정된 22명의 여성은 회원으로 남길 수밖에 없었다. 런던 왕립지리학회 특별회원 자격을 겨우 유지한 이사벨라 버드 비숍은 5년 후인 1897년 왕립지리학회의 회원 앞에서 연설한 최초의 여성이 된다. 이사벨라 버드 비숍은 "여성의 일을 인정하게 된 개혁에 감사한다"며 소감을 짧게 밝히고 중국 서부 오지에서 자신이 직접 찍은 45개의 슬라이드와 200장의 사진을 보여주며 다섯 달에 걸친 중국 서부 산악 지역 답사의 의미에 대해 차분하게 설명하기 시작했다. 예순여섯 살의 우아한 여성 여행가의 놀라운 학문적 성취에 남성 지리학자들도 경의를 표할 수밖에 없었다.

스코틀랜드 왕립지리학회를 찾아가다
이사벨라 버드 비숍의 흔적을 찾아서

스코틀랜드는 기 센 여자들의 땅이었고, 런던이나 잉글랜드에 비해 똑똑하고 독립적인 여성들이 활동하기에 좋은 지역이었다. 픽사가 제작한 애니메이션 영화 〈메리다와 마법의 숲(Brave)〉의 여주인공, 빨간 곱슬머리를 휘날리며 활을 쏘는 씩씩한 말괄량이 공주도 스코틀랜드 출신으로 그려진다. 2013년 스코틀랜드 박물관에서는 아프리카를 탐험한 리빙스턴 박사의 특별전시회가 열리고 있었는데, 아프리카 지역 전문가였던 아버지의 유지를 이어 간 리빙스턴의 딸은 스코틀랜드 왕립지리학회 창립에도 적극적으로 기여했다. 스

166

코틀랜드는 여성 여행자와 여성 지식인에 대한 차별과 편견이 상대적으로 적었고, 스코틀랜드 왕립지리학회 역시 영국의 다른 지역 학회보다 여성 회원을 더 빨리 받아들였다.

에든버러와 글래스고에 있던 스코틀랜드 왕립지리학회는 최근 퍼스로 이전했다. 분홍색 가디건을 입은 은발의 멋쟁이 70대 여성 지리학자가 한국에서 온 여성 지리학자를 반갑게 맞아 주었다.

"이사벨라 버드 비숍을 아세요? 그녀의 자취를 따라 스코틀랜드를 계속 여행하고 있어요."

"물론이죠. 나 역시 이사벨라 버드처럼 세상에 대한 호기심에 이끌려 지리학자가 되었죠. 역사지리학을 전공했기 때문에 그녀에 대해 특히 관심이 많았어요. 몇 년 전에는 일본의 한 남성 지리학자가 당신과 같은 이유로 이곳을 방문한 적이 있어요."

열정과 카리스마가 대단한 스코틀랜드 여성 지리학자는 지리학회 건물 2층에 있는 탐험가의 방으로 나를 안내했다. 지도, 털모자, 위스키, 시가 잭, 여행 가방…… 탐험가의 방은 남성적인 소품으로 가득했다. 그녀는 이사벨라 버드 비숍의 이름이 적힌 프로그램을 가져와 내게 보여주기도 했다. 이사벨라 버드의 흔적이 여기저기 남아 있는 탐험가의 방에 앉아 있자니, 나도 세상 끝 오지로 여행을 떠나고 싶다는 생각이 절로 들었다.

영하 18도까지 내려간 추운 겨울날, 한국에서 멀리 퍼스까지 찾아온 여성 지리학자를 위해 스코틀랜드 남성 지리학자가 위스키 한 병

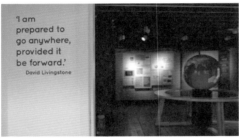

이사벨라 버드 비숍의 흔적을 찾아 간 스코틀랜드 왕립지리학회에서 은발의 멋진 여성 지리학자를 만났 다.(위 왼쪽) 스코틀랜드가 여성들에 대한 편견이 덜했기 때문일까? 스코 틀랜드 왕립지리학회는 런던보다 여 성 회원을 빨리 받아들였다.

을 들고 왔다.

"스코틀랜드의 특성을 살려 기후변화의 위험성을 경고하는 위스키를 만들어 판매하고 있어요. 한잔하시겠어요?"

## 죽기 직전까지 가방을 쌌던 이사벨라, 마지막 여행을 떠나다

이사벨라 버드 비숍은 빅토리아 여왕과 비슷한 점이 많았다. 그녀와 비슷한 시기에 태어났고 160센티미터도 안 되는 작은 키에 통통한 몸매, 자주 통증에 시달리는 병약한 육체, 여행을 즐기고 특히 스코틀랜드 지역을 좋아하는 성향, 외국 문물에 대한 호기심 등등. 빅토리아 여왕은 이사벨라처럼 스코틀랜드를 여행한 경험을 담은 책을 쓰기도 했고, 과일의 여왕이라 불리는 동남아시아의 열대 과일 '망고스틴'의 맛을 궁금해하며 신선한 망고스틴을 자신에게 가져다 주는 사람에게 큰 상금을 주겠다고 공언하기도 했다(냉동선이 발명되기 전이라 아쉽게도 빅토리아 여왕은 망고스틴을 먹어 보지 못하고 숨을 거뒀다). 실제로 빅토리아 여왕은 인도의 타밀어를 배우고 인도인 시종을 둘 정도로 외국 문화에 관심이 많았다. 이사벨라의 책을 읽고 팬이 된 빅토리아 여왕은 그녀를 왕궁으로 초대해 여행 이야기를 직접 듣기도 했다.

두 사람은 뚜렷하게 다른 면도 많았다. 빅토리아 여왕은 평생 남편을 그리워하며 독립적인 여성으로 사는 것을 두려워했다. 아이를 많이 낳아 잘 키우는 것이 여성의 주요한 임무라고 생각했고 페미니스트를 혐오했다. 반면 이사벨라는 남편과 사별한 후 더 적극적으로 여행을 했고, (망고스틴을 비롯해) 다양한 열대 과일을 먹어 보고 이국적인 풍물과 문화를 직접 체험했다. 환갑이 넘어서도 지리학 공부를 계속했고 측량 기술과 사진을 배워 지리학 전문 서적을 집필해 극동 문제에 관한 최고의 지역 전문가로 부상했다. 비록 자신의 아이를 낳지는 않았지만 8권의 책을 남겼고, '자신이 가장 잘할 수 있는 일을 하는 것이 여성의 권리'라는 소신을 굽히지 않았다. 또한 여행을 망설이는 후배 여성들에게 떠날 수 있는 용기를 주고 독립적인 삶을 살도록 격려했다.

1898년 예순일곱 살이 된 이사벨라는 한국과 인근 지역에 대한 자세한 설명과 지도, 직접 찍은 사진들을 담아《한국과 그 이웃 나라들》이라는 두 권짜리 두꺼운 책을 출간했다. 한국에서 일어난 정치·사회적 변화가 신문에 조금씩 보도되기 시작하는 등 한국에 대한 대중의 관심이 커지는 상황에서 출간된 그녀의 책은 폭발적인 반응을 불러일으켰다. 초판 2000부가 이틀 만에 다 나갔고, 1년 동안 다섯 번 재판에 들어갔으며 미국에서도 책이 출판되는 등 초대형 베스트셀러로 부상했고 그녀 인생 최고의 히트작이 되었다. 언론 매체와 학계의 서평은 극찬 일색이었으며 이사벨라는 감상적인 여행 작가를 넘어 실력과 안목을 갖춘 전문 지리학자로 격상되었다. 고종과 명성황후를 직접 알현하고 나룻배와 조랑말을 타고 조선 방방곡곡을 샅샅이 답사한 이사벨라는 한국에 대한 최고의 지역 전문가로 인정받았고 학자로서 최고의 전성기를 구가했다. 이사벨라는 인생 역전의 주인공이자 빅토리아 여왕도 부러워하는 여성 여행가로서 행복한 노년을 보냈다.

그 후 이사벨라는 런던에 살면서 프랑스어 회화 수업을 듣거나 사진 수업에 참여했으며 요리 강습도 들었다. 칠순 생일이 다가오자 그녀는 런던의 추운 겨울을 피하기 위해 증기선을 타고 지중해의 모로코로 여행을 떠났고, 1901년 새해 첫날을 지중해의 탕헤르에서 보냈다. 빅토리아 여왕의 죽음과 장례식이 신문의 헤드라인을 장식했지만 몇 주가 지나서야 병상에서 여왕의 서거 소식을 접했을 정도로 이사벨라의 기력도 떨어져 가고 있었다. 대영제국의 영광이 가득했던 빅토리아시대가 저물어 갔고, 사경을 헤매던 이사벨라는 1904년 에든버러에서 73세를 일기로 눈을 감았다.

말년에 그녀는 자신의 마지막 소원을 자주 이야기했다. "나는 도쿄나 서울이, 토버모리를 제외한 영국의 그 어느 곳보다 집처럼 느껴집니다. 그리고 영국에서의 생활보다 동양에서의 삶이 훨씬 더 좋아요." 에든버러에 있는 그녀의 집에는 생의 마지막 순간까지 중국과 극동 지역에 다시 가고 싶어 했던 그녀가 싼 여행 가방이 그대로 남아 있었다.

## 이사벨라 버드의 유산
100년 후 런던 왕립지리학회의 풍경

여성참정권 운동이 런던뿐 아니라 전국에서 뜨겁게 일어났던 1913년은 영국 여성들에게 특별한 해였다. 집 안에 갇혀 있던 영국 여성들은 거리로 뛰쳐나가 함께 행진하며 투표할 권리, 재산을 소유할 권리, 이혼할 권리를 요구했다. 그녀들의 노력으로 영국에서는 여자 혼자 여행을 떠나는 것은 흔한 일이 되었고, 여성들이 여행을 할 때 바지를 입든 남장을 하든 아무도 신경 쓰지 않게 되었다. 이사벨라 버드 비숍이 첫 여성 회원이 된 지 100년이 조금 넘은 현재 런던 왕립지리학회는 회장도 디렉터도 모두 여성 지리학자가 맡을 정도로 변화했다. 치마 입은 여성 여행가를 손가락질하던 런던은 이제 세계 여성의 삶을 바꾸는 중심이 되어 가고 있다.

2013년 여름 런던 왕립지리학회 연례 학술대회에서는 지리학계의 여성 선구자를 기억하기 위한 특별한 행사가 한창이었다. 영국의 여성참정권 운동을 기념하는 100주년 행사의 일환으로 이사벨라 버드 비숍을 비롯한 선구적인 여성 지리학자들을 기억하고 그들의 공로에 감사하는 '여성 지리학자 100주년 특별 세션'이 기획된 것이다. 올해의 주제는 '지리적 변방(the geographical frontier)'이었다. 전 세계에서 온 지리학자들이 지리적 상상력을 발휘해 새로운 아이디어와 참신한 연구 주제를 제안했고, 답답하고 고정된 중심부보다는 역동적인 변방의 창조성에 주목하는 연구가 많이 발표되었다. 영국뿐 아니라 전 세계에서 온 페미니스트 지리학자들이 여성들의 삶과 공간을 연구한 결과를 '100＋특별 세션'에서 공유했는데, 나도 '한국 워킹맘의 절규'라는 주제로 한국 여성들이 겪는 감정적 고통과 딜레마를 조명하는 논문을 발표했다.

런던 왕립지리학회는 켄징턴 공원 바로 앞 로열 앨버트 홀 옆에 있는데, 식민지와 관련된 다양한 지리 정보를 축적하는 공간으로서 영국 제국주의의 심장 역할을 해왔다. 제국의 영광과 권위를 드러내는

과거 남자들만 들어갈 수 있었던 런던 왕립
지리학회 멘룸(Men Room)에서 여성 회원
들이 세미나를 열고 있는 모습(맨 위). 여성
참정권 운동 100주년을 맞아 지리학계의 여
성 선구자들을 기리기 위한 학회가 열렸다.
세계적인 여성 지리학자인 도린 매시의 특
별 세션(왼쪽).

중심지, 런던 왕립지리학회 건물에는 영국 창조경제의 핵심 브레인들이 총집결했다. 여성 특유의 감성과 시각으로 학계를 주도하는 여성 지리학자들도 많이 참석했는데, 세계적으로 유명한 석학이자 영국을 대표하는 여성 지리학자인 도린 매시를 위한 특별 세션도 마련되었다. 나의 멘토이기도 한 도린 매시는 이사벨라 버드처럼 척추 질병으로 평생 고생하면서도 세계화와 장소에 대한 탁월한 해석을 담은 주옥같은 책을 계속 써냈고 테이트모던 미술관 프로젝트의 성공에도 크게 기여했다. 최근 대학교수직에서 은퇴했지만 라틴아메리카 등 세계 각국에서 초청이 쇄도해 강연을 위한 세계 여행을 계속하는 도린 매시를 보면 맨체스터 출신 여성의 강한 기운과 카리스마가 느껴져 기분이 좋아진다. 도린 매시는 자신의 얼굴이 담긴 배지를 나에게 직접 달아 주며 소녀처럼 행복한 미소를 지었다.

영국 왕립지리학회 게시판에는 최초의 여성 회원이었던 이사벨라 버드를 비롯해 최초의 여성 정교수, 지리교육학회 최초의 여성 학회장, 왕립지리학회 최초의 여성 회장의 사진이 있는 포스터가 전시되어 있었다. 선배 여성 지리학자들에 대한 존경과 추억으로 가득한 게시판 주변은 남녀노소를 가리지 않고 감사의 글을 적는 지리학자들로 붐볐다. 마지막까지 이사벨라가 사랑했던 나라, 한국에서 온 지리학자인 나는 그녀에게 다음과 같은 감사의 메시지를 적어 게시판에 붙였다.

"빅토리아시대를 초월한 작은 새, 이사벨라 버드는 세계 여행을 꿈꾸는 모든 여성들에게 자유의 날개를 달아 주었다."

# 베아트릭스 포터
Beatrix Potter

———

노처녀 동화 작가,
시골로 이사 가 여러 마리
토끼를 다 잡다

## 나비를 좋아한 동화 작가의
## 탁월한 재테크 감각

파란색 조끼를 입은 귀여운 토끼, 피터 래빗이 들어간 캐릭터
상품은 한국에서도 여전히 인기가 많다. 피터 래빗뿐 아니라
고양이 톰 키튼, 다람쥐 넛킨, 개구리 제레미 패셔, 오리 제미
마 퍼들덕 등 귀여운 동물 캐릭터들은 빅토리아시대의 여성
작가, 베아트릭스 포터가 창조한 동화책 주인공들이다. 어릴
때부터 나비를 좋아한 베아트릭스는 동물 그림을 많이 그렸
는데, 피터 래빗과 톰 키튼을 주인공으로 한 동화책과 캐릭터
상품에 특히 나비가 많이 등장한다. 단칸방에서 눈칫밥을 먹
으며 글을 쓰고 가난으로 고생하다가 요절한 제인 오스틴과
는 달리 베아트릭스 포터는 '재테크의 달인'이었다고 전해진
다. 생전에 동화책이 잘 팔려 인세를 많이 받았던 데다 세계
최초로 캐릭터 상표권 등록까지 한 주인공이라니, 그녀는 평
생 얼마나 많은 돈을 벌었을까? 그리고 그 많은 돈을 도대체
어디에 썼을까? 자녀도 없었다는데, 사후에 엄청난 재산은 누
구에게 남겼을까?

# 엄친딸 베아트릭스 포터?

똑똑하고 그림도 잘 그린,
런던 첼시 부잣집 딸의 어린 시절

　　베아트릭스 포터는 1866년 런던 서부 첼시의 부잣집 맏딸로 태어났다. 포터 가문은 베아트릭스의 증조부 대부터 북부 지방에서 직물 사업으로 큰 부를 일구었고, 그녀의 부모는 선대로부터 물려받은 재산으로 신혼 초부터 런던에서 풍족한 생활을 할 수 있었다. 아버지는 변호사 자격증을 갖고 있기는 했지만 변론을 하거나 돈을 벌기 위해 일을 할 필요가 없었기 때문에 예술가들과 교제하거나 사진을 찍으며 시간을 보냈다. 원래 화가가 되고 싶었지만 부모님 때문에 법학을 공부했던 아버지는 딸이 그림에 흥미를 보이자 화구를 선물하고 그녀가 그린 그림을 칭찬하는 등 지원을 아끼지 않았다. 하지만 전형적인 빅토리아시대 여성이었던 보수적인 어머니는 예술가가 되고 싶다는 그녀의 꿈을 무시했고, "여자가 공부 잘하고 그림 잘 그려 보았자 아무 소용이 없고, 결혼을 잘하는 것이 최고"라며 어린 딸의 기를 꺾고 자존심을 건드리는 잔소리를 계속 했다. 빅토리아시대의 기준으로 볼 때 베아트릭스 포터는 '엄친딸'과는 거리가 멀었다.

　　포터 가족은 해마다 봄과 여름이면 영국 북부 호수 지방과 스코틀랜드에 있는 친척들의 집과 별장으로 휴가를 떠났다. 베아트릭스는 시골 마을의 아름다운 풍경을 사랑했고, 특히 수백년 된 전통 가옥과 손때가 묻은 앤티크 가구들을 좋아했다. 남동생과 숲 속을 쏘다니며 버섯과 야생화를 관찰하고 개구쟁이처럼 흙장난을 하다 보니 드레스는 금방 더러워졌다. 엄격했던 어머니는 자연에서 뛰어놀며 조신하게 행동하지 못하는 첫째 딸을 부끄러워하며 다른 여자애들처럼 얌전히 방에서 차나 마시라고 자주 꾸중했다.

베아트릭스는 어릴 때부터 쥐, 토끼, 오리, 개구리, 도마뱀, 고양이 등 다양한 동물들을 관찰했고, 동물 친구들을 상상하며 어린 남동생에게 이야기를 들려주었다. 그녀는 특히 토끼 벤저민을 좋아해서 여행을 갈 때도 꼭 데리고 다녔는데, 상상의 세계에 푹 빠져 동물들을 정말 친구처럼 생각한 낭만적인 소녀였다. 학교에 다니거나 친구를 사귈 기회가 없었던 그녀는 혼자 책 읽기를 좋아했고, 꽃·버섯 등의 식물 연구에도 관심이 많았다. 외로운 어린 시절을 보낸 그녀는 동물 친구들과 대화를 나누고 그들의 귀여운 모습을 계속 스케치하며 스토리를 창작해 나갔다. 당시는 여성들이 학교에 갈 수 없는 시대였지만, 베아트릭스는 가정교사에게서 영어, 지리, 과학, 라틴어 등 다양한 과목을 배우며 교양을 쌓았다. 딸을 좋은 집안에 시집보내는 것을 가장 중요하게 생각한 어머니는 애초부터 딸의 꿈이나 소질에는 전혀 관심이 없었다.

## 베아트릭스 포터가 사랑했던 공간들

베아트릭스는 고급 주택가 첼시에서도 가장 좋은 위치에 있는 대저택에서 자랐다. V&A 박물관을 비롯해 로열 앨버트 홀, 자연사박물관 등 문화·예술 공간이 그녀의 집에서 마차로 10분이면

갈 수 있는 가까운 거리에 있었다. 왕궁이 가까워 치안도 좋았고 마차가 다닐 수 있을 만큼 길도 넓었다. 바로 옆에는 공원이 있고, 길에는 잎이 울창하고 키가 큰 나무가 줄지어 서 있었다. 예전에 베아트릭스가 가족과 함께 살았던 집이 지금은 초등학교로 변해 있는데, 벽면에 피터 래빗이 그려진 표지판이 있어 쉽게 위치를 찾을 수 있다.

베아트릭스의 집 근처에 있는 도서관은 '베아트릭스 하우스'라고 이름이 붙여져 있었다. 영국은 어디를 가든 어린이 도서관이 잘 조성되어 있어, 도서관에 가면 책을 읽는 어린이들을 쉽게 만날 수 있다. 한편 《곰돌이 푸》, 《피터팬》, 《이상한 나라의 앨리스》 등 우리가 어릴 때 읽은 동화책의 배경지로 영국이 압도적이다. 영국인 저자가 쓴 동화책들이 다양한 언어로 번역되어 출판되면, 전 세계의 어린이들은 영국 문화와 자연환경에 친숙해지고 자연스럽게 영국에 대해 좋은 이미지를 갖게 된다.

베아트릭스가 런던에 살면서 좋아했던 공간 중 하나는 큐 왕립식물원(Royal Botanic Gardens Kew)이었다. 보통 큐가든이라 불리는 이 식물원은 전 세계에서 채집한 다양한 꽃과 나무를 볼 수 있어 상상력을 키우기에 좋은 장소다. 특히 베아트릭스는 버섯에 관한 연구 논문을 쓸 정도로 식물의 생태에 관심이 많았는데, 지금도 큐가든에서는 베아트릭스처럼 꽃과 나무를 관찰하는 소녀들을 쉽게 만날 수 있다. 큐가든 기념품점에서는 베아트릭스 포터의 동화책과 캐릭터 상품이 인기리에 판매되고 있었다. 영국 어디를 가든 피터 래빗과 그녀의 동물 친구들을 볼 수 있어, 베아트릭스 포터에 대한 영국인들의 뜨거운 애정을 엿볼 수 있다.

베아트릭스는 첼시의 거대한 저택에서 자랐는데 현재 그 집은 초등학교로 바뀌었다. 그녀의 집에서 멀지 않은 곳에 도서관(왼쪽)이 위치해 있다. 베아트릭스는 다양한 꽃과 나무를 볼 수 있는 큐가든(아래)을 좋아했는데 특히 버섯의 생태에 관심이 많았다.

# 계속되는 불운 속에
## 우울한 청춘을 보내다

유복한 집안의 맏딸로 태어나 아쉬울 것이 전혀 없었던 베아트릭스였지만 어머니가 소개해 주는 상대와의 결혼을 거부하면서 암울한 청춘을 보내야 했다. 의욕을 갖고 새로운 일을 시도하면 자꾸만 실패했던 베아트릭스는 계속되는 불운과 어머니의 구박으로 마음고생이 심했다.

### 첫 번째 좌절 : 단지 여자라는 이유만으로 논문을 거부당하다

평소 식물에 관심이 많았던 그녀는 남성 학자들이 별로 관심을 갖지 않았던 버섯 연구를 본격적으로 시작했다. 당시 최고 권위를 자랑했던 런던 중심가의 린네협회에 버섯에 관한 연구 논문을 제출했지만 말도 안되는 이유로 거절당했다. 단지 연구자가 여성이라는 것이 이유였다.

19세기 말 빅토리아시대 여성들에게 허용된 사회적 공간은 극히 제한되어 있었다. 빅토리아시대 상류층 여성들이 사회적으로 활동할 수 있는 영역은 교회 관련 종교 모임이나 빈민 구제를 비롯한 봉사 활동 정도였다. 여성들에게 허용된 직업은 교사, 간호사 정도였고, 파티장이나 댄스홀, 티룸과 레스토랑, 양장점과 백화점 등 소비의 공간에만 여성들이 출입할 수 있었다. 은행·공장 같은 경제 공간, 사회적 담론이 형성되고 중요한 의사 결정이 이루어지는 정치적 장소는 남성들에게만 열려 있었다.

특히 결혼하지 않은 상류층 여성들이 가장 심한 공간적 억압을 받았는데, 혼자서는 밖에 나갈 수도 없었고 하녀나 보호자를 동반해야만 했다. 잠깐이라도 외출할 때는 드레스를 입고 모자를 쓰는 등 복장을 완벽하게 갖추고 나가야 구설수에 오르지 않았다. 상류층 여성들은 예쁜 옷을 입고 화려한 찻잔에 차를 마시면서 날씨 이야기로 대화를 시작하고 연애와 결혼에 대해 수다를 떠는 것이 하루의 주요한 일과였다.

그녀가 과학자로 인정받기 위해 논문을 제출했던 린네협회는 런던 중심부에 있다. 왕립미술원, 고급 차와 찻잔을 파는 포트넘 메이슨 본점, 빅토리아시대의 최고급 쇼핑가 벌링턴 아케이드가 근처에 있어 빅토리아시대의 화려한 생활상을 엿볼 수 있는 곳이다. 린네협회 회원들의 방에는 창립자인 칼 폰 린네의 동상이 있고, 벽면은 남자 과학자들의 초상화로 도배되어 있다. 흥미롭게도 린네의 손등에 나비가 앉아 있고, 다윈의 진화설을 뒷받침한 식물지리학의 아버지 앨프리드 월리스의 초상화에도 나비가 있다. 하지만 나비를 좋아하는 여성적 취향의 남성들조차 나비를 좋아하는 여성 학자를 동료로 받아들이는 데는 인색했다.

베아트릭스가 아무리 훌륭한 연구 결과를 내놓아도 남성 중심적인 공간인 린네협회에 나와서 발표를 하는 것은 허용되지 않았고, 과학자로 인정받고 싶었던 그녀의 꿈은 좌절되었다. 하지만 2012년 베아트릭스의 열성 팬들이 린네협회 회의장에서 버섯 연구 논문을 그녀 대신 읽는 행사를 개최했다고 하니 과학자가 되고 싶었던 베아트릭스의 한이 조금은 풀리지 않았을까? 현대에 와서 린네협회는 여성 과학자들을 회원으로 많이 받아들였다.

베아트릭스는 버섯에 관한 연구 논문을 린네협회
에 제출했지만 단지 여성이라는 이유로 거절당했
다. 빅토리아시대의 여성들에게 허용된 직업은 제
한적이었고, 남성 중심적인 린네협회에서 여성이
발표를 한다는 것은 있을 수 없는 일이었다.

### 두 번째 좌절 : 병으로 사경을 헤매고 동화책 출판을 계속 거절당하다

결혼 적령기인 스무 살을 전후해 베아트릭스는 어머니의 성화에 못이겨 마음에 들지 않는 명문가 자제들과 자주 맞선을 보아야 했다. 그녀는 심한 스트레스를 받아 머리카락이 다 빠질 정도였고, 몸이 많이 아파 사경을 헤매기도 했다. 그녀뿐 아니라 빅토리아시대의 똑똑한 여자들이 원인을 알 수 없는 질병으로 고통받는 경우가 많았는데 특히 이런저런 이유로 결혼을 못한 노처녀들은 가족들의 구박과 사회의 냉대를 견뎌 내야 했다.

베아트릭스는 시간이 날 때마다 자신이 키우던 동물들을 친구처럼 생각하여 친근하게 묘사한 수채화를 계속 그리며 위안을 얻었다. 토끼, 오리, 고양이, 개구리 등 동물 친구들에게 예쁜 옷을 입히고 귀여운 모습을 캐릭터로 형상화해 크리스마스카드를 만드는 회사에 팔기도 했다. 동물을 그린 그림 카드가 인기를 끌자 그녀는 어린 시절 동생에게 들려줬던 이야기를 발전시켜 동물을 주인공으로 한 그림책을 구상했다. 1893년경 자신을 가르치던 가정교사의 아들 노엘이 병에 걸려 눕자, 아픈 노엘을 위로하기 위해 토끼 그림이 들어간 편지를 보낸 것이 시작이었다. 귀여운 토끼 캐릭터가 호평을 받자, 베아트릭스는 캐릭터에 스토리를 입혀 '피터 래빗' 동화책을 완성했다.

베아트릭스는 그림책을 출판할 회사를 열심히 찾아다녔지만, 출판업자들은 '아이를 낳아 길러 본 적이 없는 여성이 어떻게 어린이들을 위한 동화책을 쓰겠냐'고 노처녀 동화 작가에 대한 편견을 노골적으로 드러내며 그녀를 홀대했다. 그 후에도 계속 책을 출판할 기회를 얻기 위해 애썼지만 7년이 지난 1902년에야 겨우 첫 책을 세상에 내놓을 수 있었다. 수많은 출판사에서 조롱과 거절을 당했지만 끝까지 포기하지 않고 노력한 결과였다. 그 후 베아트릭스는 피터 래빗 인형을 제작하여 판매했는데, 이때 상표권 등록도 함께 하는 등 자신이 창조한 캐릭터를 소중하게 관리하기 시작했다.

### 세 번째 좌절 : 어렵게 만난 약혼자이자 유능한 편집인을 떠나보내다

'피터 래빗' 동화책이 세상에 나오도록 돕고 그녀가 계속 동화책을 쓸 수 있게끔 격려한 편집자 노먼 원은 그녀에게 큰 힘이 되었다. 순수한 마음을 가진 베아트릭스와 노먼은 서로 말이 잘 통했고, 둘이 함께 만든 동화책 시리즈는 날개 돋친 듯 팔렸다. 둘은 계속 함께 작업을 하면서 사랑을 키워 갔고, 노먼은 크리스마스 파티에서 베아트릭스에게 청혼을 했다. 자신의 작품 세계를 깊이 이해하고 작가로서의 재능을 존중해 주었던 노먼이 마음에 들었던 베아트릭스는 그의 사랑을 확인하고 기뻐 어쩔 줄 몰라 했다. 하지만 딸의 행복보다는 가문의 명예를 중시하고 돈과 권력에 집착하는 어머니는 둘의 결혼을 극렬히 반대했다. 출판사에서 일하는 예비 사위가 마음에 들지 않았던 어머니는 둘 사이를 떼어 놓기 위해 애를 썼지만 별 소용이 없었다. 노먼과 결혼하면 집안의 유산은 받을 생각도 하지 말라는 협박에도 딸이 흔들리지 않자 어머니는 타협안을 제시했다. 여름 한 철 호수 지방에서 가족과 함께 있으면서 런던에 있는 노먼과 떨어져 지낸 후에도 마음이 변치 않으면, 가을에 결혼식을 올릴 수 있게 허락한다는 조건이었다.

런던에서 가을에 결혼식을 올릴 꿈에 부풀어 있던 베아트릭스는 호수 지방에서 그녀 생에 가장 긴 여름을 보냈다. 하지만 약혼자 노먼이

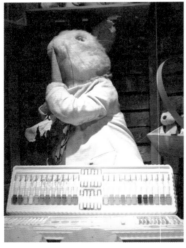

병으로 급사했다는 충격적인 소식을 들은 베아트릭스의 가슴은 무너져 내렸다. 마흔이 다 되어 어렵게 만난 사랑을 허무하게 떠나보낸 그녀는 삶의 모든 의욕을 상실했다. 런던 어디를 가든 약혼자 노먼과의 추억이 자꾸 떠올라 고통스러웠고, 이제 런던에서는 더 이상 아무것도 할 수 없음을 깨닫게 되었다. 그녀의 책 출간을 물심양면으로 돕는 편집자이기도 했던 노먼이 세상을 떠나자, 그림을 그려도 동화책을 써도 우울한 분위기와 깊은 슬픔에서 헤어 나올 수 없었던 것이다. 그녀는 계속되는 불행 앞에서 절망했다.

## 어린 시절 행복의 장소에서 꿈을 이루고 날개를 활짝 펴다!

베아트릭스는 아픈 상처를 부둥켜안고 런던의 유스턴 기차역에서 윈더미어(windermere)행 기차를 탔다. 고통의 기억이 가득한 런던에서 벗어나 아름다운 자연 속에서 모든 것을 잊고 싶었던 것이다. 어린 시절 행복했던 추억이 많은 호수 지방을 여행하면서 그녀의 아픈 몸과 마음이 조금씩 치유되기 시작했다. 베아트릭스는 런던 첼시의 집을 떠나 어린 시절 꿈이 담긴 시골로 이사 갈 준비를 했다. 연로한 베아트릭스의 부모는 노처녀 딸의 이사를 반대했지만, '부모님 곁을 떠나 새로운 곳으로 이사 가 독립적인 생활을 시작하겠다'는 그녀의 고집을 꺾을 수는 없었다. 베아트릭스는 동화책을 써서 번 돈을 투자해 호수 지방의 힐탑 농장을 구입해 버렸다. 런던에서 자신의 손때가 묻은 가구를 옮기고 농가를 자신의 취향에 맞게 고치며, 호수 지방에 자신만의 창작 공간을 조금씩 만들어 갔다.

베아트릭스는 호수 지방 농가의 안주인으로서 자신이 좋아하는 동물들을 마음대로 키우고 관찰하면서 행복했다. 사랑스러운 동물 친구들이 그녀의 상상 속에서 부활하면서 그녀는 다시 동화책을 쓸 수 있게 되었다. 토끼뿐 아니라 오리, 돼지, 고양이, 개구리 등 다양한 동물 친구들이 그녀의 동화책 주인공으로 탄생했다. 런던을 떠나 공기 좋고 다정한 이웃이 있는 시골 농가에서 생활하니 동화책에 등장하는 동물 캐릭터들은 더 사랑스럽게 그려졌고, 동화책의 배경인 호수 지방의 자연환경은 더 생생하게 묘사되었다.

시골로 이사한 후 베아트릭스는 마음에 드는 꽃무늬 벽지를 바르고 카펫을 새로 깔면서 소박한 행복을 만끽했다. 돼지를 기르고 양을 키우고 정원을 가꾸면서 그녀는 시골 아낙네가 다 되어 갔다. 시골 장터에 나온 독특한 앤티크 가구들을 구입하고 예술품들을 본격적으로 수집하면서 힐탑 농가를 자신의 취향대로 바꾸어 나갔다. 그녀의 동화책이 인기가 높아져 인세 수입이 계속 늘어나자 베아트릭스는 부동산 시장에 나온 힐탑 인근의 땅과 농가를 살 생각을 하고, 지역의 토지 매매를 전문으로 하는 변호사 윌리엄 힐리스(Willam Heelis)를 만났다. 어릴 때부터 힐탑 주변에서 뛰어놀아 호수 지방에 대한 애정이 각별했던 힐리스는 힐탑을 아름답게 가꿔 나가는 베아트릭스에게 호감을 느꼈다.

호수 지방의 자연을 보존하고 시골 농가를 지키는 일의 중요성에 공감했던 두 사람은 자연스럽게 서로에게 끌렸다. 어려서부터 친분이

있었던 두 사람은 말이 잘 통했고, 무엇보다 공간에 대한 취향이 일치했다. 오랜 시간 조금씩 사랑을 키워 가던 마흔두 살의 노총각 힐리스는 자신보다 다섯 살 연상이었던 베아트릭스에게 용기를 내어 청혼했다. 믿음직한 힐리스가 마음에 들었던 그녀는 결혼을 결심하고 런던의 부모님에게 결혼 계획을 통보했다. 하지만 시골 출신 변호사가 딸의 결혼 상대로 탐탁지 않았을뿐더러 남편이 죽고 나면 딸 베아트릭스 외에는 자신을 돌볼 사람이 없다는 현실적 계산을 한 어머니는 결혼을 반대하며 베아트릭스의 발목을 잡았다. 그녀는 어머니를 위해 호수 지방에 적당한 집을 사고, 어머니를 돌봐줄 사람을 구하겠다고 설득하며 불안해하는 어머니를 안심시키고 겨우 결혼을 할 수 있었다.

키 크고 잘생긴 연하의 남편과 힐탑 농장에서 함께 살며 베아트릭스는 달콤한 신혼을 만끽했다. 낮에는 농사를 짓고 정원에 꽃을 심고 저녁이 되면 변호사 사무실에서 퇴근하는 남편을 기다렸다. 정성스럽게 준비한 소박한 저녁을 먹은 뒤에는 음악에 맞춰 함께 춤을 추는 동화 같은 생활을 평생 계속했다. 고통스럽고 외로웠던 애벌레, 번데기 시절은 잘 견딘 베아트릭스는 우아한 나비가 되어 행복의 날개를 펼쳤다.


호수 지방을 찾아가다
## 어린 시절에 행복한 공간을 만드는 전통

지금도 영국 사람들은 부활절이나 여름방학을 이용해 가족들과 여행을 떠나는 전통을 지킨다. 특히 중·상류층 가족들은 남들이 다

190

가는 대중적인 관광지를 피하고 자신들만의 여행 코스를 개발한다. 자연이 아름다운 곳을 가족들과 함께 여행하며 얻는 행복한 추억은 자녀들에게는 평생 가는 소중한 자산이다. 베아트릭스 포터의 흔적을 찾아가는 여행 중에 커다란 모임 장소를 갖춘 가족 전용 호텔에 일부러 묵었다. 함께 여행하며 행복한 추억을 만드는 영국 가족들을 인터뷰하기 위해서였다.

맨체스터에서 개업한 치과 의사이자 두 딸을 둔 어머니이기도 한 마리아를 만났다. 그녀는 아침 일찍 일어나 트레킹을 준비하며 어린 두 딸에게 등산화를 신기고 있었는데, 손에는 베아트릭스 포터의 책이 들려 있었다.

"딸들이 참 귀엽네요. 베아트릭스 포터를 좋아하시나봐요? 오늘은 딸들과 무엇을 하며 보내실 계획인가요?"

"딸들이 피터 래빗을 좋아해서 베아트릭스 포터의 동화책을 자주 읽어 줘요. 어제는 힐탑 농장 부근에 다녀왔고, 오늘은 친척들과 산에 올라 이 지역에서 가장 오래된 성에 가려고요. 내일이 할로윈데이라 아이들에게 추억이 될 만한 행사가 있을 거예요. 빗자루를 탄 마녀를 만날지도 모르죠."

그녀의 다른 형제들도 각자 자녀들을 데리고 와 같은 호텔에 함께 묵고 있었다. 그들은 호텔 로비에 옹기종기 모여 앉아 오늘의 목적지에 대해 의견을 나누고 있었는데, 지도와 GPS를 동원하여 가장 아름다운 경치를 즐길 수 있는 답사 코스를 찾는 중이었다.

"매년 이렇게 가족들과 호수 지방에 오시나요?"

"네. 봄과 가을에 호수 지방을 여행하는 것은 저희 가족의 전통이에요. 대도시에서 애들 키우며 바쁘게 살다 보면 지치고 힘들 때가 많잖아요. 그때마다 저는 가족들과 함께 여행하며 행복했던 어린 시절을 떠올리고 몸과 마음을 추스르거든요. 저도 우리 부모님처럼 행복한 장소의 추억을 딸들에게 물려주고 싶어요. 평생 힘이 되는 선물이니까요."

## 동화 작가 베아트릭스 포터의 특별한 재테크 전략

힐리스 부인이 된 뒤로 그녀는 더 왕성하게 동화책을 펴내고 자신만의 특별한 재테크 전략을 본격적으로 추진했다. 노처녀 동화 작가가 용감하게 시골로 이사 가 '일과 성공, 사랑과 결혼, 돈과 명예' 등등 여러 마리 토끼를 다 잡은 셈이었다.

### 재테크 전략 1: 복부인, 포터! 동화책을 써서 번 돈으로 땅을 사들이다

동화책을 써서 번 돈을 알뜰히 모아 목돈을 마련한 후 호수 지방의 좋은 땅과 농가가 나오면 놓치지 않고 사들였다. 남성들로 가득한 토지 경매장에서 베아트릭스는 유일한 여성이었지만, 지역의 부동산 매매 전문 변호사였던 남편 힐리스의 지원을 받아 자신만의 방식으로 부동산 투자를 계속했다. 지역의 발전을 베아트릭스가 방해하고 있다는 공

장주들이나 개발업자들의 불평에도 전혀 기죽지 않고, 하고 싶은 일들을 과감하게 실행해 나갔다. '피터 래빗' 동화책이 미국에서도 잘 팔려 인세 수입이 더욱 늘어나자 그녀는 새로운 땅과 농가가 시장에 나오는 대로 모두 구입하여 호수 지방 최고의 땅 부자로 등극했다.

재테크 전략 2 : 농 · 축산업, 캐릭터 산업, 관광 · 레저 산업 등 사업을 다각화하다

정원을 가꾸고 돼지를 키우고 농사를 지으면서 베아트릭스는 농 · 축 산업의 매력에 흠뻑 빠졌다. 또한 이웃들에게 도시에서 온 관광객을 연결해 주고 농한기에 추가 소득을 올릴 수 있게끔 민박집을 개조하는 일을 돕는 등 호수 지방 농가 소득 증대에 앞장섰다. 피터 래빗, 톰 키튼 등 동화책에 등장하는 동물 캐릭터로 도자기 인형을 만들거나 문구 용품, 찻잔과 장식품을 제작하는 방식으로 동화책을 기반으로 한 사업을 다각화하기도 했다. 모든 동화책 주인공을 캐릭터 상표로 등록하여 수익 구조를 안정화했고, 그녀의 사랑스러운 동화책 주인공 들을 소재로 한 테마파크, '베아트릭스 포터 월드'를 호수 지방에 세울 수 있는 기반을 닦았다.

재테크 전략 3 : 환경 보존에 앞장서 호수 지방의 아름다움을 수호하다

베아트릭스는 공장이 들어서거나 지역이 무분별하게 개발되면 자신 이 사랑하는 호수 지방의 아름다운 경관이 파괴될 것을 우려하여 환 경 운동에 앞장섰다. 고원에서만 서식하는 순수한 혈통의 허드윅 양 이 호수 지방의 경관과 생태계를 보존하는 데 매우 중요한 의미가 있 다는 것을 깨닫고, 순종 허드윅 양 보호 사업에 적극적으로 참여했다.

지방의 양 품평회에서 심사위원으로 활약하고 허드윅 양 사육자 협회 최초로 여성 회장에 선출되기도 했다. 베아트릭스는 젊은이들에게 환경보호의 중요성을 알리는 교육 활동에 참여하기도 하고 신문과 언론에 꾸준히 기고하면서 지역공동체를 활성화하고 호수 지방의 아름다움을 수호하는 일에 헌신했다. 1920년대 중반 이후 힐탑과 캐슬 코티지 등 그녀의 공간은 그녀의 동화책을 좋아하는 팬들에게는 성지순례 코스가 되었다.

## 땅 부자가 아닌 환경 운동의 선구자로 인생을 마무리하다
### 베아트릭스 포터의 숨결이 느껴지는 공간들

베아트릭스는 여성이 권리를 존중받지 못했던 빅토리아시대에 돈과 권력보다는 꿈과 사랑을 선택했고, 여성에 대한 차별과 기성세대의 편견에 치열하게 도전했다. 부모님에게서 물려받은 유산으로 사치스럽게 생활하거나 적당한 조건의 돈 많은 남자와 결혼하여 편안하게 사는 길을 선택하기보다는 자신의 일에 몰두하고 경제적으로 독립하기 위해 노력했다. 또한 주변의 조롱과 계속되는 불운에도 굴하지 않고 동화 작가의 꿈을 이루고 새로운 삶의 방식을 개척했다.

그녀는 호수 지방의 광활한 토지와 집, 농장 등 자신이 평생 모은 전 재산을 시민 환경 운동 단체인 내셔널트러스트에 기증하고 1943년 77세를 일기로 조용히 눈을 감았다. 마지막으로 머문 공간인 캐슬 코티지를 비롯해 힐탑 농장 등 자신이 사랑했던 공간과 호수 지방의 아름다운 자연을 그대로 보존해 달라는 유언을 남겼다. 아내의 죽음을 슬퍼하고 그리워하던 남편 힐리스는 2년 뒤 사랑하는 아내를 따라 생을 마감하고 그녀 곁에 묻혔다. 죽은 아내의 소망이 그대로 실현되도록 모든 법률적 문제를 깔끔하게 정리한 후에.

베아트릭스가 세상을 떠난 지 70년도 훌쩍 넘었지만, 그녀가 사랑했던 숨 막히게 아름다운 호수 지방의 자연환경과 그녀의 행복한 추억이 담긴 공간은 변함없이 그대로다. 지금도 많은 사람들이 그녀의 숨결을 느끼고 아름다운 풍광을 감상하기 위해 호수 지방의 시골까지 오는 수고를 마다하지 않는다. 그녀의 동화책에 등장하는 캐릭터가 생생하게 재현된 베아트릭스 포터 월드는 어린이들에게 꿈의 장소로 부상해 지역 경제를 활성화하는 관광 상품이 되었다.

'피터 래빗' 동화책 시리즈는 전 세계 30개국 언어로 번역돼 1억 부 이상 팔린 초특급 베스트셀러다. 지금도 피터 래빗의 인기는 식을 줄을 모르는데, 특히 일본에서는 어린이들의 영어 교재로 피터 래빗 동화책이 사용되기에 '파란 조끼를 입은 장난꾸러기 토끼, 피터 래빗'을 모르는 사람이 없을 정도다. 힐탑의 기념품 매장에는 일본어를 비롯해 다양한 외국어로 쓰인 관광 안내 책자와 다양한 캐릭터 상품이 진열되어 있고, 세계 각국에서 온 피터 래빗 팬들은 그녀의 공간에서 행복해한다. 브라질 출신의 현대미술가 로메로 브리토도 피터 래빗을 모티브로 작품을 창작했고, 베이비갭은 2013년 그녀의 동화책 100주년을 기념하는 피터 래빗 아동복 특별 에디션을 발표하기도 했다. 동화책에 등장하는 주인공에서 파생된 귀여운 캐릭터 상품들은 전 세계

베아트릭스 포터 테마파크에서는 동물 친구들의 마법 같
은 세계가 펼쳐진다. 영상을 통해 베아트릭스와 동물 캐릭
터를 만나 볼 수도 있다.(맨 위)

피터 래빗 시리즈는 전 세계 30개국 언어로 번역되어 1억 부 이상 팔린 대단한 베스트셀러다. 책뿐만 아니라 영화로도 만들어졌고, 브리토(오른쪽 맨 위) 같은 현대미술가는 피터 래빗을 모티브로 작품을 만드는 등 베아트릭스 포터의 세계는 계속 넓어지고 있다. 유명한 영국 여배우 엠마 톰슨이 쓴 《피터 래빗을 찾아서》.(위)

로 수출되어 창조경제에서의 디자인과 스토리텔링의 위력을 보여주고 있으며, 베아트릭스 포터의 세계는 계속 확장 중이다.

그녀의 감동적인 생애는 〈미스 포터〉라는 영화로 제작되었는데, 주인공 베아트릭스 포터 역은 '영국에서 가장 사랑스러운 여배우'로 꼽히는 르네 젤위거가 맡았다. 또한 케임브리지대학에서 영문학을 전공한, 영국을 대표하는 지성파 여배우 엠마 톰슨도 '피터 래빗' 동화책의 속편을 직접 써서 출간할 정도로 베아트릭스 포터 마니아다. 영국을 대표하는 작가 애거서 크리스티와 조앤 K. 롤링도 어릴 때 그녀의 동화책을 읽었고, 피터 래빗을 비롯한 주인공을 좋아했다고 한다. 베아트릭스 포터는 비록 생물학적 딸을 낳은 적은 없지만, 그녀의 문학적 DNA를 물려받은 딸들과 그녀처럼 살고 싶어 하는 여성 후배들이 많으니 보람 있는 삶을 산 셈이다. 장난꾸러기 토끼 피터 래빗의 이야기는 할머니에게서 어머니에게로, 어머니에게서 딸에게로 세대를 넘어 계속 이어지고 있다. 베아트릭스가 사랑한 호수 지방은 여전히 눈부시게 아름답고 그녀가 정성스럽게 가꾼 힐탑 농장과 베아트릭스 포터 월드는 그녀의 숨결을 느끼고 싶어 하는 방문객들로 항상 붐빈다. 지금도 전 세계에서 계속 팔리고 있는 그녀의 동화책과 귀여운 동물 캐릭터 상품들은 베아트릭스 포터로부터 시작된 나비효과가 아닐까.

· 3부 ·
세상의 끝,
이야기의 시작

버지니아 울프
Virginia Woolf

—

치유의 공간을
치열하게 탐색한
자유로운 영혼

한 잔의 술을 마시고
우리는 버지니아 울프의 생애와
목마를 타고 떠난 숙녀의
옷자락을 이야기한다
박인환, 〈목마와 숙녀〉 중에서

트렌치코트를 입고 다녔던 멋쟁이 시인 박인환은 영국의 모
더니즘 문학에 심취했는데, 특히 천재 여류 작가 버지니아 울
프를 좋아해 〈목마와 숙녀〉라는 시를 쓸 정도였다. 버지니
아 울프는 남편 복 많은 작가로도 유명한데, 남편 레너드 울
프(Leonard Woolf)는 '까다로운 성격의 아내를 헌신적으로
뒷바라지한 착한 남편'으로 알려져 있다. 버지니아 울프 사후
에 출간된 전기와 평론집에는 '나약한 정신병 환자가 훌륭한
남편과 결혼해 잘 살다 우울증이 도져 자살했다'는 식의 해석
이 반복적으로 등장한다. 하지만 그녀가 정말 심각한 우울증
환자였다면, 탁월한 문학작품을 그렇게 많이 쓸 수 있었을까?
버지니아 울프는 동성애도 했다고 알려져 있는데 정말 남편
과의 결혼 생활은 행복하고 둘 사이의 관계는 완벽했을까? 혹
시 그녀의 자살을 막지 못한 죄책감에 시달렸던 남편이 그녀
의 삶을 왜곡하고 조작한 것은 아니었을까?

## 런던 최고의 명망가에서 태어나다

버지니아 울프는 1882년 런던 중심부, 하이드파크와 켄징턴 궁전 근처의 대저택에서 태어났다. 버지니아가 어린 시절을 보낸 동네는 처칠 전 수상을 비롯해 영국 역사를 움직인 유명 인사들의 집이 몰려 있는 고급 주택가다. 오늘날에도 하이드파크의 궁전과 갤러리, 박물관, 로열 앨버트 홀, 임페리얼 컬리지가 위치한 문화 · 예술 · 학문의 중심지이고, 각국의 대사관과 고급 주택들이 즐비한 권력의 공간이다. 버지니아의 아버지 레슬리 스티븐(Leslie Stephen) 경은 빅토리아시대의 저명한 평론가 · 전기작가 · 학자였다. 어머니 줄리아는 소문난 미인이었지만 어린 나이에 첫 남편을 잃는 불행을 겪었다. 전처와의 사이에서 병약한 딸 하나를 둔 레슬리 스티븐 경과 재혼한 줄리아는 첫 번째 결혼에서 얻은 아이들을 모두 데리고 런던의 하이드파크 게이트에 있는 대저택으로 이사를 했다. 두 사람 사이에서 아들 둘과 딸 둘이 더 태어났는데, 버지니아는 이들의 셋째 아이이자 둘째 딸이었다.

아버지 레슬리 스티븐 경은 방대한 지식이 담긴 《18세기 영국 사상사(History of English Thought in the Eighteenth Century)》를 쓴 당대 최고의 지성인이었다. 《영국 인명사전(Dictionary of National Biography)》을 편집할 당시 당대의 유명 인사들이 그의 저택을 자주 드나들었고, 버지니아의 가족들은 이들로부터 다양한 지적 자극을 받았다. 버지니아와 형제자매들은 웬만한 도서관 못지않은 장서들이 꽂혀 있는 서재에서 자유롭게 지적 탐색을 할 수 있었고, 아버지와 가정교사들에게 독서하는 법, 자기 자신의 개성을 반영하여 글 쓰는 법을 배웠다. 여름마다 영국 서부의 아름다운 해안가 소도시, 세인트아이브스(St. Ives)의 별장으로 피서를 떠나는 버지니아의 가족은 겉보기에는 남부러울 것이 전혀 없는 최고의 환경이었다.

## 똑똑한 부잣집 딸도 피할 수 없었던 고통
빅토리아시대 여성들의 썩어 들어가는 내면

　　　　　사교계의 여왕으로 불린 부드러운 성격의 어머니 줄리아는 대가족의 살림을 책임지고 유명 인사인 손님들을 접대하느라 쉴 틈이 없었다. 아무리 아름답고 재능이 많은 부잣집 여성이라도 결혼을 하게 되면 아이를 계속 낳아 기르고 집안일을 하는 '가정의 천사'로서 봉사하며 살아야 하는 시대였다. 줄리아는 과로로 쓰러져 허무하게 죽음을 맞는다. 대가족을 책임지고 손님을 접대하고 사회봉사 활동까지 했으니 슈퍼우먼이라도 지쳐 쓰러지는 것은 당연한 결과였다. 1895년 어머니가 사망하자 울프는 처음으로 정신이상 증세를 보였다. 가족의 대소사를 챙기고 가족 내의 심리적 갈등과 감정적 충돌을 부드럽게 조정했던 어머니의 죽음은 그녀에게 큰 충격으로 다가왔다.

　사랑하는 부인을 잃은 후 레슬리 스티븐의 성격은 더 괴팍해져서 딸들을 본격적으로 괴롭히기 시작했다. 아들들은 케임브리지대학에 보내고 계속 공부를 할 수 있도록 적극적으로 밀어 주었지만, 딸들은 집

버지니아는 첼시의 부잣집 딸로 태어났지만 시대의 한계를 뼈저리게
겪어야 했다. 그녀는 아버지의 서재에 있는 책을 다 읽을 만큼 똑똑했
지만 오빠들처럼 학교에 가지는 못했다. 어머니가 돌아가시고 보수적
이고 강압적인 아버지와 자신을 괴롭히는 오빠들과 함께 보낸 첼시 생
활은 불행했다.

안에만 있도록 강요하면서 아내의 빈자리를 대신하게 했다. 라틴어, 프랑스어, 독일어 등 다양한 외국어에 능통하고 철학, 문학, 예술 등 다양한 분야의 책을 읽는 등 뛰어난 지성을 지닌 버지니아는 억압적인 아버지 밑에서 괴로워했다. 가부장적이고 독선적인 아버지의 병세가 악화되자 딸들의 마음고생은 더욱 심해졌다. 1904년 아버지가 사망하자 버지니아 울프는 두 번째 정신이상 증세를 보여 투신자살을 시도했으나 미수에 그쳤다.

화려한 겉모습에도 불구하고 명문가의 똑똑한 딸, 버지니아의 내면은 무너져 가고 있었다. 그녀는 어린 시절부터 의붓오빠들에게 지속적으로 성폭력을 당했다. 성폭력은 인간에 대한 신뢰와 자존감을 훼손해 피해자의 내면에 아물 수 없는 상처를 남기는 것은 물론, 가족과 대인 관계 등 모든 사회적 환경까지 송두리째 파괴한다. 특히 유년 시절에 겪은 성적 학대의 경험은 일생 동안 씻을 수 없는 참혹한 정신적 외상, 섹슈얼 트라우마(sexual trauma)를 남긴다. 가부장적인 사회에서 자주 발생하는 성폭력 사건은 은폐되거나 부당하게 다루어지는데, 최소치로 추정하더라도 전 세계 여성의 25퍼센트가 어린 시절 성폭력을 당한 경험이 있다는 통계가 있다. 성폭력 피해자들은 뿌리 깊은 수치심과 죄책감 속에서 혼란스럽고 두려운 비밀을 마음속 깊이 감춘 채 힘들게 살아간다. 어린 시절부터 지속적으로 성폭행을 경험한 버지니아의 섹슈얼 트라우마는 평생 그녀를 따라다닌다. 네 번이나 정신병 발작을 겪어야 했고, 평생 남성에 대한 성적 거부감으로 괴로워했다.

## 새로운 환경의 자극
런던 블룸즈버리로 이사한 후 활짝 핀 지성

부모를 모두 잃은 후 버지니아와 남은 형제자매들은 고통스러운 기억으로 가득한 하이드파크 저택을 팔고 젊음의 에너지가 생동하는 새로운 공간으로 이사 갔다. 대영박물관 근처의 블룸즈버리(Bloomsbury)는 젊은 지성들이 많이 사는 대학가 주변으로 활기가 넘치는 신세계였다. 그녀는 예술가인 언니 바네사 벨(Vanessa Bell)과 함께 블룸즈버리에 살면서 창의적이고 지적인 사람들과 교류하며 활력을 되찾았다. 여성들을 옥죄던 빅토리아시대의 관습을 뛰어넘어 자유롭게 토론하고 글을 쓰고 사랑을 나누었다. 케임브리지대학 출신인 남동생 에이드리언 스티븐(Adrian Stephen)은 자신의 동창들을 블룸즈버리에 있는 집에 초대하여 두 누이들과 함께 파티를 자주 벌였고, 자연스럽게 '블룸즈버리 그룹'이 만들어졌다. 자유로운 분위기에서 미술, 문학, 인생, 정치, 경제 등 거의 모든 이슈들을 경계를 넘어 치열하게 탐구하고 열정적으로 토론한 결과, 《인도로 가는 길(A Passage to India)》을 쓴 유명 소설가 E. M. 포스터부터 경제학의 거장 J. M. 케인스까지 영국을 대표하는 지성인들이 무더기로 배출되었다.

다른 유럽 국가들에 비해 제1차 세계대전의 영향이 적었던 20세기 초의 런던은 세계적인 학자, 작가, 예술가, 사상가들이 몰려드는 학문과 문화의 중심지로 급부상했다. 지금도 블룸즈버리의 런던 대학가 주변에 가면 세계적인 석학들의 숨결을 그대로 느낄 수 있는 공간이 많이 남아 있다. 대학가 인근 서점을 순례하고 공원 벤치에 앉아 책을 읽고 대영도서관에서 고서를 찾아보면서 그들이 사랑했던 장소, 먼저 걸어갔던 길을 생생하게 느끼고 경험할 수 있다. 마르크스도 대영박물관의 도서관에서 《자본론(Das Kapital)》을 썼고, T.S. 엘리엇은 블룸즈버리 인근 출판사에서 《황무지》를 출판했다. 빈에서 활약했던 심리학자 프로이트도 말년에 런던으로 이주해 영국과 미국에 심리학을 소개하며 국제적인 학자로 도약했다.

## 《댈러웨이 부인》에서 죽은 어머니를 위로하다

《타임스》 등에 기사를 기고하며 글쓰기를 연마한 버지니아는 1915년 처녀작 《출항》을 발표해 작가로 데뷔한 후 왕성한 집필활동을 이어 갔다. 사건이 아닌 주인공의 심리를 따라 소설을 전개하는 '의식의 흐름' 기법을 실험한 버지니아의 대표작은 《댈러웨이 부인》이다. 런던이 손에 잡힐 듯 생생하게 묘사되어 있는 《댈러웨이 부인》은 1923년 6월의 어느 날 여주인공 클라리사가 파티를 위해 꽃을 사러 가는 데서 시작해 그날 밤 파티를 마무리하는 장면에서 끝을 맺는다.

클라리사가 길을 건너려는 순간, 11시를 알리는 빅벤의 종소리가 퍼져 나간다. 묵직한 원을 그리며 공중으로 흩어져 가는, 돌이킬 수 없는 시간의 종소리 속에 "그녀가 사랑하는 것들이, 삶이, 런던이, 유월의 이 순간이" 들어 있다. 경찰관이 손을 들어 올리고 그

블룸즈버리로 이사한 후 버지니아의
지성은 만개했고 자유도 만끽했다. 언
니와 함께 살았던 블룸즈버리의 집(오
른쪽 위)은 당시 지성인들의 지적 교류
의 장이었다. 버지니아가 자주 들러 사
람들과 토론하던 아이비 카페의 예술
적인 벽화(오른쪽)와 산책하며 생각에
잠겼던 골든스퀘어 공원(아래).

녀는 인도로 올라선다. "오, 다시 한 번 살 수 있다면 얼마나 좋을
까! 전혀 다른 모습이 될 수 있다면!"

《댈러웨이 부인》의 배경인 1923년은 제1차 세계대전이 끝나고 5년
정도 지나 전쟁의 상처가 조금씩 아물고 경기가 회복되어 활기가 넘
치던 때였다. 여주인공 클라리사는 그날 저녁에 열릴 파티를 준비하
면서 소소한 기쁨과 실망, 기대와 불안을 느낀다. 소설 속 댈러웨이 부
인은 쉰두 살의 날씬하고 우아한 여성이다. 매력적인 런던 사교계의
여왕으로 그려지는 댈러웨이 부인은 남편과 가족 뒷바라지만 하다 갑
자기 쓰러져 세상을 떠난 버지니아 울프의 어머니를 연상시킨다.

댈러웨이 부인은 클라리사로 불리던 처녀 시절, 피터를 열렬히 사랑
했지만 그와 결혼할 용기는 없었다. 피터는 영국의 전통과 인습에 대
해 지극히 부정적이었고 그와 결혼하면 자신의 모든 가치관, 태도, 행
동 동기를 끊임없이 분석당하고 비판을 견뎌야 할 것 같아 두려웠다.
반면 지금의 남편 리처드는 열정과 낭만은 없지만 보수적인 남자로
그녀에게 단순한 역할만을 기대하기 때문에 편안한 상대였다. 영국의
전통과 문화에 저항하기보다 세속적인 권력을 지향하는, 편안하고 무
난한 남자 리처드 댈러웨이와 결혼한 이후 부잣집 안주인 역할에 충
실하며 살아왔다. 그런 그녀에게 옛 애인 피터가 찾아오면서 그녀의
마음은 요동친다.

피터가 그녀의 어깨를 감싸 쥐며 묻는다. "당신은 행복해요, 클라
리사?" 그 순간 그녀의 딸 엘리자베스가 들어오고 피터는 황급히

떠나는데, 11시 반을 알리는 시계 소리가 겹겹이 육중한 원을 그리며 공중에 번져 간다. 순간 그런 생각이 들었다. "만일 내가 이 사람과 결혼했더라면 이 명랑함이 온종일 내 것이 되었을 텐데!"

댈러웨이 부인은 불같았던 사랑의 감정과 아름다웠던 추억을 떠올리지만, 지나간 세월을 되돌리기에는 이미 너무 늦었음을 깨닫는다. 미묘하게 흔들리는 댈러웨이 부인의 마음, 초여름 런던의 거리 풍경을 잔잔하게 묘사하고 여성들의 소소한 일상과 미묘한 감정의 변화를 느린 시계 바늘처럼 천천히 설명하는 새로운 글쓰기 방식은 화려한 액션과 박진감 넘치는 스토리로 가득한 남성적 소설에 익숙한 사람들에게는 지루하게 느껴질 수도 있다. 하지만 100년 가까운 세월이 지난 지금 이 작품을 다시 읽어도 전혀 촌스럽지 않고 영화로 각색해도 손색이 없을 정도로 구성이 참신하다.

피터는 정치인 남편을 돕기 위해 파티를 하는 댈러웨이 부인을 속물이라고 비판하지만, 그녀에게 파티는 또 다른 의미로 경험된다. 잠깐이라도 사람들이 뻣뻣한 자아를 누그러뜨리고 타인과 소통하며 공감과 위로를 받을 수 있는 공간이 만들어지는 것이다. 버지니아는 자신을 위한 시간은 갖지 못한 채 끊임없이 가족을 챙기고 손님 접대만 하다 생을 마감한 어머니의 인생에 대해, 소설을 통해 새로운 의미를 부여하고 싶지 않았을까?

데이비드 소로는 걷기를 하루의 모험이자 살아 있는 자의 특권이라고 예찬했고, 버지니아의 아버지 레슬리 스티븐은 "위대한 작가 대부분은 열정적으로 걷기를 좋아했다"고 주장했다. 《댈러웨이 부인》에는 런던의 거리에서 소소한 즐거움을 발견하고 매일을 충만하게 살고자 했던 버지니아 울프 자신의 공간적 경험이 녹아 있다. 실제로 버지니아는 런던의 거리를 자유롭게 활보하며 많은 영감을 얻었고, 거리의 풍경을 작품의 소재로 활용했다. 버지니아는 집 안에만 갇혀 살다 세상을 떠난 어머니에게 자유롭게 런던의 거리를 활보하는 클라리사의 역할을 맡긴 듯하다. 도시의 공기는 사람들의 영혼을 자유롭게 한다. 도시를 걷는 여성들은 더더욱.

그러나 클라리사는 비관에 몸을 맡기지 않는다. 아침에 런던의 거리를 걷는 것은 즐거움이고, 거리에서 부닥치는 작은 사건, 새로운 물체도 호기심의 대상이다. 단골 꽃집의 점원이 그를 반기고, 집의 하녀가 그녀를 진심으로 걱정하며 섬기고 싶어 하는 것도 크나큰 행복이다. 이런 작은 기쁨들이 그녀를 절망의 심연에 빠지지 않게 해준다.

## 케임브리지 여대생을 위한 열정적 강연이 '자기만의 방'으로 출간되다

작가로 유명세를 타게 되자 그녀는 1928년 10월 케임브리지대학의 여학생 칼리지인 거턴과 뉴넘에 연사로 초청받았다. 그녀는 여자 후배들에게 글을 쓰고 독립적인 인생을 살려면 '자기만의 방'과 '고정적인 수입'이 꼭 필요하다고 역설했다. 그녀는 옥스브리지의 잔디밭에서 내쫓기고 대학 도서관에 들어갈 수 없었던 자신의 일화를 소개하면서, 남자대학이 여성을 지배해 온 역사적 사실과 대학이 상징하는 특권에서 여성들을 철저히 소외시켜 왔음을 고발했다. 지속적인 투쟁 끝에 거턴(1869년)과 뉴넘(1871년) 칼리지가 설립되었지만, 여성에 대한 차별이 케임브리지대학에서 완전히 사라진 것은 아니었다. 버지니아 울프가 《자기만의 방》을 쓸 당시만 해도 여학생들은 강의에 참석할 수는 있었지만 학위를 받을 수 없었고, 정식 대학 구성원으로서의 자격도 인정되지 않았다.

버지니아에게 케임브리지대학은 보수적인 영국 사회, 가부장적인 아버지를 상징하는 공간이었다. 남자 형제들에게 지적으로 꿀릴 것이 없는 그녀였지만 단지 여자라는 이유만으로 대학에 진학할 수 없었기 때문이다. 버지니아는 케임브리지대학을 졸업한 아버지에 대해 "두뇌 사용만 강조하고 음악, 미술, 연극, 여행 같은 감성 활동을 도외시한 고리타분한 케임브리지식 교육의 희생자였다"고 비판했다. 편협한 엘리트 위주의 교육 방식이 지적 편중과 창조력 결핍이라는 부작용으로 이어진다고 보았던 버지니아 울프는 자신은 비록 케임브리지대학에 입학하지는 못했지만 어린 시절부터 셰익스피어나 제인 오스틴의 고전 작품을 접하고 자연사박물관의 곤충·나비 전시실에서 시간을 보내며 상상의 나래를 마음껏 펼칠 수 있어 작가가 되는 데 오히려 도움이 되었다고 회상했다.

버지니아 울프는 제인 오스틴의 사례를 들어 여성들이 자기만의 방을 가져야 하는 이유를 설명했다. 빅토리아시대의 전형적인 여성이었던 제인 오스틴은 낮 동안은 손님 접대와 집안일을 하며 바쁘게 지내

블룸즈버리 그룹의 뒤를 잇듯 페스티벌에서는 행동하는 지성인들을 쉽게 만날 수 있다.(아래) 런던대학 근처는 지적이면서 자유로운 분위기가 충만하다.

고 밤에 몰래 문간방에 쪼그리고 앉아 글을 썼다. 누군가 자신의 공간에 들어오면 쓰던 원고를 감춰야 했다. 당시 영국 사회에서는 글을 잘 쓰고 똑똑한 여성의 존재를 인정하지 않았고, 오히려 그런 자질을 부끄럽게 여기는 분위기였기 때문이다. 소설 속 여주인공과 달리, 제인 오스틴은 제대로 연애를 해본 적도 없고 평생 천덕꾸러기 노처녀 취급을 받았다. 문간방에 숨어서 눈치를 보며 어렵게 쓴 소설의 인세도 제대로 받아 보지 못하고 젊은 나이에 병으로 요절한 제인 오스틴이 21세기 영국의 새로운 화폐 모델 후보로 오르내리고 있으니…… 버지니아 울프가 이 사실을 알게 되면 무척 안타까워했을 것 같다.

## 케임브리지대학을 찾아가다
### 자기만의 방을 가진 케임브리지대학 여교수의 삶

나의 오랜 친구이자 케임브리지대학 교수인 리즈 테일러(Liz Taylor)와 함께 버지니아 울프의 흔적을 찾아갔다. 마침 리즈가 뉴넘 칼리지 출신이라 버지니아 울프가 학생들과 함께 밥을 먹고 이야기를 나눈 기숙사 식당을 돌아볼 수 있었다. 10월의 뉴넘 칼리지 기숙사의 낙엽이 흩날리는 정원을 보고 있자니 아름다운 가을 풍경 속에서 버지니아 울프가 걸어 나올 것만 같았다.

고풍스러운 건물 안에 들어가니 아담하고 단정한 식당이 있었다. 버지니아는 이곳에서 여학생들과 함께 밥을 먹으며 "왜 이렇게 음식이 맛이 없지? 우리 오빠들이 다니는 남자대학 기숙사는 양도 푸

짐하고 맛도 좋던데. 너희들이 식당 음식 좀 개선해 달라고 시위를 해라"라고 농담을 건넸다고 한다.

여학생이 귀한 케임브리지에서 미모와 지성을 겸비한 리즈의 대학 생활이 궁금해졌다.

"너 신입생 때 남학생들 사이에서 인기가 좋았을 것 같아. 1학년 때 데이트는 많이 했니?"

"내가 외동딸이잖니. 처음 부모님과 떨어져서 기숙사에서 생활하니, 기숙사 사감 선생님도 어렵고 모든 게 버거웠어. 1학년 때는 공부할 게 많아 연애도 제대로 못 했단다. 그냥 두꺼운 안경을 낀 소심하고 평범한 여학생이었어."

"케임브리지대학 지리학과 분위기는 어땠어?"

"지금도 좀 그렇지만…… 보수적이었어. 음식이나 영화, 대중문화 같은 부드러운 주제보다는 지형, 기후 같은 자연지리 분야가 강했어. 나는 딱딱한 계통지리학보다는 문화지리를 전공하고 싶었는데, 그런 분야를 담당하실 교수님이 안 계셨어."


그녀는 대학을 졸업하자마자 케임브리지대학 교정 잔디밭에서 컴퓨터학과를 졸업한 케임브리지 동문과 영화 같은 결혼식을 올렸다. 버지니아 울프가 강조한 것처럼 자신만의 방과 수입을 가진 그녀였지만, 아직 완벽하게 자유로워 보이지는 않았다.

"남편이 집안일은 많이 도와주니? 아이가 없으니까 데이트하기도 좋겠다."

"아주 가끔 영화 보고 외식하는 정도야. 남편은 굉장히 보수적인

버지니아 울프가 강연했던 뉴넘 칼리지 기숙사 식당
(오른쪽 위). 케임브리지대학의 교수로 여전히 보수적
인 케임브리지대학의 분위기를 전해 준 리즈(왼쪽).

남자야. 집안일은 전혀 도와주지 않아. 아, 그래도 컴퓨터에 문제가 생기면 도움이 되긴 해.(웃음) 남편뿐 아니라 케임브리지 출신 남자들이 대체로 그런 것 같아. 생각해 봐. 케임브리지대학을 중심으로 한 도시의 공간 구조가 수백 년 동안 변치 않고 그대로잖니. 공간이 사람들에게 알게 모르게 영향을 많이 끼치는데, 여기 오래 살게 되면 자신도 모르게 재미없어지고 뻣뻣해지는 것 같아. 이제는 제2의 고향이 된 케임브리지를 좋아하지만…… 가끔은 답답할 때가 있어."

리즈는 세계 지리에서 일본을 사례로 박사 논문을 쓸 정도로 아시아에 관심이 많다. 그녀도 어쩌면 빅토리아시대 여행가 이사벨라 버드 비숍처럼 답답하고 보수적인 케임브리지를 벗어나 자유롭게 세상을 날고 싶은지도 모르겠다.

## 가난한 유태인 남자와의 파격적인 결혼과 특별한 조건

버지니아 울프의 남편 레너드는 외조를 잘한 훌륭한 남편으로 기억된다. 우울증으로 고생하여 자살 시도를 계속하던 버지니아 울프가 남편의 희생 덕분에 글도 쓰고 삶을 연명했던 것으로 그려지는 것이다. 특히 실론(지금의 스리랑카)에서 식민지 관료로 일했던 남편이 그녀와 결혼하기 위해 전도유망한 공직자의 길까지 포기했다는 일화는 그가 얼마나 헌신적인 남편이었는지 잘 보여주는 듯하다.

하지만 다른 시각도 가능하다. 버지니아는 당시 런던 최고의 명망가 출신이었고, 유산도 많이 물려받아 경제적으로도 넉넉했다. 반면 레너드는 모아 놓은 돈도 별로 없는 유태인이었다. 지금도 가문과 계급이 중요한 영국 사회에서 유태인이라는 혈통은 결혼에 별로 유리한 조건이 아니었다. 레너드가 버지니아와 결혼을 하면 식민지 관료로 낯선 나라에서 고생하는 공무원 생활에서 벗어나 경제적·문화적 혜택을 누리며 풍족한 삶을 살 수 있었기에 세속적 관점에서는 버지니아가 손해 보는 결혼일 수 있었다. 유태인이었던 레너드는 같은 유태인과 결혼하여 비주류 소수민족으로 차별받으며 살기보다는 영국 최고 명문가의 일원이 되는 기회를 잡았고, 버지니아 역시 (여성을 액세서리 취급하는 가부장적인 빅토리아시대 영국 남성과는 달리) 그녀의 지성과 능력을 높이 평가하는 영혼의 동반자를 만났으니 서로에게 흡족한 결혼이었다. 실제로 유태인들은 어머니에서 딸로 가문과 혈통이 이어지는 철저한 모계사회의 전통을 지키고 여성에 대한 배려와 존중이 뿌리 깊어, 유태인 남성들은 능력 있는 여성들의 남편감으로 무난했다. 나치의 박해를 피해 세계 각지로 이주한 유태인 중에는 창의적인 학자, 예술가, 사업가가 많은데, 이는 유태인에 대한 편견과 차별을 극복하기 위해 치열하게 도전하고 노력한 결과다.

버지니아와 레너드는 특별한 결혼 조건에 서로 합의했다. "평생 성관계를 갖지 않고 아이도 낳지 않겠다"는 버지니아의 조건과 "남편이 만든 규율과 시간표에 따라 살아야 한다"는 레너드의 조건. 이미 사전에 충분히 대화를 나누고 협의한 내용으로 두 사람의 기묘한 파트너십은 평생 유지된다. 시간 관리, 돈 관리에 철저한 레너드는 버지니아의 매니저가 되어 그녀의 모든 일상을 통제하고 엄격한 규율을 만들어 갔다. 버지니아의 빛나는 지성과 특별한 재능을 존중했던 레너드는 아내가 글쓰기에 집중하여 자신의 모든 에너지를 쏟아 낼 수 있는 환경을 만들기 위해 최선을 다했다. 아내의 자유로운 영혼이 담긴 책을 제대로 펴내기 위해 출판사까지 직접 차릴 정도로.

책과 짐이 늘어나자 런던의 집은 너무 좁아 좀 더 넓은 공간이 필요했다. 템스 강 상류에 위치하여 조용하고 깨끗한 런던 외곽 지역, 리치먼드에 집을 구해 이사 가고 건물 지하에 호가스 출판사를 차렸다. 이 출판사에서 버지니아의 주옥같은 작품들이 계속 나오고 유명한 작가들의 작품이 출판되어 돈도 꽤 벌었다. 리치먼드는 큐가든이 바로 옆에 있어 산책하기에도 좋은 환경이었다. 사시사철 피어나는 아름다운 꽃과 전 세계에서 채집된 다양한 열대의 식물들은 그녀에게 많은 영감을 주었다. 아름답고 행복한 도시, 리치먼드에서 그녀는 책을 계속 출산했다. 비록 자신의 아이는 없었지만 자식을 낳고 키우듯 정성을 다해 쓴 책 한권 한권은 그녀가 세상에 자신의 존재를 드러내는 매개체이자 삶의 의미였다.


## 섹슈얼 트라우마를 치유하는 글쓰기의 위력

성적 학대를 당한 경험이 있는 사람들 가운데 대다수는 자신이 희생자가 된 것에 책임이 있다는 생각에 수치심을 가지기 쉽

버지니아는 리치먼드에서 남편(왼쪽)이 차
린 호가스 출판사를 통해 여러 권의 책을 냈
다. 당시 출판사가 있던 곳(아래)은 여전히
버지니아 울프를 기억하고 있다. 그녀가 사
랑했던 리치먼드의 큐가든(위).

다. 내면의 자존감 부족 문제를 해결하기 위해 자신의 가치를 증명하려고 애쓰며 완벽주의자가 되기도 한다. 또한 자신의 세계가 안전하지 않고 예측 불가능함을 깨닫게 되면서 뇌 하반부의 가장 원초적인 부분이 활성화되어 위험 요소에 신속하게 반응하게 된다. 그 결과 위험이나 고난의 경고 사인을 민감하게 느끼고 스스로를 보호하기 위해 다른 사람의 마음을 읽는 능력도 발달하게 되는 경우가 많은데, 강한 에너지와 추진력, 예리한 통찰력, 인지능력, 민감성을 두루 갖춘 버지니아는 글쓰기에 특별한 재능을 보였다.

섹슈얼 트라우마는 희생자들을 부정적 혹은 긍정적 삶의 영역으로 뛰어들게 만든다. 자기 파괴와 사회 파괴가 한쪽 극단에 있다면, 다른 쪽 극단에는 극심한 역경의 시험대에 올라 본 적 없는 평범한 사람들이 근접할 수 없는 창조성, 통찰력, 심오한 성취가 있다. 대표적 사례가 엘리자베스 1세 여왕이다. 그녀는 남자에 대한 개인적인 경계심을 세심함과 치밀함이라는 긍정적인 힘으로 변화시켜 통치함으로써 영국을 독립적인 개신교 국가로 방어할 수 있었다. 그녀는 섹슈얼 트라우마의 희생자들이 겪는 극적인 삶과 내면의 투쟁을 자신의 강점으로 승화시켜 대영 제국의 기초를 다진 위대한 통치자로 기억된다. 미국의 유명한 토크쇼 진행자 오프라 윈프리 역시 섹슈얼 트라우마를 극복하고 미혼모의 아픔을 긍정적으로 승화시킨 성공 사례로 꼽힌다.

글쓰기를 통해 고통스러웠던 과거와 화해하고 자신을 괴롭혔던 사람들을 용서하고 싶었던 버지니아는 내면의 치열한 전투를 평생 치렀다. 특히 어린 시절의 상처를 치유하기 위해 자신의 경험과 느낌에 충실한 새로운 글쓰기를 시도했고, 창조적 에너지를 발휘하며 삶의 지평과 한계를 넓히고자 했다.

섹슈얼 트라우마의 희생자들은 어떤 일도 일어날 수 있으며 안전한 경계라는 것은 없다는 교훈을 얻게 된다. 고정된 세계가 무너지는 충격적인 경험을 한 여성들은 사물을 새로운 각도로 바라보는 창조력을 갖게 되는 경우가 많고, 기존 사회 제도의 경계나 선입견을 가뿐히 넘어 남들이 보지 못하는 새로운 세계를 발견하기도 한다. 버지니아 역시 성적 경계를 넘는 실험을 시도했는데, 정원 설계가였던 비타 섹빌과 동성애를 경험한 후 여성성과 남성성을 모두 지닌 '올란도'라는 캐릭터를 창조했다.


## 치유의 공간을 찾아서


베스트셀러를 연달아 내놓으며 경제적으로 윤택해진 그녀는 작가로서 전성기를 맞이했다. 새로 산 자동차를 타고 아름다운 정원을 가진 새로운 거주 공간을 찾아 나섰다. 영국 남동부 서식스(Sussex) 지역의 작은 마을, 로드멜(Lodmell)에 있는 '몽크하우스(Monk's House)'가 눈에 들었다. 브라이턴에서 가까운 루이스 기차역에서 작은 강을 끼고 오솔길을 걸어 들어가면 넓은 정원이 딸린 이층집이 있는데, 탁 트인 아름다운 들판이 내려다보이는 환상적인 입지다. 1919년 그녀는 몽크하우스를 여름 별장으로 구입하고, 지인들을 초청하여 파티를 벌이며 전원생활의 여유를 즐겼다.

버지니아는 지리적 상상력을 발휘하여 치유의 공간을 적극적으로 찾아 나섰고, 자기만의 방을 넘어 여성으로서 독자적인 지적 영역을 확보하기 위해 남성 중심적인 영국 사회에서 치열하게 노력했다. 몽크하우스는 유럽으로 가는 배편이 많아 유럽 여행을 가기에 좋은 장소이기도 했는데, 그녀에게 세계 여행은 큰 위로가 되는 선물이었다. 자동차를 배에 싣고 가서 유럽 각국의 명승지를 찾아다닐 정도로 그녀는 여행 마니아였다. 그리스, 프랑스, 이탈리아, 터키 등 유럽과 중동을 돌아보며 치유의 공간을 탐색하고 작품의 새로운 소재도 발굴했다. 행복하고 아름다운 장소들을 여행하며 생의 에너지를 충전한 버지니아는 고통스러웠던 어두운 과거와 직면할 힘과 용기를 얻게 되었다.

런던 하이드파크 게이트의 저택에서 아버지와 남자 형제들에게 받은 마음의 상처가 컸던 버지니아는 섹슈얼 트라우마를 극복하기 위해 행복한 유년 시절의 추억이 담긴 장소를 떠올렸다. 버지니아의 대가족은 매년 여름이면 짐을 꾸려 기차를 타고 세인트아이브스로 가서 몇 달 동안 가족 별장에 머물며 휴가를 즐겼다. 꼭 짜인 일정에 맞춰 인형처럼 런던의 집에 답답하게 갇혀 살아야 했던 버지니아에게 세인트아이브스는 자유로운 해방 공간이었다. 확 트인 바다가 내려다보이는 넓은 별장에서 언니, 오빠, 동생과 장난을 치고 파도 소리를 들으며 모래사장을 거닐었다. 하지만 어머니가 갑자기 돌아가신 뒤에는 세인트아이브스 가족 여행을 더 이상 가지 못했고, 행복했던 유년 시절도 끝나 버렸다.

자신을 힘들게 했던 가부장적인 아버지, 남을 위해 봉사만 하다 자신의 꿈은 펼치지도 못하고 불쌍하게 돌아가신 어머니, 형제자매들과

어머니가 살아 계실 때 가족여행을 왔
던 세인트아이브스는 버지니아에게 치
유의 공간이었다. 그곳은 소설《파도》와
《등대로》의 배경이다. 세인트아이브스
테이트모던 미술관에서 미술체험을 하
는 미래의 예술가들.(아래)

닮은 주인공들이 그대로 등장하는 소설 《파도》와 《등대로》의 배경이 바로 세인트아이브스다. 어린 시절 비밀의 화원에 버지니아의 영혼이 접속하자 행복의 에너지가 충전되고 창의성이 샘솟기 시작했다. 몸과 마음을 치유하고 진정한 자아를 발견하게 하는 글쓰기의 효능은 이미 잘 알려져 있다. 자연이 아름답고 다정한 사람들이 많은 곳을 여행하게 되면 삶의 새로운 에너지가 솟아나고, 어린 시절의 행복한 기억이 있는 장소를 떠올리면 고통을 이길 수 있는 힘이 생긴다. 새로운 세계를 여행하고 발견한다는 기대감, 자신이 쓴 글을 읽으며 얻는 즐거운 감동, 지금까지 스스로 만들어 놓은 억압에서 벗어나는 해방감이 파도처럼 밀려왔다. 버지니아 울프가 치유의 공간을 치열하게 탐색한 결과물인 《등대로》는 《뉴스위크》가 선정한 세계 50대 문학작품에서 7위에 올랐다. 1위는 톨스토이의 《전쟁과 평화》였고, 제인 오스틴의 《오만과 편견》은 9위에 머물렀다.

## 제2차 세계대전의 고통과 압박
덫에 걸린 듯한 불안과 초조

유럽에서 제2차 세계대전이 발발하자 영국도 전쟁의 소용돌이에 빠져들었다. 버지니아가 남편과 매년 가던 유럽 여행도 이제 갈 수 없게 되고 국내 여행도 여의치 않았다. 물자와 연료가 부족해지자 자동차도 무용지물이 되고 그녀는 몽크하우스에 갇힌 신세가 되었다. 런던에서 몽크하우스로 자주 놀러 오던 지식인, 예술가 친구들

세인트아이브스는 버지니아 울프뿐 아니
라 많은 작가와 예술가들에게 영감을 주
었다. 영국을 대표하는 여성 조각가 바버
라 헵워스(위)도 아들을 전쟁에서 잃은 후
세인트아이브스에 살면서 슬픔을 이겨
내고 아름다운 예술 작품을 만들어 냈다.

의 발걸음도 뚝 끊겼다. 전쟁은 버지니아의 모든 삶을 바꾸었고, 그녀에게 아름답고 행복한 천국이었던 몽크하우스는 답답한 감옥처럼 느껴졌다. 꽉 짜인 스케줄을 짜놓고 버지니아의 일상을 점검하고 통제했던 남편 레너드와 하루 종일 같이 있게 되자, 그녀는 숨이 막혀 죽을 지경이 된다. 실제로 버지니아가 죽기 며칠 전 런던행 기차를 타고 몽크하우스를 떠나려 하고 레너드가 그녀를 가지 못하게 잡는 장면이, 니콜 키드먼이 버지니아 울프 역을 맡은 영화 〈디 아워스(The Hours)〉에 나온다.

버지니아는 그 누구보다 전쟁의 고통과 압박을 예민하게 느꼈다. 책이 팔리지 않아 경제적 어려움은 가중되었고, 추억이 가득한 런던 블룸즈버리의 집도 부서졌다. 전투기의 폭격이 계속되면서 그녀가 사랑했던 런던의 공간들도 무참히 파괴되었다. 치유와 희망의 공간들이 사라지면서 버지니아는 무력감에 괴로워했다. 설상가상으로 유태인이었던 레너드는 유럽 대륙에서 벌어진 나치의 유태인 학살에 분노하며 전쟁의 불가피성을 강조하여 평화주의자인 버지니아를 실망시켰다. 나치의 공습이 계속되고 히틀러의 영향력이 영국으로까지 확대되자 안절부절하며 불안해하는 유태인 남편은 그녀에게 더 이상 든든한 울타리가 되어 주지 못했다.

그녀에게 새로운 에너지를 충전해 주던 유럽 여행을 떠날 수도 없고 행복한 추억이 가득한 치유의 공간도 점점 사라져 갔다. 덫에 걸린 짐승처럼 버지니아의 원초적인 불안감과 초조함은 더 강렬해졌다. 이제 더 이상 훌륭한 작품을 쓸 수 없을 것 같다는 무력감에 그녀는 절망했다. 전쟁이 언제 끝날지 기약이 없는 상황에서 버지니아의 심리적 불안과 우울 증세는 극심해졌다. 삶을 지탱할 기력과 의욕을 모두 소진한 채 그녀는 1941년 3월 주머니에 돌멩이를 가득 넣고 차가운 우즈 강물로 천천히 걸어 들어갔다. 조금만 더 기다리면 봄이 오고 꽃망울이 터지는 것을 볼 수 있었을 텐데…….

## 남편 덕분에 구원받은<br>우울증 환자 버지니아 울프?

프로이트를 비롯한 심리학자, 정신분석학자들은 여성들을 억압하고 좌절시키는 사회구조와 문화적 환경에는 별 관심이 없었고, 모든 심리적 문제를 개인적인 차원으로 돌리거나 '성적인 욕구불만으로 히스테리가 생긴다'는 식의 남성 중심적인 해석을 내렸다. 인간 프로이트의 생애를 철저하게 파헤친 프랑스 철학자 미셸 옹프레는 《우상의 추락: 프로이트, 비판적 평전》에서 프로이트가 돌팔이 정신과 의사, 심리 치료의 효과를 부풀린 사기꾼에 불과했다는 충격적인 결론을 내린다. 그는 이 책에서 프로이트를 새로운 이론을 정립한 과학자라기보다는 자신의 욕망을 충족하기 위해 자료를 마음대로 조작하고 왜곡한 정복자로 정의하면서, 그가 돈을 벌기 위한 수단으로 심리 치료를 신비화하고 부르주아 여성들 사이에서 유행시켰다고 주장한다. 모든 문제를 성욕으로 환원하는 남성 중심적인 심리학에 반감을 가지고 있었던 버지니아 울프는 나치의 박해를 피해 1939년 런던으로 이주한 프로이트를 만나 대화를 나눈 적도 있다. 프로이

꽃이 피기 직전의 몽크하우스(위). 제2차 세계대전이 발발하자 몽크하우스엔 지인들의 발길이 줄었고, 유럽으로 여행도 떠나지 못하게 되자 버지니아의 불안과 우울 증세는 심해졌다. 수많은 작품으로 남은 그녀가 맞지 못했던 새 봄은 어떤 계절이었을까.

트의 보수적이고 성차별적인 태도에 실망한 버지니아는 예술가의 창의성과 인간의 자유의지를 억압하는 심리학적 결정론(psychological determinism)에 반감을 갖게 되었다. 하지만 영국 사회에서 프로이트의 이론은 인간의 마음을 분석하고 해석하는 중요한 관점으로 인정받는 분위기였고, 20세기는 프로이트 심리학의 시대였다.

버지니아 울프가 죽은 뒤 레너드는 그녀의 모든 미완성 작품들을 정리하고 출판하는 작업에 몰두했다. 버지니아의 전기를 아무나 쓸 수 없게 차단하고 자신이 통제할 수 있는 조카에게 집필을 맡겼다. (남성들이 대부분인) 평론가들은 버지니아를 유약한 정신병자, 불쌍한 우울증 환자로 만들어 버렸고 '남편의 헌신적인 외조와 희생 덕분에 그나마 천재성을 발휘할 수 있었다'는 식으로 두 사람의 관계를 단정적으로 설명해 버렸다.

과연 레너드는 버지니아와 결혼한 뒤에 무조건적인 희생만 한 것일까? 오히려 무표정한 얼굴에 매력도 별로였던 레너드가 소문난 미인이자 부잣집 딸인 버지니아 울프와의 결혼으로 팔자를 고쳤다고 볼 수도 있지 않을까. 버지니아가 물려받은 풍족한 유산과 그녀가 쓴 책을 판매해 얻는 수입 덕분에 무일푼 노총각이었던 레너드는 평생 돈 걱정하지 않고 풍족한 생활을 누릴 수 있었다. 레너드도 버지니아처럼 글을 썼지만 독자들의 반응은 신통치 않았고, 글쓰기에 천부적인 재능을 보였던 아내 버지니아가 쓴 글을 출판하는 일에 집중하는 것은 합리적이고 현실적인 선택이었다. 당대 최고의 베스트셀러 작가였던 버지니아 울프의 매니저가 된 대가는 달콤했고, 레너드는 버지니아가 계속 글을 써내도록 일상생활을 감시하고 통제했다.

망자는 말할 수 없으니 역사는 끝까지 살아남은 사람에게 유리하게 기록될 수밖에 없다. 치밀하고 꼼꼼한 레너드가 버지니아의 동성애 성향과 남편인 자신을 비판한 글이나 증거들을 다 없애고 '천사 같은 남편'의 이미지를 유지·강화하기에 유리한 자료만 남겼을 가능성도 배제할 순 없다. 버지니아 울프가 자신의 삶을 끝까지 완주하고 삶의 비밀과 진실을 담은 자서전을 남겼다면 얼마나 좋았을까? 불쌍하게 요절한 제인 오스틴 대신 영국 최고의 작가이자 부자가 된 버지니아 울프가 새로운 영국 화폐의 주인공으로 선정되었을지도 모를 일이다.

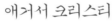

애거서 크리스티
Agatha Christie

———

세계 여행으로 전성기를 맞은
추리소설의 여왕

## 런던의 최장기 연극 공연,
## 〈쥐덫〉의 원작자

런던 코벤트가든에 있는, 버지니아 울프가 자주 갔던 '아이
비' 레스토랑에 다녀오는 길이었다. 런던 극장가의 최장기
연극 공연 〈쥐덫〉이 추리소설의 여왕 애거서 크리스티가 대
본을 썼다는 설명과 함께 지금도 관객들을 끌어모으고 있었
다. 1952년 런던 앰배서더 극장에서 초연된 이후 세계 44개
국 무대에서 상연된 연극 〈쥐덫〉은 2012년에 상연 60주년
을 맞았다. 애거서의 추리소설은 셰익스피어보다 많은 세계
103개 언어로 번역되어 기네스북에 올랐고, 세계에서 가장
책이 많이 팔린 작가, 추리소설의 여왕으로 군림했다. 하지
만 그녀는 자신의 사생활 노출을 극도로 꺼렸고, 사진도 40
대에 찍은 (부러진 치아가 보이지 않게 입을 꼭 다물고 있는)
것만 계속 썼다. 어릴 적 꿈이 오페라 가수였을 정도로 쾌활
했던 그녀가 대중 앞에 나서지 않고 숨어 살았던 이유는 무
엇일까? 자서전에서도 밝히지 않은 미스터리한 사건의 진실
은 무엇일까?

## 갑작스러운 아버지의 죽음과
## 어머니와 함께 떠난 이집트 여행

애거서 크리스티는 대영제국의 화려한 전성기인 1890년 데번(Devon) 남부 해안 도시 토키(Torquay)에서 삼남매 중 막내딸로 태어났다. 태어날 때의 이름은 애거서 메리 클라리사 밀러(Agatha Mary Clarissa Miller)였다. 아버지 프레더릭 밀러는 미국에서 맨체스터로 이주해 돈을 번 사업가였고, 어머니 클라라 보머는 전형적인 빅토리아시대의 부잣집 마나님이었다. 애거서는 넓은 대지에 과수원, 온실, 테니스 코트, 크리켓 경기장까지 갖춰져 있고 하녀 셋이 집안일을 도맡아 하는 애슈필드(Ashfield) 저택에서 귀염둥이로 자랐다. 수프와 유럽산 가자미, 소고기, 셔벗, 바닷가재, 푸딩이 식탁에 매일 올라올 정도로 부유한 환경에서 애거서는 평탄한 유년시절을 보냈다.

마흔네 살에 막내딸 애거서를 얻은 아버지는 토키 크리켓 협회 회장을 맡을 정도로 지역 유지였다. 애거서 가족은 여름이면 바닷가에서 요트와 파티를 즐겼다. 겨울에는 온 가족이 프랑스에 가서 6개월을 보낸 적도 있는데, 자동차를 타고 가족과 함께 프랑스 곳곳을 여행하고 승마와 프랑스어를 배우며 행복한 시간을 보냈다. 세상 물정 모르는 철없는 공주로 자란 애거서는 늘 자신의 집안이 겉에서 보는 것과는 달리 전혀 부유하지 않았다고 주장했다. 집에 마차도 없고 남자 집사와 급사도 고용할 수 없었다는 이유로.

상상력이 풍부했던 어머니 클라라는 세상을 연극이나 드라마처럼 보는 경향이 있었다. 장소와 사건을 평범하고 단조롭게 보지 않았고 직관력이 뛰어나 종종 다른 사람의 생각을 추론해 내기도 했는데, 막내딸 애거서를 학교에 보내지 않고 옆에 끼고 살면서 참한 신붓감으로 키우려 애를 썼다. 빅토리아시대의 상류층 여성들은 돈을 벌기 위해 직장에 나가는 것을 천하게 여겼고, 지성을 갖추기보다는 외모를 가꾸는 데 치중했다. 무도회에 나가 좋은 조건의 남성을 만나 결혼하는 것이 가장 확실한 신분 상승의 길이었기 때문이다.

어머니는 여덟 살이 되기 전에 아이들이 책 읽는 것을 반대했지만, 영특했던 애거서는 이미 다섯 살에 글을 깨쳤다. 대저택에서 혼자 지내며 심심했던 어린 애거서는 서재에 꽂혀 있는 책들을 읽으며 무료한 시간을 때웠다. 학교에 가지 못해 또래 친구가 주변에 없었던 그녀는 외로움을 달리기 위해 도자기 인형을 갖고 놀거나 상상 속 인물을 창조했다. 예술에 관심이 많았던 애거서는 노래와 피아노를 배우고 오페라를 즐겨 보았는데, 한때는 피아노 연주자나 오페라 가수가 되고 싶다는 꿈을 꾸기도 했다.

아버지는 보석과 가구, 도자기 수집에 일가견이 있어서 집 안에는 화려한 장식품과 예술 작품이 즐비했다. 아버지 프레더릭은 전형적인 빅토리아시대의 가장으로서 '집안의 기둥'이었지만, 사교 클럽에서 빈둥거리며 재산을 탕진했다. 애거서가 열한 살 때 아버지가 갑자기 돌아가시자 가족들은 큰 충격에 빠졌다. 남긴 재산이라곤 애슈필드 저택 달랑 하나였기에 모녀가 살아갈 길이 막막했다. 어머니는 슬픔을 잊기 위해 애거서를 데리고 이집트로 여행을 떠났다. 당시 상류층 여성들 사이에 유행했던 상처 치유법 중 하나였다.

## 왕자님을 기다리던 공주님,
## 동화 같은 결혼에 성공하다

　　　　　　애거서보다 열 살 이상 나이가 많았던 언니는 맨체스터의 부잣집으로 시집을 갔다. 애거서도 언니처럼 돈 많은 남자를 만나 동화 속 공주 같은 삶을 살고 싶다는 꿈을 갖게 되었다. 토키에서 애거서가 가장 좋아했던 공간은 화려한 무도회장이나 멋지게 차려입은 사람들이 가득한 화려한 파티장이었다. 토키 레가타(Torquay Regatta, 토키 요트 경주) 기간이면 다양한 행사와 파티가 계속되었는데, 그녀는 요트 경기 자체보다는 신랑감이 될 만한 후보들을 찾는 데 열중했다.

　애거서는 두꺼운 구약성경도 여러 번 읽을 정도로 책 읽기를 좋아하는 소녀였다. 어머니 클라라는 즉석에서 자기만의 이야기를 창작하여 딸에게 들려주었고, 언니 매지는 아서 코난 도일 경의 추리소설을 읽어 주었다. 연극 관람을 좋아했던 애거서는 프랑스어 가정교사나 가족들 앞에서 동화책을 읽거나 연극을 해보이기도 했다. 당시 신문에는 살인 사건 기사가 자주 등장했는데, 애거서는 이모할머니에게 신문 기사를 읽어드리며 범죄의 세계도 간접적으로 경험했다. 비록 학교에는 다니지 못했지만, 추리소설 작가에게 필요한 기본적 소양을 자연스럽게 닦은 셈이다.

　애거서는 신부 수업을 전문으로 하는 프랑스 기숙학교에서 친구들을 사귀며 행복한 10대 후반을 보냈다. 어릴 적 유럽 대륙에서 생활했던 경험은 영국의 전통과 영국인의 특성을 유럽 대륙인의 시각에서 볼 수 있게 했다. 예쁜 외모를 가진 애거서는 토키 사교계에서 주목받

애거서는 사람들이 많이 모이는 파티나 무도회장 등을 다니며 신랑감 후보를 찾았다. 돈 많은 남자 만나 공주처럼 살고 싶었던 그녀가 결혼식을 올렸던 그랜드 호텔에는 그녀의 흔적이 곳곳에 남아 있다.(아래)

는 신붓감으로 인기가 높았는데 이미 10대 후반부터 청혼이 끊이지 않을 정도였다. 1912년 10월 12일 스물두 살이 된 애거서는 군인들을 위한 무도회에서 한 살 연상의 육군 장교 아치볼드 크리스티(Archibald Christie)를 만났다. 애거서는 이미 약혼 중이었지만 아치의 끈질긴 청혼에 마음을 열었다. 어머니 클라라는 '아치가 차가운 사람' 같다며 결혼을 반대했지만, 애거서는 훤칠한 키에 잘생긴 아치에게 빠져 1914년 크리스마스이브에 토키의 그랜드 호텔에 머물며 급하게 결혼식을 올렸다. 동화 속 공주님에게 어울리는 화려한 장소에서.

토 키 를　찾 아 가 다
추리소설의 여왕이 남긴 흔적을 따라서 1

　　토키는 추리소설의 여왕이 태어난 고향답게 가는 곳마다 그녀의 흔적이 남아 있다. 그녀의 얼굴을 새긴 동판이 곳곳에 붙어 있고 박물관에는 그녀의 특별 전시실이 조성되어 있는 토키는 '애거서 크리스티 왕국'이었다. 시내 중심부에는 그녀의 흉상이 세워져 있었고, 내셔널트러스트에서 관리하는 애거서 크리스티의 여름 별장, 그린웨이를 비롯하여 추리소설의 배경을 돌아보는 투어 프로그램이 인기였다. 애거서가 결혼식 후 투숙했고 작품의 배경으로도 자주 등장해 인연이 깊은 그랜드 호텔에는 그녀의 이름을 딴 방까지 있었다.
　　호텔 창문에서 내려다본 토키의 해변은 바위투성이 뻘이었다. 까마귀가 날고 있는 음습한 하늘은 금방이라도 살인 사건이 일어날 것

같은 분위기였다. 정장을 갖춰 입고 굳은 표정으로 길거리를 지나가는 신사들을 보니 알 수 없는 공포가 밀물처럼 몰려왔지만, 차가운 겨울바람을 맞으며 먹는 토키의 아이스크림은 애거서 크리스티처럼 부드럽고 달콤했다.

## 주부가 부업으로 쓴 추리소설이 인기를 끌다

결혼 직후 제1차 세계대전이 발발해 아치와의 달콤한 신혼 생활은 짧게 막을 내렸다. 아치를 비롯해 영국 남자들이 유럽의 전쟁터에 나가 있는 동안 영국에 남은 여성들은 생활 전선에 나서야 했다. 공장, 상점, 병원, 약국 등 남성들이 독점하던 공간들이 여성들에게도 허용되었고, 애거서 역시 토키 병원의 약국 조제사로 일하며 새로운 세계를 경험했다. 애거서는 조제실에서 일하면서 브롬하물, 스트리크닌 같은 독성 물질에 익숙해졌고, 다양한 약물의 특성과 질병에 대한 지식을 살려 《스타일스 저택의 괴사건》처럼 독살 사건이 나오는 추리소설을 쓰기 시작했다. 약학 저널에서는 "애거서는 독에 대한 정확한 이해를 토대로 글을 썼고 그녀의 추리소설은 아주 현실적"이라고 극찬했고, 실제로 약물에 대한 그녀의 전문적인 이해와 조제사로서의 생생한 경험은 추리소설을 쓰는 데 큰 도움이 되었다. 잔인하고 폭력적인 장면을 묘사하지 않고도 공포를 느끼게 하고, 피 한 방울 흘리지 않고도 살인 사건을 실감나게 묘사할 수 있는 새로운 추리소설의 장르를 젊은 여성 작가가 개척한 것이다. 애거서 크리스티는 남성 중심적인 탐정 클럽의 첫 여성 회원으로 인정받았고, 노년에는 회장으로 추대되기도 했다.

애거서는 주부로서의 경험과 소소한 일상생활을 추리소설에 녹여 냈다. 항공대 소속 군인이었던 남편을 관찰하여 부상당한 비행기 조종사가 주인공인 《움직이는 손가락》을 쓰고, 《구름 속의 죽음》에서는 프랑스 공항에서 출발하여 영국의 크로이든 공항으로 향하는 여객기에서 발생하는 살인 사건을 소재로 삼았다. 골프광이었던 남편을 따라다니며 주변을 세밀하게 관찰하여 《골프장 살인사건》을 쓰기도 했다. 그녀는 잘나가는 추리소설 작가였지만, 자신은 취미로 글을 쓰는 아마추어 작가라고 겸손해했다. 작가로서의 명성보다는 행복한 가정을 갖는 것이 그녀에게는 더 중요한 일이었고, 실제로 그녀는 좋은 엄마와 아내 역할, 집안일을 글쓰기보다 우선했다. 책을 써서 번 돈을 생활비에 보태고 집을 조금씩 늘려 가던 살림꾼 애거서는 가구를 사서 집 안을 꾸미는 재미에 푹 빠졌다. 언제나 집 안의 모든 것을 잘 정돈해 두고 손님을 초대하는 것을 즐겼고, 직업란에는 추리소설 작가 대신 가정주부라고 적었다.

토키 해변에는 여성 전용 수영장이 있었는데, 애거서는 입장이 가능한 열세 살이 되자 자주 수영을 했다. 10대 시절에는 롤러 블레이드를 타기 시작했고, 하와이와 남아공의 바닷가에서 서핑을 멋지게 성공한 첫 번째 영국 여성이기도 했다. 그녀는 남편을 따라 골프를 배워 남자 못지않은 실력을 보여주기도 했고, 공군 장교였던 남편이 조종하는 비행기를 타는 스릴을 만끽하기도 했다. 또 책을 써서 번 돈으로 자동차부터 사서 여행을 떠나는 등 모험과 스릴을 즐기는 여성이었다.

여행 마니아였던 애거서 크리스티의 소설에는 기차가 소재와 배경으로 자주 등장한다. 그녀가 런던에 갈 때 자주 이용한 기차역을 배경으로 《패딩턴발 4시 50분》을 썼고, 《블루 트레인의 수수께끼》, 《ABC 살인사건》 《오리엔트 특급살인》 등도 기차를 소재로 한 작품이다. 그녀가 쓴 첫 번째 추리소설 《스타일스 저택의 괴사건》의 주인공 푸아로 탐정도 노면전차를 타고 가다 생각해 냈다고 한다. 1924년 애거서는 어린 딸을 친정어머니에게 맡기고 남편 아치와 함께 대영제국을 홍보하는 여행에 참여하기도 했다. 호화 유람선을 타고 9개월간 호주, 뉴질랜드, 하와이, 캐나다의 아름다운 휴양지들을 돌아보는 환상적인 코스였다. 장밋빛 인생이 따로 없었다.

## '핀에 꽂혀 고통스러워 하는 나비'와 '총을 든 남자'의 악몽

"프랑스에서 여름휴가를 보내던 어느 날, 한 안내인이 예쁜 나비를 잡아서 어린 소녀의 밀짚모자에 장식품처럼 달아 주었다. 그러나 그 친절은 겨우 대여섯 살밖에 되지 않은 어린 소녀에게는 악몽이었다. 친구들과 함께 들판을 놀러 다니는 동안 몸통에 핀이 박힌 나비는 절망의 날갯짓을 퍼덕이고 있었다. 기가 질린 어린 소녀는 울음조차 터뜨릴 수 없었다. 어린 소녀는 다른 사물의 고통을 보며 정신착란에 가까운 고통을 감수하고 있었다. 공포에 질린 채 말 한마디

내뱉지 못하는 무력감, 답답함은 그 후에도 계속 되풀이되며 그녀를 괴롭혔다."

그녀의 자서전에는 유년시절부터 반복되었던 끔찍한 악몽, "핀에 꽂혀 고통스러워하는 나비"가 등장한다. 또한 그녀는 "제복을 입고 오래된 머스킷 총을 들고 있는 프랑스 군인, 건맨"이 어둠 속에서 등장하는 꿈을 자주 꾸었는데, 어머니 클라라는 공포에 질린 애거서를 위로하며 책을 읽어 주곤 했다. 외할머니도, 어머니도 젊은 나이에 남편을 잃었기에 애거서는 자신에게도 언제 불행이 닥칠지 모른다는 불안감을 안고 인형의 집 같은 고립된 가상의 세계에서 살았다. 어릴 때부터 어머니와 특별한 유대 관계를 갖고 있던 그녀는 아버지의 죽음으로 궁핍한 생활을 꾸려 가야 했던 어머니를 동정했고, 결혼 후에도 어머니에게 정신적으로 많이 의존했다.

아치와의 결혼 생활은 어머니의 예언처럼 그리 행복하지 않았다. 토키에 있는 애슈필드 저택을 유지하는 비용이 만만치 않아 걱정스럽다고 남편에게 고민을 털어놓자, "클라라가 그 집을 팔고 다른 곳으로 이사 가면 그만"이라고 냉정한 반응을 보여 애거서는 상처를 받았다. 자신의 어린 시절 행복한 공간인 애슈필드를 지키기 위해 그녀는 조수까지 고용해 가며 더 열심히 추리소설을 썼다. 《위클리 타임스》에 소설을 연재하면서 그녀의 인기와 명성은 조금씩 높아졌다.

1926년 6월 72세를 일기로 어머니 클라라가 숨을 거두자, 막내딸 애거서 크리스티는 크게 슬퍼했다. 어머니는 그녀에게 포근한 안식처가 되어 주었는데, 정작 자신은 남편과 딸에게만 신경 쓰고 어머니에게 잘해드리지 못했다는 죄책감이 컸다. 하지만 당시 스페인에 있던 남편 아치는 장례식에 참석하지도 않았고, 어머니의 유품을 정리하기 위해 애거서가 애슈필드에 계속 머물러 있을 때도 토키에 한 번도 오지 않고 런던에서 골프를 즐겼다. 어머니와의 행복한 추억이 가득한 애슈필드 저택은 다른 사람에게 넘어갔고, 결국 허물어졌다는 소식을 나중에 듣게 된 그녀는 애슈필드를 지키지 못한 것을 매우 후회하며 통곡했다고 한다.

남편 아치가 골프 삼매경에 빠져 가정생활에 소홀했지만, 애거서는 주말마다 남편을 위해 골프장에 따라가는 등 부부 관계에 틈이 생기지 않게 노력했다. 사랑받는 아내가 되고 싶었던 그녀는 요리에 전혀 소질이 없었지만 남편을 위해 음식을 직접 만들기도 했다. 하지만 런던 교외에 있는 골프장에 억지로 따라가야 했던 그녀는 소설의 영감을 얻기 위해 새로운 곳을 여행하거나 조용히 산책하며 주변을 관찰하는 즐거움은 포기할 수밖에 없었다. 우울한 나날이었지만 애거서는 "다른 사람의 정신적 고통을 공감할 줄 모르고 놀란 말처럼 꽁무니를 빼는 데 선수"였던 남편 아치를 무조건 감싸 주고 그가 어떤 문제를 일으켜도 눈감아 줄 생각이었다. 입을 다물고 있으면 부러진 치아가 보이지 않듯 문제가 보이지 않으면 존재하지 않는 것이라 믿으면서. 그러나 가정의 평화를 유지하기 위해 모든 희생을 감당할 준비가 되어 있었던 그녀에게 충격적인 사건이 발생했다.

## HOUNDS SEARCH FOR NOVELIST

Beagles were used yesterday in the renewed hunt around Newlands Corner for Mrs. Agatha Christie, the vanished novelist, the latest portrait of whom appears above. On the right is Rosalind, her seven-year-old daughter, photographed in the grounds.

《그랜드 투어》라는 여행서(왼쪽 아래)를 낼 만큼 여행 마니아였던 애거서는 대저택에서의 결혼 생활에서 "핀에 꽂혀 고통스러워하는 나비" 같은 답답함을 느꼈을 것이다. 1926년 애거서 실종 사건은 그녀의 유명세만큼 유명했다. 기억을 잃은 그녀가 발견된 것 역시 언론에 대서 특필됐다.(왼쪽)

## 결혼에 대한 환상이 무참히 깨지다

1926년 12월 3일 밤 11시경, 서른여섯 살의 여인이 혼자 차를 몰고 가출한다. 다음 날 그녀의 집으로부터 22.5킬로미터 떨어진 제방에서 그녀의 자동차가 발견되었다. 모피 코트와 소지품은 차 안에 남겨 둔 채로 그녀가 사라진 것이다. 이미 영국에서 유명한 여류 추리 소설 작가였던 그녀의 실종 사건은 언론에 대서특필되었다. 그녀를 찾기 위해 탐정이 고용되고 신문에는 사례금이 걸린 광고가 등장했다.

> "키 170센티미터에 머리카락은 붉은색으로 싱글 커트. 눈동자는 회색. 외모가 빼어남. 회색 스커트에 녹색 점퍼, 회색과 쥐색이 섞인 가디건. 녹색의 작은 벨루어 모자 착용."

그녀가 발견된 것은 11일이 지난 후였다. 그녀는 멋진 온천장이 딸린 해러게이트의 하이드로 호텔에 묵고 있었다. 경찰의 통보를 받은 남편이 호텔로 들어섰을 때, 그녀는 마침 저녁 식사를 하러 계단을 내려오던 중이었다. 그녀는 이전의 기억을 송두리째 상실한 채, 열흘간 온천욕을 즐기며 다른 손님들과 어울려 카드놀이를 하거나 사라진 여류 작가의 이상한 실종 사건에 대해 얘기를 나누기도 했다. 그녀는 숙박부에 테레사 닐이라는 이름을 기입했고, 12월 11일 《타임》의 광고란에 "테레사 닐의 친구나 친척 되는 사람은 해러게이트의 하이드로 호텔로 연락 바람"이라는 광고까지 게재했다.

애거서 크리스티는 왜 추운 겨울날 털 코트와 차를 버려두고 사라졌을까? 사라진 시간 동안 그녀에게 무슨 일이 있어났던 것일까? 왜 그녀는 지난 일을 하나도 기억하지 못할까? 영국인들은 흥미진진한 사건의 배경을 궁금해했다. 그 후 애거서 크리스티는 평생 언론과의 접촉이나 인터뷰를 피하고, 심지어 사진 찍히는 것도 극도로 싫어했다. 사건과 관련된 진실을 정확히 파악하기는 불가능하지만 이미 공개된 사실만 정리하면 다음과 같다.

애거서 크리스티는 매우 보수적인 가치관을 가진 여성으로서 사랑받는 아내, 행복한 결혼 생활이 인생 최대의 목표였다. 하지만 골프장에서 만난 낸시 닐이라는 젊은 여성과 바람이 난 남편은 애거서에게 갑자기 이혼을 요구했다. 애거서는 간통은 용서할 수 있어도 이혼은 절대로 안 된다고 버텼지만 소용이 없었다. 남편의 배신으로 큰 충격을 받은 애거서는 한밤중에 무작정 가출해 차를 강가에 세워 두고 인근 호텔에 가명으로 투숙한다. (그녀의 의도와는 상관없이) 언론에 그녀의 실종 사건이 대서특필되자 그녀는 전국적으로 망신을 피할 수 없게 된다. 실종 사건으로 남편과의 관계는 돌이킬 수 없이 악화되고 결혼에 대한 환상도 무참히 깨진다. 그리고 "모든 여성에게 가장 큰 상처를 주는 사람은 바로 남편"이라는 평범한 진실을 깨닫게 된다.

하지만 그녀는 자신이 어린 딸 하나를 둔 30대 후반의 이혼녀로 전락한 현실을 받아들이기 힘들었다. 설상가상으로 "야경증에 걸린 불쌍한 여자다, 책을 더 팔기 위해 연극을 벌인 것이다, 간통을 저지른 아치를 벌주기 위한 행동이었다"고 대중들이 수군거리자 그녀의 고통과 수치심은 극에 달했다. 행복한 가정을 갖고 싶다는 꿈뿐 아니라 인생 자체가 참혹하게 산산조각이 난 느낌을 그녀는 "그동안 고치로 몸을 꽁꽁 감싸고 있던 번데기가 나비로 태어나 세상에 나갔을 때 그 빛이 너무 강렬해서 견딜 수가 없다는 걸 알게 되었다"라고 표현했다. 그녀의 대인 기피증, 언론 혐오증은 이때 생긴 것이 아닐까?

## 이라크 여행에서 만난 연하의 고고학자와 재혼하다

애거서는 왕립의학협회 회원이기도 한 유능한 의사 루카스의 도움으로 '총을 든 남자'의 악몽에서 벗어나 공포에 직면하는 법을 배우기 위해 애썼다. 그는 어린 시절 결핵을 앓아 곱추가 되었지만 따뜻하고 인간미 넘치는 의사였고, '지역의 기후가 요양원 결핵 환자에게 미치는 영향'에 대해 논문을 쓸 정도로 병의 치료 과정에서 환경이 중요하다는 것을 간파하고 있었다. 실종 사건 직후인 1927년 겨울 그녀는 딸 로절린드와 함께 라스팔마스의 카나리아 해협으로 여행을 다녀온 후 심리적 안정을 찾고 좀 더 가벼운 마음으로 이혼 재판에 임했다. 1928년 최종 이혼 판결이 내려질 때까지 변호사를 만나 의논하고 법조계를 직접 체험하면서, 그 후에 씌어진 《검찰 측의 증인》, 《다섯 마리 아기 돼지》 등의 추리소설에서 판검사, 변호사의 캐릭터와 법정 분위기 묘사는 더욱 치밀하고 정교해졌다.

이혼이 확정되고 심신이 자유로워진 애거서는 1928년 가을 런던에서 식사 초대를 받았다. 하우 해군 중령과 그의 아내는 그녀에게 기분

전환을 위해 오리엔트 특급열차를 타고 고고학적 유산이 풍부한 이라크의 바그다드에 다녀올 것을 추천했다. 어릴 때 어머니와 이집트에 가서 피라미드를 구경하는 등 고고학에 관심이 많았던 애거서는 영국의 유명한 고고학자 레너드 울리를 만나기 위해 이라크의 우르로 갔다. 울리 부부는 애거서를 열렬히 환영했는데, 애거서의 추리소설에 푹 빠져 있었던 캐서린 울리는 애거서에게 좋은 친구가 되었다. 캐서린은 애거서를 위해 금과 터키석으로 만든 돔 모스크로 유명한 케발라와 네예프 여행을 준비하면서, 옥스퍼드대학을 막 졸업한 스물다섯 살의 젊은 조수 맥스 맬로원(Max Mallwan)을 그녀의 보디가드로 딸려 보냈다. 이라크의 우크하이디르 사막 한가운데 있는 호수에서 애거서와 함께 수영을 하던 맥스는 그녀가 자신에게 잘 맞는 짝이라는 확신을 갖게 되었다. 캐서린의 코치를 받은 맥스는 금잔화로 꽃목걸이를 만들어 애거서의 목에 걸어 주며 그녀의 마음을 훔쳤다.

딸 로절린드의 폐렴이 심하다는 소식을 들은 애거서는 영국행을 결정하고 둘은 함께 오리엔트 특급열차를 탔다. 열차 안에서 만난 다국적 승객들의 성향과 행태를 주의 깊게 관찰한 애거서는 나중에 《오리엔트 특급 살인》이라는 명작 추리소설을 쓰기도 했다.(그녀의 모든 지리적 경험은 작품의 소재와 배경이 된다!) 터키에서 프랑스 칼레까지 함께 기차를 타고 오면서 두 사람의 애정은 깊어졌고, 영국으로 돌아온 맥스는 애거서에게 청혼했다. 이혼의 상처가 아직 완전히 아물지 않았던 애거서는 그가 열네 살 연하인 데다 가톨릭 신자라는 이유로 처음엔 거절했다. 하지만 오지를 탐사하는 고고학자라는 직업에 마음이 끌렸고, 런던에서 금융 거래를 하던 첫 남편보다 훨씬 매력적인 직업이라고 생각했다. 무엇보다 딸 로절린드가 맥스를 좋아하며 잘 따르는 것을 보고 결국 청혼을 받아들였다.

1930년 9월 11일 애거서와 맥스는 스코틀랜드 에든버러에 있는 세인트콜룸바 교회에서 결혼식을 올리고 베네치아, 유고슬라비아, 그리스로 신혼여행을 다녀왔다. 그 후 애거서 크리스티는 매년 겨울 중동으로 떠나 맥스의 발굴 작업을 도왔다. 그 후 그녀의 추리소설의 배경은 점점 더 넓어지고 소재가 다양해졌는데, 세계 여행 마니아 애거서 크리스티가 꼽은 가장 행복한 여행지는 이라크의 모술이었다. 남편의 유적 발굴 작업 현장에서 만난 현지 사람들의 따뜻한 마음씨와 이슬람 문화에 매료된 그녀는 이라크를 배경으로 《마지막으로 죽음이 오다》, 《메소포타미아의 살인》, 《그들은 바그다드로 갔다》 등의 추리소설을 썼다. 이 밖에도 나일 강에서 보트를 타고 유적 발굴지를 돌아보는 고고학자가 등장하는 《나일 강의 죽음》, 예루살렘을 배경으로 한 《죽음과의 약속》, 시리아에서의 발굴 작업을 소재로 한 《어서 와서 당신의 삶을 이야기해 줘요(Come, Tell Me How You Live)》 등은 부부의 행복한 중동 탐사 여행의 결과물이었다.

## 40대부터 인생의 전성기를 누리다

재혼 후 애거서는 활짝 핀 꽃처럼 전성기를 맞았다. 그녀의 추리소설이 날개 돋친 듯 팔리면서 그녀는 돈방석에 오르고 재

고고학자 맥스를 만났던 이라크는 애거서에게
치유의 여행지이자 인생에서 가장 행복한 여행
지였다.(위, 맨 아래) 그녀는 런던이 아니라 여
성에게 좀 더 자유로운 분위기였던 에든버러
(왼쪽 아래)로 가서 두 번째 결혼식을 올렸다.

산 목록은 계속 늘어갔다. 런던의 고급 주택가 첼시의 세필드 테라스에 있는 하얀색 고급 주택과 고향 토키에 있는 그린웨이 저택을 오가며 달콤한 성공을 만끽했다. 특히 그린웨이 저택은 애거서와 가족들의 여름 별장이었는데, 꽃이 가득한 넓은 정원은 그녀가 특히 좋아하는 아름다운 장소였다. 애거서의 작품에는 꽃이 자주 등장하는데, 《버트럼 호텔에서》에 묘사된 꽃무늬 벽지를 바른 방은 실제 그녀의 취향이 반영되어 있다.

애거서는 고고학자인 남편을 위해 침실을 중동 스타일로 장식하고 그가 조용히 연구에 전념할 수 있도록 서재를 마련하는 등 내조에 힘썼다. 연하의 남편 맥스는 독실한 기독교도인 부인 애거서를 쾌락의 세계로 인도하려 애썼는데, 부드럽고 달콤한 백포도주로 시작해서 보르도산 적포도주, 버건디, 헝가리산 포도주 토코이, 러시아산 보드카, 고흐가 마신 독주 압생트까지 도수를 높여 가며 부인에게 다양한 술을 맛보게 하고 식사 후에는 담배를 건네며 유혹했다. 하지만 청교도적인 생활에 익숙한 애거서의 취향을 바꾸기에는 역부족이었고, 결국 그녀는 식탁에서 알콜 대신 사과 주스와 물만 홀짝거렸다. 제2차 세계대전이 발발해 맥스가 전장으로 떠나자, 혼자 남은 애거서는 토키와 런던의 병원 조제실에서 자원봉사를 하고, 그린웨이 저택을 전쟁고아들을 위한 보육원과 해군 본부로 제공하기도 했다.

어릴 때부터 연극에 관심과 재능을 보였던 애거서 크리스티는 자신의 추리소설을 연극과 영화, TV 시리즈로 각색하여 성공을 거뒀다. 1950년대는 연극의 황금기였고, 뉴욕 브로드웨이에서 공연된 《검찰측의 증인》은 뉴욕연극비평가협회로부터 최우수 외국연극작품상을 받기도 했다. 1976년 여든여섯 살의 나이로 사망할 때까지 그녀는 런던과 옥스퍼드, 토키의 그린웨이를 오가며 평온한 일상을 즐겼다. 옥스퍼드의 조용한 시골 마을 월링퍼드에 있는 윈터부룩 하우스는 40년 넘게 해로한 애거서 크리스티 부부의 마지막 안식처였다.

애거서는 행복하고 만족스러웠던 결혼 생활을 이렇게 표현했다. "남편으로는 고고학자가 최고다. 부인이 나이를 먹어 갈수록 흥미를 갖기 때문에."

## 추리소설의 여왕이 남긴 흔적을 따라서 2

평소 친분이 있었던 영국 지리학자이자 캔터베리대학 교수인 스티븐 스코펌(Stephen Scoffham)의 도움을 받아 옥스퍼드의 조용한 시골 마을 월링퍼드로 향했다. 우리는 마치 탐정이라도 된 것처럼 지도를 들고 애거서 크리스티의 흔적을 찾아 촐시(Cholsey) 교회의 뒷마당과 인근 지역을 몇 시간 동안 샅샅이 뒤졌다. 그는 벨기에 탐정 에르퀼 푸아로처럼 말했다.

"지리적 지식과 상상력이 가장 필요한 직업이 뭔지 아세요? 바로 도둑이에요. 어디에 부자가 많이 살고, 값진 물건이 어디에 있고, 어떤 경로로 잠입해서 훔쳐 와야 할지 아무도 가르쳐 주지 않으니 독학으로 해결해야죠. 사실 대영제국의 기반은 해적이 닦았다고 해도 과언이 아니에요. 엘리자베스 1세 여왕이 드레이크라는 해적과 연합하여 스페인 무적함대를 물리치고 해상권을 장악하면서 국운이 폈으니까요."

나는 미스 마플처럼 그와의 대화를 이어 갔다.

"범인을 추적해서 검거해야 하는 경찰과 탐정이 도둑보다 지리적 사고력이 한수 위여야 하지 않을까요? 아하! 그러고 보니 그 모든 두뇌 싸움을 종합적으로 그려 내야 하는 추리소설 작가들이말로 지리적 상상력이 탁월해야겠네요. 지리학자인 우리가 애거서 크리스티에게 오히려 배워야 할 것 같아요."

애거서 크리스티라면 어디에 묻히고 싶었을까? 지리적 상상력을 발휘한 끝에 애거서 크리스티와 남편 맥스의 이름이 새겨진 비석을 결국 발견했다.

햇살이 따뜻한 봄날 나는 애거서 크리스티처럼 월링퍼드 시내를 걸었다. 애거서는 시골 마을 상점의 쇼윈도를 보거나 길을 걷다 보면 어느새 범인이 어떻게 범행을 저질렀는지, 범행을 숨기기 위해 어떤 교묘한 속임수를 썼을지 멋진 생각이 순간순간 스쳐 간다고 했다. 간간이 울리는 교회 종소리, 자전거를 타고 심부름 가는 소년의 휘파람 소리, 아기를 유모차에 태우고 신문을 사러 가는 아버지의 구두 소리, 빨간 우체국 가방을 메고 편지를 나르는 우편배달부의 자전거 소리가 들린다. 꽃집에서 퍼져 나오는 백합 향기, 빵집에서 쿠키 굽는 냄새, 세탁소에서 쓰는 약품의 냄새, 부드러운 봄바람의 결, 프랑스 바게트를 깨물어 먹을 때 느껴지는 바삭한 질감…… 시각뿐 아니라 후각, 청각, 촉각, 미각 등 오감을 통해 발견할 수 있는 일상생활의 모든 소재가 그녀에게 영감을 주었을 것이다.

마지막으로 그녀가 숨을 거둔 윌링퍼드 저택을 찾아갔다. 표지판조차 없어 집 주변을 계속 헤매다 겨우 발견한 그녀의 집 대문은 높은 나무에 가려져 있었고, 틈새로 보이는 파란색 동판만이 그녀의 공간이었음을 확인해 주었다. 평생을 조용히 숨어 살고 싶어 했던 추리소설 작가의 속살을 본 것 같아 흥미로웠다. 생전에 그녀는 새로운 소설을 구상하면 3주에서 한 달 동안은 윌링퍼드 저택의 방 안에 틀어박혀 있었다고 한다. 연필을 씹거나 멍하니 타자기를 쳐다보며 끔찍하게 고통스러운 시간을 보내다가 예상치 않은 순간에 영감을 얻고 줄거리가 떠오른다고 했다. 심지어 욕조에 누워 사과를 먹는 동안에 스토리가 떠오른 적도 있다고 했다.

　　그녀의 소설에 등장하는 미스 마플의 정원은 벌이 날아다니는 소리와 차를 나르는 하녀의 옷이 스치는 소리가 들릴 정도로 고요하다. 하지만 몇 페이지만 읽다 보면 세상에서 가장 악랄하고 끔찍한 살인이 눈앞에서 펼쳐진다. 애거서 추리소설의 팬들은 자신이 마치 소설 속 주인공이 된 것 같은 착각에 빠져 그녀의 스토리에 더욱 몰입하게 되고 예상치 못했던 반전에 매료된다. 해로스 백화점에서 우편으로 보내오는 수준 높은 철학책과 인문교양서를 매주 대여섯 권씩 독파하는 여성 추리소설 작가의 내공 덕분이다. 항상 "나는 평범한 시골 할머니에 불과하다"고 겸손해했지만, 그녀는 누구보다 치열하게 지성을 연마해 온 노련한 작가였다.

애거서가 말년을 보낸 옥스퍼드 시골 마을 월링퍼드의 저택(왼쪽 아래)과 그녀가 묻힌 교회의 비석(오른쪽 아래)을 찾는 과정은 마치 범행의 숨겨진 단서를 찾아내는 것 같았다.

## 사후에도 계속되는 부와 명성

마음껏 웃지도 못한 베스트셀러 작가의 비밀

애거서의 공식 자서전이 출간되긴 했지만, 그녀의 사생활은 철저히 베일에 가려져 있다. 아무리 많은 보수를 제시해도 그녀는 TV 출연이나 강연 요청에 응하지 않았고, 심지어 자신의 책을 출판한 콜린스(William Collins, Sons) 사에서 개최한 출판 기념 파티조차 거부했다. 어떤 공식 석상에서건 사진기가 눈에 띄면 자리를 무조건 피하고 나가 버렸는데, 엘리자베스 현 여왕의 매부였던 스노던 경에게만 부부 사진 한 세트를 찍도록 허용한 것이 노년의 모습을 담은 유일한 사진일 정도다.

애거서 크리스티의 책을 홍보하는 로고송은 "크리스마스엔 크리스티를"로 끝난다. 그녀의 추리소설 《크리스마스 푸딩의 모험(The Adventure of the Christmas Pudding)》에서 주인공 제스몬드는 푸아로 형사를 자신의 시골집에 초대하여 영국의 전통적인 크리스마스 파티를 경험하게 한다. 실제로 애거서 크리스티는 온 가족이 팬터마임을 함께 보고 불빛이 반짝이는 크리스마스 트리에 양말을 걸었다. 교회에 가서 크리스마스 캐럴을 부르며 예배를 드리는 크리스마스 풍경을 가장 좋아했던 그녀는 《크리스마스 푸딩의 모험》 서문에서 행복한 어린 시절을 다음과 같이 추억했다.

이 크리스마스 요리책은 주방장의 일품 선택 요리라고 할 수 있겠다. 나는 주방장이고…… 아버지가 돌아가신 후 나는 어머니와 맨체스터에 있는 형부네 집 애브니홀 저택에서 크리스마스를 보냈다. 나는 그 집안 남자애들과 굴 수프, 가자미 요리, 구운 칠면조, 소고기 등심 요리, 플럼 푸딩, 민스 파이, 트리플 과자에 초콜릿까지…… 누가 많이 먹는지 시합을 벌이곤 했다. 아, 열한 살의 사랑스럽고 욕심 많은 시절이여!

애거서 추리소설 중 14편에 등장하는 또 다른 주인공 미스 마플은 애거서 크리스티의 분신 같다. 미스 마플은 영국의 작은 시골 마을에서 평온한 생활을 하며 뜨개질과 수다로 소일하는 미혼의 할머니이지만, 놀라운 기억력과 날카로운 두뇌 회전으로 살인 사건을 쉽게 해결해 버린다. 애거서 소설의 배경과 등장인물은 그녀의 실제 생활과 밀접하게 관련되어 있다. "이 책에 등장하는 인물, 장소, 사건, 그리고 상황은 모두 상상적인 것이며 어떤 인물이나 장소, 또는 실제 사건과는 관계없음"이라고 추리소설 머리말에 일부러 쓸 정도로.

추리소설 작가 발 맥더미드(Val McDermid)는 애거서의 소설에 대해 이렇게 말했다. "애거서 소설에서 미스 마플이 키우는 화분과 직접 구운 빵은 독자를 보호하는 역할을 하며, 푸아로의 관점에서 본 영국인의 엉뚱함에 관한 조크 덕분에 독자들은 안전한 범위에서 공포를 느낄 수 있다. 이런 요소들로 오리엔트 특급 열차나 도서관에서 아무리 많은 시체가 나와도 독자는 위험하다고 느끼지 않고 애거서의 소설에 빠지게 된다." 애거서는 그렇게 자신을 둘러싼 일상을 배경으로 추리소설을 썼고 독자들은 그녀의 책을 읽으며 행복한 시간을 보냈다.

런던에 가면 셜록 홈스의 집과 소설 속에서 그가 다녔던 펍과 카페

애거서의 작품은 생전에 100여 개국에서 번역
될 정도로 세계인의 사랑을 받았고, 사후에도
그 인기는 식을 줄 모른다. 그녀의 추리소설은
연극, 영화, 드라마, TV시리즈, 컴퓨터 게임에도
활용되고 있다. 〈쥐덫〉 판권의 소유자이기도
한 외손자 매튜는 외할머니의 유산을 관리하며
웨일스에서 여유로운 삶을 누리고 있다.

가 관광 명소로 인기가 높다. 셜록 홈스는 코난 도일이 창조한 캐릭터일 뿐 실존 인물이 아니다. 하지만 문학작품은 실제 지리적 공간에 영향을 끼치고, 장소의 부가가치를 높인다. 영국적인 풍경과 일상생활 문화를 세밀하게 묘사한 애거서 크리스티의 추리소설은 세계인에게 영국 문화를 홍보하는 좋은 수단이 되었다. 실제로 그녀의 작품에는 아름다운 영국식 정원, 화려한 빅토리아시대의 가옥과 장식품들, 달콤한 애프터눈 티 세트가 등장한다. 여행지의 자연환경과 문화적 특성을 소설의 배경과 소재로 활용한 그녀의 작품은 독자들에게 마치 세계 여행을 하는 듯한 느낌을 주어 더 인기가 높다. 애거서 크리스티는 추리소설 작가가 갖춰야 할 예리한 관찰력, 과학적 추론 능력, 치밀한 스토리 구성 능력이 탁월했고, 음식·소품·장소의 분위기에 대한 여성 특유의 섬세한 묘사는 그녀가 추리소설의 여왕으로 등극하는 데 결정적으로 기여했다.

애거서 크리스티는 문학작품이 갖는 강한 생명력과 부가가치, 긍정적인 영향력을 보여주는 최고의 작가가 아닐까? 비록 핀에 꽂힌 나비처럼 평생을 숨어 살며 활짝 웃지도 못했지만.

조앤 K. 롤링
Joan K. Rowling

———

에든버러 카페에서 시작된
해리포터의 마법

## 해리포터를 창조한 마법사의
## '비밀의 방'으로 들어가다

컴퓨터게임에 빠져 책을 멀리하던 아이들이 갑자기 책벌레
가 되었다. 서점 앞은 새로운 시리즈가 나올 때마다 새 책을
사려고 밤새 줄을 선 사람들로 장사진을 이루었다. 해리포
터의 마법에 걸린 아이들은 호그와트 같은 영국의 사립 기숙
학교에 다니고 싶다고 부모님을 졸랐다. 해리포터 시리즈는
영화로도 제작되어 큰 인기를 끌었고 영화 촬영 장소는 유
명한 관광지가 되었다. '해리포터' 시리즈의 저자 조앤 K. 롤
링은 돈방석에 올랐고, 영국에서 여왕 다음으로 재산이 많은
여성이 되었다. '해리포터 효과'라는 신조어가 생길 정도로
강력한 주문을 건 마법사, 롤링이 만든 비밀의 방으로 들어
가 보자.

# 싱글맘의 신화는 과장되었다!

　　우리는 조앤 K. 롤링을 가난한 싱글맘이었다가 마법처럼 베스트셀러 작가가 된 신데렐라 스토리의 주인공으로 생각한다. 일자리가 없어 1년여 동안 생활 보조금으로 연명했으며 난방도 잘 안 되는 낡은 아파트에 살며 고생하다 추위를 견디지 못하고 유모차를 끌고 나와 따뜻한 카페에서 겨우 글을 썼다는 스토리는 이미 잘 알려져 있다. (하지만 그녀는 이를 잘못된 정보라고 주장한다. 자신이 아무리 형편이 어려워도 난방이 안 되는 아파트를 얻을 정도로 멍청하지는 않으며, 아이를 유모차에 태워 밖으로 나와 카페에서 글을 쓴 것은 아이가 산책 후 잠을 잘 자기 때문이었다고 반박했다.)

　그녀는 어릴 때 가난한 집 딸은 아니었다. 영국의 엄연한 중산층 가정 출신이다. 《해리포터와 마법사의 돌》을 쓸 당시 비록 그녀가 싱글맘이고 궁핍한 생활을 한 것은 사실이지만, 이는 개인적 불행이 계속되는 상황에서 책 쓸 시간을 확보하기 위한 고육지책이었을 뿐이다. 그녀에게 책을 꼭 쓰고 싶다는 소망이 없었다면 어디든 쉽게 취직하여 아이를 키우며 살아가는 데는 큰 문제가 없었을 것이다. 그녀가 첫 소설을 쓰던 시절 겪었던 어려움은 자발적 가난과 고생이었다고 해도 과장이 아니다(싱글맘의 설움을 잘 아는 조앤은 베스트셀러 작가가 된 이후 자신처럼 어려운 환경에 처한 사람들을 돕는 기부와 봉사 활동을 많이 한다).

　조앤은 자신을 스코틀랜드 작가라고 소개하지만, 실은 웨일스 인근의 전형적인 잉글랜드 중산층 마을에서 태어나 자랐다. 조앤의 부모는 1963년 기차에서 처음 만났는데, 아버지는 비행기 공장의 관리자였고 어머니 앤은 실험실에서 일했다. 가정에 대해 보수적인 생각을 가진 부모는 책과 영국의 전원생활을 동경했다. 1965년 7월 웨일스의 작은 시골 마을 치핑 소드버리(Chipping Sodbury)에서 태어난 조앤은 이들 부부의 첫째 딸이었다. 그녀는 호기심과 상상력이 풍부한 아이였고, 책읽기를 좋아했다.

어릴 때부터 작가가 되고 싶었던 조앤은 토끼와 꿀벌이 등장하는 동화책을 여섯 살 때부터 쓰기 시작했다. 여동생 다이앤에게 '아이가 토끼 굴에 빠졌는데 토끼 가족들이 아이에게 딸기를 주어 맛있게 먹었다'는 이야기를 들려준 것이 시작이었다. 그 후에도 몇 년 동안 토끼 이야기를 계속 만들어 냈는데, 아마도 어린 시절부터 좋아했던 '피터 래빗'의 영향도 컸던 것 같다.

조앤은 영국 중부의 윈터본(Winterbourne)에서 네 살부터 아홉 살 때까지 살았는데, 이곳에서 두 살 어린 여동생 다이앤과 함께 여기저기를 누비고 다니며 행복했다고 추억한다. 윈터본은 상점 · 학교 · 병원 등 기본적인 생활 편의 시설이 갖춰진 작은 도시로, 탁 트인 넓은 들판에 와이 강이 흐르는 쾌적한 곳이었다. 말괄량이였던 조앤은 동네의 또래 아이들과 함께 강가에서 장난을 치거나 들판에서 가상 놀이를 했고, 《이상한 나라의 앨리스》 등을 읽으며 환상의 세계로 빠져들었다. 이때 특히 친하게 지냈던 친구의 성이 '포터'여서 나중에 소설 속 주인공 이름으로 썼다고 한다. 10월 말 벌어지는 할로윈은 조앤이 가장 좋아하는 축제였다. 이날은 모든 아이들이 마법에 걸려 자신이 가

장 좋아하는 캐릭터로 분장하고 밤새 돌아다니는 날이니까.

　조앤의 창의성이 자랄 수 있었던 기반에는 영국의 자유로운 교육 방식이 있다. 영국식 교육의 장점은 자신이 좋아하는 과목을 깊이 있게 배우는 것이다. 특히 초등학교 저학년 교과과정이 환상적이다. 자신이 좋아하는 동화책을 실컷 읽을 수 있고, 지리와 역사를 중심으로 자기 고장, 자기 주변을 탐색하며 세상을 이해하는 기초를 닦는다. 아주 어릴 적부터 세상을 보는 자기만의 창 하나를 만들어 가는 것이다. 창의성은 어린 시절의 꿈, 환상의 세계를 떠올릴 수 있을 때 조금씩 자라는 것일지 모른다. 모든 사람들에게 좌절되었던 꿈, 어린 시절의 비밀을 발견할 수 있는 기회가 주어져야 하지 않을까?

해 리 포 터 를　찾 아 가 다　1
킹스크로스 기차역에서 만난 해리포터 팬들

　왕의 십자로, 킹스크로스(King's Cross)는 해리포터가 마법의 세계로 들어가는 관문이었다. 철도 교통의 중심지로 더럼, 에든버러 등 영국의 북부 지역으로 가는 기차들은 주로 이 역에서 출발한다. 런던 올림픽을 맞아 마치 미술관처럼 멋지게 단장한 런던 킹스크로스 기차역은 영국 국내뿐 아니라 유럽으로 가는 유로스타 열차를 기다리는 승객들로 붐비고 있었다.

　조앤 K. 롤링은 맨체스터, 에든버러행 기차를 타기 위해 킹스크로스 역을 자주 이용했는데, 기차 안에서 해리포터 캐릭터를 처음 구상했다고 한다. 맨체스터에서 남자친구를 만나고 런던으로 돌아가는 길에 기차가 고장 나 멈춰 섰을 때, 양이 풀을 뜯는 들판을 무심히 바라보던 중 갑자기 영감이 떠올랐다. 조앤의 부모님도 기차 안에서 처음 만나 데이트를 시작했다고 하니, 그녀의 인생에서 기차라는 공간은 특별한 의미가 있는 것 같다.

킹스크로스 기차 옆 안쪽으로 사람들의 줄이 길게 늘어서 있었다. 긴 목도리를 늘어뜨린 여자아이가 행복한 표정을 지으며 벽 쪽으로 카트를 밀고 있다. 전 세계에서 온 해리포터 팬들은 신기한 듯 사진기 셔터를 눌러댔고, 카트를 밀기 위해 기다리는 사람들은 점점 더 많아졌다.

"아, 너무 황홀해요. 제가 꼭 해리포터가 된 것 같아서요." 어른 아이 할 것 없이 모두 막힌 벽에 카트를 밀면서 마법의 주문을 외우고 있었다. 첨단 기술로 무장한 기차역에서 아직도 마법사의 존재를 믿는 사람들을 만날 수 있는 것은 순전히 해리포터 덕분이다.

플랫폼 이름도 독특하다. 9와 3/4. 《해리포터》에 등장하는 가상의 플랫폼은 아예 해리포터 기념품을 파는 가게로, 신기한 체험을 제공하는 특별한 투어로 진화했다.

빨간 옷을 입고 안경을 쓴 아홉 살 여자 아이가 귀엽다.

"어디서 왔니?"

"북쪽 동커스터에서 기차 타고 왔어요".

"해리포터에 실제로 나오는 장소에 오니 어때?"

"정말 신기해요. 꼭 제가 헤르미온느가 된 것 같아 신나요."

엄마와 함께 런던을 방문한 여자 아이는 해리포터와 관련된 신기한 물건으로 가득 찬 가게에서 떠날 생각을 하지 않았다.《해리포터》에 등장하는 마법 상자를 하나씩 열어 보고 마법사의 옷을 걸쳐 보고 마법의 지팡이를 만지작거리고 있었다.


## 헤르미온느 같았던 어린 시절의 경험이 작품의 소재가 되다

열 살 때 웨일스와 가까운 잉글랜드 중부 글로스터셔 (Gloucestershire)의 작은 마을 터트실(Tutshill)로 이사 가게 되면서 조앤의 행복한 유년시절은 막을 내렸다. 조앤은 터트실 초등학교를 엄청나게 촌스러운 최악의 학교로 기억한다. 뚜껑 달린 책상에 잉크통 구멍이 뚫려 있는 구식 학교였고, 교과서대로만 가르치는 담임선생님은 매우 엄격했으며 특히 수학 시간이 고통스러웠다고 한다. 성적이 좋아야 한다는 강박관념 때문에 공부만 하는 내성적인 아이로 지낼 수밖에 없었다고 하는데, 자신이 마법사임을 깨닫기까지 불행한 어린 시절을 보낸 해리포터의 이미지와 겹친다.

"저는 정말 어렵지 않게 열한 살 어린 시절을 회상할 수 있어요. 무력하기만 했던 어린 시절의 제 모습은 물론이고……. 어른들 눈에는 보이지 않는 암흑의 세계를 본 일도 기억할 수 있어요. 제가 해리 나이

였을 때 어떤 느낌을 가졌었는지, 지금도 아주 생생하게 떠올릴 수 있답니다."

책읽기를 좋아하는 학구파 헤르미온느는 바로 어린 시절 자신의 모습이며, 《해리포터》에 등장하는 인물들의 성격은 대부분 실제로 아는 사람들로부터 나온 것이라고 한다. 해리보다 똑똑하고 다부진 헤르미온느이지만 조연에 그치고, 그녀 소설 속 주인공은 여전히 해리포터다. 만일 조앤이 헤르미온느가 주인공인 소설을 썼다면 전 세계의 여자 아이들이 더 적극적인 여성으로 성장하는 데 도움이 되지 않았을까? 빅토리아시대의 여성들을 그린 제인 오스틴 소설을 좋아하고 보수적인 영국 중산층 가정에서 자란 조앤의 한계인 듯하여 살짝 아쉽다.

그녀의 첫 성인 소설 《캐쥬얼 베이컨시》의 배경은 잉글랜드 중부 지역의 전형적인 중산층 마을에서 자란 그녀의 성장 배경과 매우 흡사하다. 잉글랜드 남부의 명문 엑서터대학에 진학하기 전까지 그녀가 살았던 터트실은 문화·역사 유산이 풍부한 지역이며 그녀가 소녀 시절 살았던 처치 코티지(Church Cottage)는 영국의 중산층이 선호하는 침실 3개짜리 고딕 스타일의 주택이다. 영국에서 돌로 지은 집은 세월이 흐를수록 재산 가치가 높아지는 경향이 있는데, 그녀는 역사·문화 유산으로 등록될 정도로 유서 깊은 집에서 소녀 시절을 보냈다. 예민한 사춘기 시절 반항아 기질이 있었던 그녀는 중산층 이웃들의 속물근성과 잘난 척하는 태도를 혐오했고, 《캐쥬얼 베이컨시》에서 그 이웃들은 지나치게 격식을 차리는 위선자들로 재현되었다. 처치 코티지는 몇 년 전 40만 파운드(한화로 7억 5000만 원 정도)에 매물로 나오기도 했는데, 조앤이 영국 지방의 전형적인 중산층 가정에서 성장했음을 짐작할 수 있게 한다.

실용적인 사고가 강했던 그녀의 부모는 환상소설을 쓰는 작가가 되겠다는 딸의 꿈을 장려하기보다는 걱정했다. 작가는 밥먹고 살기 힘든 직업이라며 법률사무소의 비서를 권했다. 마법과 환상의 세계에 관심이 많았던 문학소녀 조앤은 부모의 기대가 부담스러웠다. 소녀 시절 그녀의 꿈을 이해하기보다는 안정적인 직업을 갖고 평범하게 살기를 바라는 어머니와 보수적인 아버지로부터 탈출하기 위해 그녀는 부모와 거리를 두기 시작했다. 특히 1990년 조앤이 스물다섯 살 때 어머니가 다발경화증으로 고생하다 갑자기 돌아가시자 그녀는 깊은 슬픔에 빠졌다. 그후 곧 재혼한 아버지와 조앤의 관계는 더 소원해졌고, 그녀는 홀로 서기 위해 노력했다.

비록 터트실에서 투병 중인 어머니와 갈등하며 우울한 10대를 보낸 그녀였지만, 《해리포터》에는 그녀가 고향 마을로부터 영감을 얻은 것으로 보이는 장면이 곳곳에 숨어 있다. 예를 들어 터트실 토네이도스(Tutshill Tornados)라는 퀴디치(quidditch) 팀 이름이 대표적이다. 하지만 딱 거기까지다. 그녀는 자신이 스코틀랜드 에든버러 출신 작가라고 소개하지, 잉글랜드 글로스터셔 터트실 출신이라는 점은 되도록 밝히지 않으려 한다. 글로스터셔 지방정부가 《해리포터》의 인기에 편승하여 관광 코스를 개발하려고 그녀의 에이전트에게 허가를 요청했을 때 조앤은 자신의 이름이 고향을 홍보하는 데 사용되기를 원치 않는다는 입장을 분명히 밝혔다.

# 옥스퍼드에 가고 싶었던 모범생의 방황
런던 앰네스티에서 고통받는 사람들을 상상하다

조앤은 집 근처의 와이든 종합중등학교에 다녔는데, 특히 영어와 외국어 성적이 좋았다. 근시로 두꺼운 안경을 낀 내성적인 학생이었지만 졸업 학년에는 여학생 대표를 할 정도로 인정을 받았다. 성적이 좋아 옥스퍼드대학에 지원했으나 떨어졌다. 만일 그녀가 옥스퍼드대학에 바로 합격했다면, 작가의 꿈을 키우기보다는 전형적인 모범생으로 졸업하여 부모님의 기대대로 법률 회사에 취직하거나 엘리트 남편을 만나 평범한 주부로 살았을 수도 있었다. 그녀가 현실적인 삶에 안주했다면 실패를 경험하거나 고난을 겪지는 않았겠지만, '해리 포터'도 탄생하지 않았을 것 아닌가?

후배들에게 달걀 세례를 받을 정도로 모교에서 냉대를 받았던 대처와는 달리 조앤은 옥스퍼드대학의 인기를 높이는 데 크게 기여했다. 영화 〈해리 포터〉에서 호그와트 마법학교의 식당으로 옥스퍼드대학의 크라이스트처치 칼리지 건물이 등장한다. 그렇지 않아도 부유했던 이 칼리지는 단숨에 옥스퍼드 최고의 관광 명소가 되었다. 그 후 하버드대학에서 명예박사 학위를 받고 졸업식에서 명연설까지 했으니, 조앤의 명문 대학에 대한 한은 다 풀리지 않았을까?

조앤의 20대는 암울했다. 부모의 기대를 충족시키기 위해 마지못해 엑서터대학에 진학한 그녀는 우울한 대학 시절을 보냈다. 가장 행복한 학창 시절은 영국이 아닌 프랑스 현지에서 어학연수를 받았던 때로, 무엇보다 보수적인 부모로부터 벗어날 수 있어서 좋았다고 한다.

런던 앰네스티는 펑키한 그래
피티가 넘치는 이스트엔드에
있다. 마법 같은 분위기를 가진
그곳에서 조앤은 해리포터를
상상해 내지 않았을까.

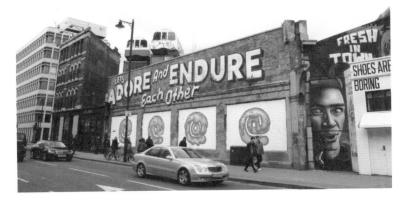

조앤은 엑서터대학에서 프랑스어 전공으로 졸업한 후 6년간 대도시 런던에서 직장 생활을 했다. 조용한 시골 마을에서 성장한 조앤에게 시끄럽고 정신없는 도시 런던은 낯설게 느껴졌을지 모른다. 2년간 런던의 국제사면위원회(AMNESTY)에서 인권침해 현황을 조사하는 일을 했는데, 그녀는 그 경험을 통해 가난하고 고통받는 사람들에 대한 상상력을 길렀다. 앰네스티 런던 지부는 이스트엔드에 있었는데, 그녀가 일할 당시는 yBa(yaoung British artists)를 비롯하여 영국의 현대미술이 조금씩 부상하는 시기였다. 지금도 이곳은 갤러리가 성업 중이고 인근에서 쉽게 그래피티 아티스트의 작품을 만날 수 있는 장소다. 조앤이 《해리포터》의 배경이 되는 마법의 세계를 상상하기에 좋은, '창의성을 기르는 인큐베이터' 같은 장소가 아니었을까?

조앤은 처음에는 어머니의 기대대로 비서로 일했다.(딸에게는 어머니의 마법이 가장 강력하다!) 헤어진 남자친구와 어떻게 다시 잘해 보려고 그가 살던 맨체스터 상공회의소에서 런던으로 출퇴근하기도 했다. 하지만 그녀는 자칭 '최악의 비서'였기에 매번 해고당했다. 보고서 여백에 구상하는 이야기의 줄거리를 쓴다든지 아무도 없을 때는 등장인물의 성격을 생각하거나 줄거리를 타이핑하고 있었으니, 어떤 직장에서든 제대로 능력을 인정받지 못하는 것은 당연했다. "어떤 직업을 갖든 늘 정신 나간 사람처럼 글을 쓰고 있었어요. 사무실에서 일하게 되어 좋은 점은 딱 하나, 아무도 보는 사람이 없을 때 컴퓨터로 글을 타이핑할 수 있다는 것이었죠."

## 인생 최악의 위기에 빠진 싱글맘의 지리적 선택
스코틀랜드로 가자!

      런던은 작가 지망생이 생계와 꿈을 둘 다 유지하기에는 버거운 도시였다. 글쓰기에만 전념하며 살고 싶다는 소망과 다른 사람들처럼 평범하게 살지 않는다는 죄책감 사이에서 방황하는 시기에 다발경화증 진단을 받은 어머니가 마흔다섯의 나이에 갑자기 돌아가셨다. 조앤은 어머니의 임종을 지키지 못했다는 사실에 심한 죄책감을 느꼈다.

  직장에서는 무능하고 연애는 잘 안 되고 글을 쓸 수 있는 시간 확보는 어렵고…… . 인생의 답이 안 나오는 상황에서 조앤은 자신이 가장 행복했던 때가 대학 시절 프랑스에서 조교로 일하며 연수하던 기간이었다는 사실을 떠올린다. '눈높이를 낮춰 외국에서 쉬운 영어를 가르치면 생계를 유지하면서 책을 쓸 수 있는 시간을 확보할 수 있지 않을까' 하는 생각에 충동적으로 1990년 9월 포르투갈 북부에 위치한 오포르투(Oporto)라는 도시로 향했다. 고향이나 런던, 맨체스터가 아닌 낯선 곳에서 인생을 다시 부팅함으로써 진정한 자아를 찾고 뭔가 생산적인 일을 할 수 있을 것 같다는 막연한 느낌과 함께.

  날씨가 좋은 포르투갈에서 오전에는 글을 쓰고 오후에는 영어를 가르치며 서서히 안정을 찾아가던 시기에 조앤은 텔레비전 방송국 기자를 만났다. 환한 미소와 가무잡잡한 피부, 잘생긴 외모에 반한 그녀는 몇 달간의 폭풍 같은 연애 후 용감하게 결혼했다. 하지만 행복한 생활은 딱 2년뿐이었고 애정은 급속도로 식어 갔다. 예쁜 딸을 낳았지만 이미 틀어진 관계를 복원하기에는 역부족이었다. 결국 딸 제시카가 생후 3주 되었을 때 이혼을 결심한 그녀는 핏덩이를 안고 싱글맘이 되어 영국으로 돌아왔다.

"정말 우울했어요. 아기까지 태어나니 괴로움은 몇 배나 더했습니다. 사람 취급을 전혀 받지 못하고 있다는 생각만 들었어요. 기분은 최악이었고 뭔가 성취할 일이 있어야 할 것 같았어요."

최선을 다해 딸을 돌봤지만 조금만 힘들어지면 소리를 꽥 지를 정도로 힘든 시기였다. 글을 단 한 줄도 쓰지 못하는 날이 있을 정도로 끔찍한 시기였다. 인생의 가장 힘든 시기에 그녀에게 진정한 기쁨을 주는 건 그녀의 상상 속 주인공, 해리포터뿐이었다. 그녀는 부지런히 집필 작업에 집중해, 줄거리와 등장인물의 이름과 이야기의 소재를 상자에 넣기 시작했다. 불행했던 결혼 생활의 기억을 지우기 위해 애쓰는 과정에서 그녀는 아이 키우기에 좋은 곳으로 이사 가야겠다는 생각을 했다. 마침 하나뿐인 여동생 다이앤이 스코틀랜드의 에든버러에 살고 있었다.

## 에든버러에서 마법의 세계를 상상하다

《해리포터와 마법사의 돌》가운데 세 개의 장에 해당하는 원고를 챙겨 들고 조앤은 에든버러행 기차를 탔다. 젖먹이를 안고 에든버러로 가는 길은 멀고 외로웠다. 화창한 햇살이 쏟아지는 날씨가 어둡고 음울한 날씨로 바뀌었을 때, 조앤은 날씨가 자신의 기분을 그대로 반영하고 있다는 생각이 들었다. 그녀가 스코틀랜드에 가기 한 달 전 있었던, "한 부모 가정의 부모는 다른 사람들이 낸 세금으로 복지만 축내는 사람들"이라고 비난하는 존 메이저 수상의 연설은 그녀의 자존심에 상처를 주었다. 정부 보조금을 신청하는 과정은 매번 굴욕적이었고 조앤을 의기소침하게 했다. 기약도 없이 계속 글만 쓰는 것은 엄마로서 무책임한 일이 아닌가 하는 자괴감에 교사가 되기 위해 교육대학원 시험을 보기도 했다.

"아마도 제 인생 최악의 시기가 아니었을까 합니다. 제 자존감은 바닥으로 곤두박질쳤지요. 딸 제시카를 이렇게 키우고 싶지 않았어요. 당시 제 딸은 글을 쓰도록 영감을 주는 자극제가 되었고, 해리에 대한 글쓰기 작업은 피난처가 되어 주었습니다."

스코틀랜드 에든버러에서 보낸 첫 번째 크리스마스는 우울했다. 비 오는 날 오후 조앤 롤링은 여동생 다이앤와 함께 시간을 보내다가 즉흥적으로 그녀에게 해리포터 이야기의 줄거리를 들려주기 시작했다. 여동생은 어린 시절 언니의 토끼 이야기를 들을 때처럼 바로 해리포터 이야기에 빠져들었다. 마법사 이야기가 매우 재미있으니 빨리 완성하라고 격려하며 출판하기까지 응원을 아끼지 않았다. 잉글랜드가 대처 통치하에 복지 예산을 축소하면서 사회적 약자들이 생활하기가 많이 어려워졌지만, 스코틀랜드의 교육과 복지 시스템은 잉글랜드에 비해서는 탄탄한 편이었다.

1994년은 그녀에게 행운의 해였다. 스코틀랜드 예술위원회에 지원서를 제출해 받은 보조금은 꽤 넉넉해서 낮에는 제대로 된 보육 시설에 딸 제시카를 보낼 수 있었다. 이 일로 용기를 얻은 조앤은 일자리를 알아보기 시작했고, 에든버러에 있는 레스 아카데미와 모레이 가정 전문학교에서 프랑스어 강사로 일하기 시작했다. 무일푼으로 에든버러에 도착한 지 꼭 1년째 되던 해, 이제 자신과의 약속대로 더 이상 정부 보조금을 받지 않게 된 것이다.

스토리텔링과 축제의 도시, 에든버러는 작가 지망생 조앤에게는 최고의 환경이었다. 골목마다 흥미로운 스토리와 예술적 영감이 흘러 넘쳤고, 창작 활동과 교육 프로그램에 대한 정부의 지원도 풍부했다. 어린이를 위한 놀이 공간과 일하는 여성을 배려하는 보육 시설도 잉글랜드나 대도시 런던에 비해 잘 갖춰져 있었다. 싱글맘 조앤 롤링이 장학금, 보조금 혜택이 풍부한 스코틀랜드로 이주한 것은 탁월한 공간적 의사 결정이었다.

그녀는 부자가 된 이후에 기부에 적극적인데, 어머니가 걸린 다발경화증 환자의 가족을 지원하거나 소아암 환자 등 병에 걸린 어린이들을 돕는 행사에 적극적으로 참여하는 등 선행을 계속하고 있다. 학대받는 여성을 위한 단체에 통 큰 기부를 하는 그녀 덕분에 스코틀랜드는 어려움에 처한 싱글맘들, 학대받는 여성들을 지원하는 제도가 가장 잘 구비된 곳으로 꼽힌다.

## 상상력이 고갈되면 다시 에든버러로

　　　　에든버러 정착 첫해에는 원룸 아파트 월세를 내는 일도 벅찼다. 정부로부터 받는 주거 보조비로는 난방을 충분히 할 수 없어 냉기가 감도는 입구에 들어설 때부터 우울해졌다. 어디에서 글을 써야 할지도 문제였다. 이곳은 환상소설에 영감을 줄 장소로는 영 마땅치 않았을뿐더러 제시카가 어린 시절을 보내기에도 적합하지 않았다. 작가와 엄마 역할을 모두 잘 해내려고 발버둥 치던 조앤은 좋은 방도가 없을까 골똘히 생각한 끝에, 글을 쓰는 데 불편함이 없는 동시에 아기에게도 좋은 기발한 방법을 생각해 냈다.

　매일 아기 캐리어로 제시카를 들쳐 업고 잠이 들 때까지 동네를 산책한 다음, 카페에 들어가 에스프레소 한 잔을 시켜 놓고 딸 제시카가 잠든 두세 시간 동안 꼬박 앉아 글을 쓰는 방식이었다. 한 손으로 유모차를 밀며 한 손으로는 글을 썼다. 특히 그녀는 니콜슨과 엘리펀트라는 카페를 좋아했다. 피곤하거나 바람이 몹시 불어 제시카를 데리고 돌아다니기 어려울 때는 원룸 아파트에서 글을 쓰기도 했는데, 집에서는 글이 잘 쓰여지지 않아 고통스러웠다고 한다. 롤링은 지금도 에든버러 카페의 분위기를 매우 그리워한다고 한다. 옆 테이블에 앉은 사람들의 이야기를 훔쳐 듣기도 하고 새로운 주인공을 떠올리기도 했던 에든버러의 카페들은 묘한 분위기가 감도는 매력적인 창작 공간이었던 것이다.

　그녀가 해리포터를 탄생시켰던 엘리펀트 카페는 영감이 넘치는 장

조앤 롤링이 《해리포터》를 탄생시켰던 엘리펀트 카페는 마치 동화 속 세상에 있는 것 같은 기분이 들게 한다. 코끼리 장식품으로 가득한 카페의 한쪽 벽면은 조앤 롤링에 관한 기사와 사진으로 장식돼 있었다.(옆 쪽) 스토리텔링과 축제의 도시 에든버러는 흥미로운 스토리와 예술적 영감이 흘러넘치는 곳이다.(맨 위) 일하는 여성을 위한 보육 시설이나 지원도 잘돼 있어 싱글맘 조앤에게는 최고의 환경이었다.

소였다. 벼랑 위에 있는 카페에서 창밖을 내려다보면 천 길 낭떠러지다. 마치 동화 속 성에 들어온 분위기다. 주인이 코끼리에 꽂혔는지 코끼리 장식물부터 코끼리를 돕기 위한 모임 안내에 이르기까지, 주변이 코끼리에 관한 것들 천지다. 그녀 덕분에 이제 에든버러의 엘리펀트 카페는 명물이 되었다. 카페 주변의 환경도 매력적이다. 에든버른 대학 건물과 함께 도서관, 미술관, 박물관이 주변에 있다. 역사적인 건축물과 함께 예쁜 상점들이 연달아 있고, 세계를 위해 기도하는 열린 교회가 바로 앞에 있다. 그저 카페일 뿐이지만 주변이 창의적이고 사람들의 기운이 넘쳐나는 데다 주인의 따뜻한 마음이 느껴지는 공간에서 그녀는 해리포터를 창조했다.

"처음에는 어린이 책이 될 줄은 몰랐어요. 그냥 나를 위해 썼어요. 쓰면서 스스로 재미있고 즐거웠습니다."

글쓰기 작업을 통해 그녀는 스스로 상처를 치유하면서 불안하고 힘든 시기를 견뎌 낼 수 있었다. 하지만 책이 완성되어 갈수록 해묵은 불안감이 물밀듯 밀려왔다. 편집자에게 원고를 보내는 일에는 많은 용기가 필요했다. 여러 출판사에 원고를 보냈지만 계속 거절당했다. 결국 1994년 초 《해리포터와 마법사의 돌》을 출판할 에이전트를 찾았고, 해리포터 시리즈는 신간이 나올 때마다 기록을 갱신하는 최고의 베스트셀러로 부상했다.

조앤 K. 롤링은 《해리포터》에 영국적 정서와 문화 코드를 많이 넣었다. 스티븐 스필버그가 《해리포터》를 영화화할 의사를 갖고 있었지만, 그녀는 《해리포터》가 영국의 정서를 잘 이해하는 감독에 의해 영국에서 촬영되기를 원했다. 실제로 그녀는 영화의 주인공이나 배경을 선택하는 과정에 깊이 개입했고 그 판단은 정확했다. 영국 문화에 대한 깊이 있는 이해와 지리적 감각으로 《해리포터》의 분위기를 잘 살릴 수 있는 장소를 집어낼 수 있었고, 소설과 영화의 스토리는 그녀의 지리적 상상력 덕분에 아름답게 구현되었다.

조앤은 《해리포터》 시리즈를 계속 쓰면서 생각이 막힐 때면 에든버러를 찾았다. 니콜슨 카페는 이미 중국 식당으로 변했고 엘리펀트 카페에 가서 예전처럼 글을 쓸 수는 없었지만, 그녀는 에든버러 기차역에서 가까운 별 다섯 개짜리 최고급 호텔에 투숙해 원고를 썼다. 비록 잠시 머무는 호텔이지만…… 그곳에서 내려다보는 풍경이 그녀를 자유롭게 했던 것 같다.


**해 리 포 터 를  찾 아 가 다 2**
조앤 롤링이 좋아하는 마법의 장소, 더럼성당


영화 〈해리포터〉의 촬영지 중 한 곳인 더럼성당을 찾아갔다. 영국 북부의 유서 깊은 탄광 도시 더럼에 위치한 더럼성당은 어린이 성가대의 합창이 유명하다. 성당 가는 길에 《이상한 나라의 앨리스》를 모티브로 한 예쁜 컵케익 가게가 눈길을 끌었다. 몸에 좋은 유정란 달걀만 쓴다는 이 가게의 스콘은 내가 지금까지 먹어 본 스콘 중에서 가장 신선하고 맛있었다. 동화 같은 분위기의 카페에서 차를 마시며 몸을 녹인 후 성당 안으로 들어갔다.

파이프오르간에서 울려 퍼지는 음악 소리가 웅장하고 아름다운 교회 내부에는 스테인드글라스를 통과한 따뜻한 빛이 부드럽게 반사되고 있었다. 교회 내부에는 다양한 예술 작품이 전시되어 있었는데, 특히 아이를 안고 있는 어머니 조각상이 인상적이었다. 교회 내부에는 탄광에서 일하다 목숨을 잃은 광부들과 세계대전에서 희생당한 병사들의 이름이 적혀 있었고, 소원을 비는 신자들이 켜놓은 촛불들이 조용히 타오르고 있었다.

더럼성당 투어를 안내하는 가이드들은 긴 망토를 걸치고 있었는데, 해리포터와 친구들에게 마법을 전수해 주는 호그와트 마법학교 선생님들과 닮았다. 해리포터가 자신의 분신과 같은 부엉이 헤드위그를 날려보낸 곳은 더럼성당 안뜰이다. 영화 〈해리포터〉가 히트하면서 이곳을 찾는 관광객이 급증했고, 침체되었던 더럼 지역은 활기를 되찾았다. 간절히 기도하면 모든 소원이 다 이루어질 것 같은, 조앤 K. 롤링이 좋아하는 특별한 장소에서 해리포터의 마법이 시작된 것이다.


## 자유로운 글쓰기를 갈망하는
## 스코틀랜드 마법의 성 안주인

조앤은 2012년 성인 독자를 대상으로 소설 《캐주얼 베이컨시》를 선보여 사전 주문 판매만 100만 부를 넘기는 등 인기를 끌었으나 평단에서는 냉담한 평가를 받았다. 스코틀랜드 에든버러의 신문을 펼치니 마침 그녀의 기사가 실려 있었다. "카페 작가 조앤 K. 롤

링은 니콜슨 카페에서 글을 쓰던 시절을 그리워한다. 그녀는 새로운 영감을 얻기 위해 카페에서 글을 쓰기를 원하지만…… 너무 유명해져서 이제는 불가능한 일이 되어 버렸다.”

지금까지 번 돈을 다 토해 내서라도 예전에 카페에 앉아서 자유롭게 글을 썼던 경험을 다시 하고 싶다는 이야기까지 하는 걸 보면, 아무리 돈을 많이 벌어도 그녀는 천생 작가다. 비록 궁핍하고 눈물겨운 시절이었지만 유모차를 밀며 거리를 자유롭게 쏘다니던 시절은 아름다운 추억이 되었다. 친구들과 마음껏 수다를 떨고 맥주를 마시던 젊은 시절의 자유를 그리워하는 그녀는 작품의 영감이 잘 떠오르지 않아 고민이라고 했다. 연하의 스코틀랜드 출신 의사 남편과 결혼하여 두 남매를 더 낳고 스코틀랜드의 퍼스에 있는 마법의 성 안주인으로서 행복하지만 지금이라도 다시 에든버러의 카페에 앉아 글을 쓰고 싶다고 고백한다.

2013년 7월 신예 작가 로버트 갤브레이스의 《쿠쿠스 콜링》이 인터넷 서점 아마존에서 판매 순위 1위로 올라섰다. 아프가니스탄에서 부상으로 다리를 잃은 탐정 코모란 스트라이크가 슈퍼모델의 죽음을 파헤치면서 드러나는 이야기를 다룬 추리소설이다. ‘로버트 갤브레이스’가 조앤 K. 롤링의 가명이라는 사실이 알려지면서 책은 불티나게 팔리기 시작했고, 런던 주요 서점가의 《더 쿠쿠스 콜링》 재고는 순식간에 바닥을 드러냈다. 조앤은 편견에서 벗어나 자유롭게 글을 쓰고 싶어 가명을 사용했다고 밝혔다. 하지만 그녀는 이제 그마저도 어렵게 되었다고 아쉬움을 표했다. “로버트 갤브레이스로 사는 일은 정말

자신이 창조해 낸 해리포터로 유명 작가가 되고 돈도 많
이 벌었지만, 정작 가장 좋아하는 장소에도 맘대로 가지
못하게 된 조앤 롤링, 글이 막힐 때는 에든버러에 오지
만 지금은 엘리펀트 카페가 아닌 에든버러 밸모럴 호텔
(위)에서 글을 쓴다고 알려졌다. 조앤에게 가장 필요한
것은 어쩌면 상상력을 만들어 내고 자유롭게 글을 쓸 수
있는 공간일지도 모른다.

자유로웠기에 비밀을 좀 더 간직하고 싶었어요. 작품에 대한 과도한 기대와 홍보 없이 독자와 평단의 반응을 얻는 것은 큰 즐거움이었는데……."

· 4부 ·

나를 울게
내버려두지 마라

# 트레이시 에민
## Tracy Emin

———

마게이트를 현대미술 중심지로
부상시킨 '고백의 여왕'

## 어질러진 침대도 당당하게 공개하는
## 배짱에 매료되다

스타킹과 속옷이 널려 있는 개인 침실을 모르는 사람에게 공
개할 수 있을까? 영국을 대표하는 현대미술가들인 yBa 전시
회에 갔다가 〈나의 침대(My Bed)〉라는 통쾌한 작품을 만났
다. 얼룩이 묻은 시트, 속옷, 스타킹, 콘돔, 빈 병, 담배꽁초, 슬
리퍼 등이 늘어져 있는 침실을 그대로 옮겨 놓고는 예술 작
품이라고 용감하게 주장하는 아티스트, 트레이시 에민! 사생
활이 적나라하게 노출된 작품으로 유명해진 트레이시 에민
은 '침대 소녀(Bed Girl)'라는 별명을 얻었다. 이 작품은 영국
미술계의 큰손 찰스 사치(Charles Saatchi)에게 15만 파운
드(약 2억 7000만 원)에 팔렸고, 그녀는 하루아침에 yBa를
대표하는 여성 아티스트로 급부상했다. 지저분한 침대도 당
당하게 공개하는 그녀의 배짱은 도대체 어디에서 비롯된 것
일까?

## 마게이트 미친년에서
## 불량한 런더너로 진화하다

트레이시 에민은 1963년 터키 출신 아버지와 영국인 어머니 사이에서 태어났고, 쌍둥이 오빠 폴과는 친구처럼 지냈다. 그녀가 어린 시절을 보낸 마게이트(Margate)는 영국 동부 해안에 있는 한물간 휴양지로, 그녀에게 여러 가지 아픈 기억이 많은 곳이다. 어머니가 트레이시를 임신했을 당시 아버지에게는 이미 다른 여자가 있었고, 쌍둥이 남매가 태어난 후 두 집 살림을 했다. 터키 출신 무슬림이었던 아버지는 마게이트에서 제법 큰 호텔을 운영하기도 했으나, 트레이시가 일곱 살 때 사업이 실패해 가족은 뿔뿔이 흩어져야 했다.

가난한 다문화 가정 출신으로 가무잡잡한 외모의 트레이시는 백인 친구들에게 왕따를 당했고, 학교 공부에는 별 흥미가 없었다. 학교를 일찌감치 그만두고 가출하여 방황하던 날라리 소녀 트레이시 에민은 열세 살 때 동네 소년들에게 집단 성폭행을 당했다. 철없는 남자애들은 범죄 사실을 반성하기는커녕 '미친 트레이시'라고 놀리며 그녀를 더욱 심하게 괴롭혔다. 고향 마게이트는 트레이시에게 더 이상 '꿈의 나라(Dream Land, 희망의 공간)'가 될 수 없었고, 몸과 영혼의 상처가 깊었던 그녀는 긴 방황을 시작했다. 그녀는 예술가로 성공하여 꼭 복수하겠다는 꿈을 안고 고향 마게이트를 쓸쓸히 떠났다.

트레이시 에민은 10대 후반부터 로체스터(Rochester)의 메드웨이 디자인학교에서 패션을 공부하며 남자친구 빌리 차일디시(Billy Childish)

를 만났고, 20대 초반에는 메이드스톤 미술학교에 진학하여 회화를 배웠다. 1987년 런던의 왕립미술원에 입학하여 회화 전공으로 석사 학위를 받았지만, 그녀는 위선자로 가득한 왕립미술원에서 배운 것이 별로 없으며 매우 힘든 시기였다고 고백했다. 그녀는 에드워드 뭉크와 에곤 실레의 작품에 끌렸고, 고통받는 예술가를 표현한 작품을 주로 그렸다.

당시 트레이시 에민은 과음, 흡연, 자유로운 성생활을 즐기는 등 남의 눈치 보지 않고 제멋대로 살아가는 '불량한 런더너(Londoner)'였는데, 주변 사람들은 그녀를 '마게이트 미친년(Mad Tracy from Margate)'이라고 조롱했다. 하지만 그녀는 전혀 주눅 들지 않았고, 단 한 번도 자신이 촌스러운 해양 휴양지 마게이트 출신임을 숨기거나 부끄러워하지 않았다. "그래. 나, 마게이트 촌년이다. 그런데 미치지 않고 어떻게 예술을 하지? 언젠가는 나를 놀린 사람들 모두 혹독한 대가를 치러야 할 거야"라고 화를 내며 대꾸하곤 했다.

1980년대에 영국을 이끈 대처 수상은 시장주의 원칙에 입각해 예술가들도 다른 사람들처럼 "스스로 헤엄을 치거나 아니면 가라앉아야 한다"고 다그치며, 문화·예술 분야 지원을 담당하는 예술위원회 예산을 대폭 삭감했다. 예술가들의 분노와 대처의 정책에 대한 반감은 극에 달했지만, 아이러니하게도 대처는 예술가들의 창작열에 불을 댕겼다. 대처를 비판하는 창의적이고 기발한 예술 작품이 무더기로 쏟아져 나왔고, 대처 집권 말기인 1980년대 후반에는 런던 골드스미스대학 출신 젊은 예술가들이 주축이 된 yBa가 급부상했다. 이들은 1988년 빈 창고를

트레이시 에민의 아버지가 운영하던 호텔이 있던 곳
(위), 자유롭고 틀에 얽매이지 않는 에민에게 보수적인
왕립미술원은 적성에 맞지 않았다.(왼쪽) 1980년대 후
반 젊은 예술가들이 주축인 yBa의 활약으로 런던은 현
대미술의 중심지로 부상했다.(아래)

무료로 빌려 기획한 '프리즈(Freeze)'라는 자유분방한 전시를 통해 세상에 알려졌는데, 당시 프리즈 전시를 주도한 데이미언 허스트(Damien Hirst)는 영국에서 가장 부유한 예술가가 되었다.

대처 수상과 보수당의 정치 광고를 도맡아 한 유능한 광고기획자이자 영국 미술계의 큰손인 찰스 사치는 yBa의 전시를 후원하고 이들의 도발적인 작품을 사들여 yBa 붐을 일으킨 숨은 공로자였다. 토니 블레어 전 수상의 '쿨 브리타니아(Cool Britannia)' 국가 이미지 정책이 이어지는 가운데 파리, 뉴욕에 비해 한참 뒤처져 있던 런던은 '대처의 아이들'로 불리는 yBa의 활약에 힘입어 현대미술의 중심지로 급부상했다. 한편 대처 정부는 소상공업을 장려하기 위해 '기업 개설 수당'을 만들어 주당 40파운드를 지급했는데, 그 덕분에 트레이시 에민은 《코믹 비즈》라는 잡지를 창간할 수 있었다. 예술가들은 모순과 역설로 가득한 세계 속에서 누구도 예측할 수 없는 우연을 만들어 내는 특별한 존재들 같다.

## 감정적 자살 상태로 3년을 보내다

트레이시 에민은 20대 초반에 이미 낙태를 한 적이 있었다. 예술대학에 다니는 가난한 학생으로서 아이를 낳아 기르는 일은 너무나 큰 희생이 필요했고, 어머니가 되려면 예술가의 꿈은 아예 접어야 했다. 낙태 수술 후 의사는 트레이시에게 앞으로 임신하기 어려울 것이라고 경고했고, 그녀는 "비록 아이는 포기하지만 대신 꿈은 잘 키워 꼭 출산하겠다"고 다짐했다. 그런데 20대 후반, 그녀는 다시 전혀 예상치 못한 임신을 하게 되었다.

어렵게 생긴 아이인 데다 자신이 어머니가 될 수 있는 인생의 마지막 기회라고 생각하니, 트레이시의 머릿속은 복잡해졌다. 하지만 그녀는 예술가의 꿈을 포기할 수 없었고 무엇보다 아이에게 가난을 대물림할 수는 없다는 판단을 내렸다. 낙태 수술을 결심하고 병원에 가는데, 바로 앞에서 종교 단체에서 나온 사람들이 '낙태 금지' 푯말을 들고 시위를 벌이고 있었다. 차가운 수술대에 오르면서 그녀는 단 몇 달이지만 자신과 피와 살을 나눈 불쌍한 태아를 생각하며 눈물을 흘렸다.

아픈 몸과 우울한 마음을 간신히 추스르고 집에 돌아왔는데, 심한 복통은 가라앉지 않았다. 통증이 점점 더 심해지자 그녀는 택시를 잡아타고 병원 응급실로 향했다. 차에서 내리기 위해 남자친구의 부축을 받아 일어서는 순간 다리 사이로 뭔가 툭 떨어졌다. 수술이 제대로 마무리되지 않아 죽은 태아가 그대로 뱃속에 남아 있었던 것이다.

충격적인 낙태를 경험한 후 트레이시는 생의 모든 의욕을 잃었다. 1992년 그녀는 그동안 만든 작품을 모두 불태우고 지인들과 연락도 끊어 버렸다. 그리고 감정적 자살 상태(emtional suicide)에 빠져 알콜에 의지해 지옥 같은 3년을 보냈다. 캄캄한 어둠 속에서 절망하던 그녀는 자신이 진짜 원하는 것이 무엇인지, 무엇이 되고 싶은지 치열하게 고민하기 시작했다. 자신을 버린 아버지를 이해하고 용서하기 위해 터키와 사이프러스를 여행하기도 했고, 미국을 횡단하는 여행을 떠나기도 했다. 어린 시절 예술가뿐 아니라 작가, 댄서, 배우가 되고 싶었던 그녀는 순수했던 꿈의 세계를 다시 만나기 위해 고향 마게이트로 돌아갔다. 푸른 하늘에 이글거리는 태양이 밝게 빛나던 어느 날, 트레이시는 마게이트의 바다를 무심히 바라보고 있었다. 넘실거리는 파란 바다 위를 자유롭게 날아가는 새들을 보며 그녀는 갑자기 깨달음을 얻었다. '신이 나를 필요로 하는 것처럼, 나에게는 예술이 필요하다.' 삶의 희망을 되찾은 그녀는 다시 태어났다. 그 후로 그녀의 작품에서 새는 자유의 아이콘, 신의 메신저로 자주 등장한다.

## 친구와 장난삼아 시작한 가게, 런던 이스트엔드의 전설이 되다!

다시 런던으로 돌아온 트레이시 에민은 조금씩 글을 쓰고 그림을 그리기 시작했다. 외설적인 작품으로 유명한 사라 루카스를 우연히 만난 트레이시 에민은 그녀와 의기투합해 조그만 가게를 열었다. 허름한 런던 동부의 오랫동안 비어 있던 점포를 개조하여 예술가의 감성을 담은 티셔츠, 머그컵 등 장난스러운 잡동사니 소품을 팔기 시작한 것이다. 지금은 부동산 가격이 급등하고 물 좋은 핫플레이스가 되었지만, 당시만 해도 치안이 불안하고 저개발된 지역이었기에 젊은 예술가들이 싼 임대료를 내고 쉽게 장사를 시작할 수 있었다. 1993년 서른 살의 트레이시 에민은 '더 숍(The Shop)'이라는 단순한 간판을 내걸고 사라 루카스와 함께 장난삼아 만든 펑키한 물품을 팔았다. 이 소박한 가게는 트레이시 에민과 사라 루카스가 yBa를 대표하는 예술가로 유명

트레이시 에민은 충격적인 낙태
를 경험하고 감성적 자살 상태에
서 3년을 보냈다. 고향 마게이트
에서 자유로운 새를 보고 깨달음
을 얻은 이후 그녀의 작품에서 새
는 자유의 아이콘으로 자주 등장
한다.

해지자 런던 이스트엔드의 전설이 되었다.

어린 시절부터 가난을 경험한 트레이시 에민은 또순이 예술가이자 부동산 알부자로 유명하다. 예술 작품을 판매한 돈을 억척스럽게 잘 모아 부동산에 투자하는 방식으로 재산을 불려 간 트레이시 에민은 2001년 30억 원 가량을 들여 이스트엔드의 유서 깊은 저택을 작업실로 구입했다. 런던의 부동산 붐을 타고 지금은 최소한 서너 배가 올랐을 것으로 추정되는 이 건물은 17세기 프랑스의 종교 박해를 피해 영국으로 대거 이주한 위그노 교도가 실크를 짜던 공장이었다. 이불 위에 천 조각을 바느질해 붙여 넣는 아플리케 작업을 많이 하는 트레이시 에민은 유서 깊은 이 공간이 마음에 들었다. 역사적 건물이 상업화의 물결에 술집이나 레스토랑으로 변하는 것을 막고 싶었던 그녀는 당시 시세보다 비싼 값에 이 건물을 구입했다.

1982년부터 시작해서 거의 30년을 이스트엔드에서 산 트레이시 에민은 (비록 자신의 부동산 가치는 상승했지만) 무분별하게 빠른 속도로 진행되는 이스트엔드의 재개발을 반대한다. 2008년 3월 당시 런던 시장이었던 켄 리빙스턴에게 분노에 찬 항의 서한을 보내기도 했는데, 이스트엔드 지역의 재개발 사업이 지역공동체를 해체할 뿐 아니라 예술 중심지로서의 런던의 위상을 위협하고 있다는 내용이었다. 다른 예술가들도 자본주의 논리로 무장한 개발업자들을 '기업적 약탈자'라고 비난하면서 트레이시 에민의 주장에 힘을 보탰다. 실제로 사라 루카스를 비롯해 런던에서 활동했던 예술가들은 이스트엔드의 높은 임대료와 살인적인 물가를 견디지 못하고 베를린이나 다른 영국 지역으

런던 이스트엔드는 트레이시 에
민의 작품처럼 펑키한 그래피티
가 넘쳐나고 2만 명이 넘는 예술가
들이 빛을 발하는 지역이었다. 그
녀는 이 지역의 재개발 사업을 반
대해 시장에게 항의 서한을 보내
기도 했다.

로 이미 옮겨 갔다는 후문이다. 2만 명이 넘는 예술가가 거주했던, 유
럽 최대의 아티스트 커뮤니티로 인기가 높았던 런던이 빛을 잃어 가
고 있는 것이다.

트 레 이 시 의   첫   숍 을   찾 아 가 다
## 트레이시 에민의 왕언니를 만나다!

　그녀의 첫 번째 숍이 있었던 베스널 그린 로드(Bethnal Green Road)
103번지를 찾아갔다. 2012년 런던 올림픽을 즈음하여 개통한 전철
역, 쇼디치 하이스트리트(Shoreditch High Street) 주변 지역은 그래피
티로 뒤덮여 있어 발랄한 예술가들의 에너지가 느껴졌다. 하지만 아
이러니하게도 이 지역을 펑키하게 만든 가난한 예술가들은 비싼 임
대료를 견디지 못하고 떠나 버린 듯했고, 대신 화이트칼라 직장인,
중산층 가족들의 주거지로 개발이 한창이었다. 트레이시가 운영하
던 '더 숍'은 이미 오래전에 사라졌지만, 예술가들의 창조적 에너지
가 넘치는 공간의 분위기는 그대로였다. 그래피티가 가득한 골목을
지나 발견한 트레이시의 '더 숍' 자리는 패셔너블한 아동복 상점으
로 변해 있었다. 특히 보라색의 문구가 프린트된 아기 옷이 앙증맞
았는데, 트레이시가 이 옷을 보았다면 젊은 시절의 아픈 상처가 떠
올랐을 것 같아 기분이 묘했다. 아기 옷을 구경하며 새로운 가게 여
주인과 이런저런 이야기를 나누고 있는데, 왠지 트레이시 에민의 분
위기가 느껴지는 한 여인이 갑자기 등장했다.

"혹시, 트레이시 에민을 아세요? 저는 한국에서 온 그녀의 팬이고, 트레이시에 대한 책을 쓰기 위해 여기까지 왔어요."

"당신 참 운이 좋군. 내가 바로 트레이시에게 이 가게를 소개해 준 사람이야. 나처럼 트레이시를 잘 아는 사람도 아마 없을걸. 트레이시가 우리 펍에서 술도 엄청 마셨지. 자네도 우리 펍에 와서 술 한 잔 하고 가. 당신이 왠지 마음에 들어."

그녀의 이름은 샌드라. 이탈리아 출신으로 런던의 이스트엔드에서 유서 깊은 펍을 수십 년간 운영해 온 그녀는 즉석에서 나를 초대할 정도로 화통한 여사장이었다.

샌드라의 펍으로 가는 길에 만난 동네 주민들은 그녀와 모두 반갑게 인사를 나누었고, 나는 그녀 덕분에 갑자기 트레이시 에민이 사는 동네 주민이 된 것 같았다. 동네 사랑방 같은 그녀의 펍은 맥주를 마시며 즐겁게 수다를 떠는 손님들로 가득했다. '트레이시 에민의 왕언니'를 자처하는 솔직하고 화끈한 성격의 샌드라는 긍정의 에너지와 해피 바이러스로 모두를 유쾌하게 했다. 샌드라는 자신의 펍 외벽 창문에 걸려 있는 분홍색 네온사인을 가리키며 이야기를 이어 갔다.

"트레이시가 뜨기 전에, 우리 집에서 외상으로 술을 참 많이 마셨지. 트레이시가 고생하고 힘들어할 때 내가 많이 챙겨 줬더니, 고맙다고 술값 대신 나에게 준 선물이야. 아마 여기서 제일 값나가는 물건이 아닐까 싶네. 트레이시가 예술가로 성공해서 너무 기쁘고 참 대견해. 아, 트레이시가 새로 장만한 숍에 한번 같이 가볼래? 부동산

지금은 아동복을 파는 상점으로 바뀐, 트레이시가 친구와 함께 열었던 첫 숍.(위) 에민의 왕언니 샌드라(왼쪽)는 쾌활하고 긍정적인 에너지로 모두를 즐겁게 했다. 샌드라의 펍에 걸려 있는 트레이시 에민의 네온 사인 작품.(왼쪽 아래) 에민의 아트숍인 '에민 인터내셔널'은 젠트리피케이션 현상으로 부동산 가치가 급상승하는 위치에 자리 잡고 있다.(오른쪽 아래)

투자를 잘해서 이제는 재벌이 다 됐어."

나는 샌드라의 안내로 'Emin International'이라는 간판을 내건 트레이시 에민의 아트숍을 찾았다. 런던 동부의 금융 중심가가 코앞인 이 지역은 yBa를 배출한 화이트 큐브(White Cube), 화이트채플 갤러리(Whitechapel Gallery) 등 런던 이스트엔드의 대표적인 갤러리와 가까워 입지가 환상적인 데다 젠트리피케이션(Gentricfication, 주택 고급화) 현상으로 부동산 가치가 급상승하고 있어 재테크 측면에서도 좋은 투자처였다. 샌드라 같은 의리 있는 친구들이 언제나 반갑게 맞아 주는 이곳은 트레이시 에민에게는 제2의 고향처럼 포근하고 편안한 장소임이 분명하다.

## 영국 미술계의 큰손, 컬렉터 사치도 질리게 한 진정한 예술가?

감정적 자살 후 고통스러운 시기를 힘겹게 견뎌 낸 트레이시 에민은 사라 루카스의 격려를 받으며 어두운 터널을 조금씩 빠져나왔다. 1993년 트레이시 에민은 자신의 창조적 잠재력에 월 20파운드를 투자해 달라는 편지를 사람들에게 보냈다. 그녀의 편지에 답한 사람들 가운데는 후에 그녀 작품의 판매상이 되는 제이 조플링(Jay Jopling)이 있었다. 조플링은 자신의 갤러리 '화이트 큐브'를 런던에 개관하면서 트레이시에게 전시회를 제안했는데, 이 전시회의 이름은 '나의 회고전'(My Major Retrospective, 1994)이었다. 지극히 개인적인 삶의 흔적들을 그대로 보여준 그녀의 전시는 성공적이었는데, 방 안 곳곳에 널려 있는 낙서와 메모, 일기, 어린 시절의 사진들, 자살을 시도하며 파기해 버린 회화 작품들을 찍은 사진들은 그곳을 관객들이 그녀의 지난 삶과 아픈 상처를 그대로 느낄 수 있는 공간으로 만들었다.

보수적인 이미지의 영국을 도발적인 현대미술의 중심지를 부상시킨 yBa 중에는 트레이시 에민 같은 가난한 노동자계급이나 이민자 출신이 많았다. 헝그리 정신으로 무장한 이들은 1980년대 후반 임대료가 싼 재개발 지역의 대안 공간에서 전시회를 열었고, 일상적이고 세속적인 소재를 이용해 아웃사이더 특유의 감수성과 외설적 메시지, 문화적 다양성을 표현한 작품들을 적극적으로 마케팅하고 나섰다.

자유분방하고 개성이 강한 예술가들이 많은 미술대학에서도 트레이시 에민은 '문제아(big problem)'였는데, 심지어 찰스 사치가 주관하는 전시회가 다가와도 눈 하나 깜짝하지 않고 게으름을 피웠다. 밤새 술을 마시고 스튜디오에 찻잔, 술병, 쓰레기, 담배꽁초 등을 늘어놓기 일쑤였고, 미술대학 교수들은 그림을 그리라고 야단을 쳤다. 하지만 그녀는 주위의 염려와 비판에도 아랑곳하지 않고 당당했으며, 오히려 지저분한 침실을 그대로 재현한 작품 〈나의 침대(My Bed)〉를 전시회장으로 보내 버렸다. 하지만 대중의 폭발적인 호기심 덕에 트레이시는 스타 예술가가 되었고, 결국 찰스 사치마저 수억 원을 들여 그녀의 작품을 구입하기까지 한 걸 보면…… 교수나 비평가, 심지어 돈줄을 쥔 컬렉터 앞에서도 기죽지 않는 배짱을 지닌 그녀야말로 진정한 예술가가 아닐까?

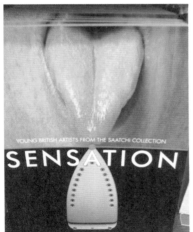

트레이시 에민과 잤던 사람들의 이름으로 가득 채워진 작품 〈나와 함께 잤던 모든 사람들 1963-1995〉. (위) 트레이시 에민은 음주, 낙태, 섹스, 자위행위 등 자신의 모든 경험을 작품을 통해 솔직하게 그대로 보여준다.

트레이시 에민은 〈나와 함께 잤던 모든 사람들 1963~1995(Everyone I Have Ever Slept With 1963~1995)〉이라는 선정적인 제목의 텐트 작품을 선보였는데, 이 작품은 1997년 그녀의 모교이기도 한 런던의 왕립미술원에서 개최된 '센세이션'전에도 출품되었다. 이 작품은 트레이시 에민이 데이미언 허스트와 더불어 yBa 중 가장 유명한 아티스트로 각광받는 계기가 될 정도로 장안의 화제를 불러일으켰다. 언론은 대중의 말초적인 호기심을 자극하며 앞다퉈 작품 사진을 신문에 대문짝만 하게 실었고, 대중은 '이 여자가 도대체 얼마나 많은 남자랑 잤을까' 하고 궁금해했다. 하지만 조그만 텐트 안에는 트레이시가 태어났던 1963년부터 작품을 만든 1995년까지 작가가 잠자리를 함께했던 102명의 이름—빌리 차일디시 같은 실제 남자친구부터 자신을 키워 준 할머니, 어머니, 쌍둥이 오빠 폴, 친구, 낙태로 생명을 얻지 못한 아기까지—이 빼곡하게 수놓여 있었다. 분명 '함께 잤던'이라고 했을 뿐인데도 제멋대로 '섹스했던'으로 상상한 사람들은 그녀에게 한방 먹은 셈이다.

자신의 지극히 사적인 경험과 기억을 관객들과 공유해 온 트레이시 에민은 수필, 영화, 드로잉, 네온사인, 아플리케, 조각 등 다양한 매체를 활용한 새로운 예술의 가능성을 계속 실험한다. 트레이시 에민은 섹스나 자위 장면을 적나라하게 묘사하거나 낙태의 충격을 표현한 작품을 창작하는 등 보통의 여자라면 감추고 싶을 은밀한 욕망과 치부를 적나라하게 드러낸다. 자신의 추억 속에 남아 있는 모든 경험과 감정을 이름이나 단어, 문장으로 끄집어내어 천이나 쿠션 등에 바느질로 작업해 붙이기도 하는데, 이불·의자·텐트 등 일상의 오브제에 자신의 사랑·고통·존재의 문제를 새겨 넣는 과정을 통해 그녀는 과

거의 아픈 상처를 스스로 치유하는 듯하다. "예술가가 된다는 것은 단지 멋진 작품을 완성하거나 사람들에게 찬사를 받는 것이 아니라 일종의 메시지, 또는 의사소통이다"라고 주장해 온 트레이시 에민은 장르의 경계를 자유롭게 넘나드는 전위예술가다.

## 신문기자들이 자꾸 찾는 예술가가 된 비결

대부분의 사람들은 묻어 버리고 싶은 치욕적인 과거와 지극히 내밀한 개인의 흔적들을 거리낌 없이 열어 보이는 그녀는 '고백의 여왕'이라는 별명을 갖게 되었다. 트레이시 에민의 전시장에는 리얼리티 TV쇼와 유사한 방식의 비디오 작품이 자주 등장하는데, 카메라 앞에 민낯으로 등장하여 자신이 살아온 삶, 사랑, 돈, 섹스에 대해 솔직하고 거침없는 멘트를 날린다. "비밀을 간직하는 것이야말로 가장 위험한 일"이라고 생각하는 트레이시 에민은 하룻밤에 수십 장의 외설적인 누드 크로키를 스케치하고 다리를 벌리고 앉아 게걸스럽게 돈을 끌어 모으는 자기 자신을 담은 사진 작품을 창작하는 등 다양한 매체와 수단을 동원해 자신의 솔직한 감정과 욕망을 자유롭게 표현했다. 낡은 싸구려 침대와 온갖 잡동사니들로 가득 찬 작품 〈나의 침대〉가 많은 사람들의 관심과 공감을 이끌어 내는 이유는 그 안에 고통스러웠던 과거를 용감하게 직시하고 절망을 딛고 일어서려 했던 그녀의 처절한 노력과 진심이 담겨 있기 때문이 아닐까?

독특하고 자유분방한 성격의 트레이시 에민 주변에서는 사건 사고가 끊이지 않는다. 영국 공영방송 BBC에 술에 잔뜩 취한 트레이시 에민이 출연하여 인터뷰하는 장면이 그대로 방영되어 논란을 불러일으킨 적도 있었다. 고상한 척 위선 떨지 않고 그 누구의 눈치도 보지 않고 자신의 생각과 느낌을 솔직하게 표현해 버리는 '돌직구'가 장기인 트레이시 에민! 그녀의 화법과 글쓰기 방식은 그녀의 예술 작품 못지 않게 직설적이고 과격하다. 그녀는 센세이셔널한 특종에 목말라하는 기자들이 가장 선호하는 예술가가 되었다(트레이시 에민이 비비안 웨스트우드의 옷을 자주 입고 그녀의 패션쇼 모델로 활약할 정도로 서로 마음이 잘 통하는 친구가 된 것은 어쩌면 당연해 보인다).

## 수치심마저 예술로 승화시키다
감동적인 헤이워드 갤러리 개인전

'사랑은 당신이 원하는 모든 것(Love Is What You Want)'이라는 낭만적인 제목으로 2011년 여름 영국 미술계를 뜨겁게 달군 트레이시 에민의 개인전은 감동 그 자체였다. "아무리 사소한 것이라도 모두 예술 작품이 될 수 있다"는 그녀의 예술관은 장르를 자유롭게 뛰어넘는다. 전시관의 한쪽 벽면을 뒤덮고 있는 다채로운 퀼트는 쪼가리 천 조각을 한땀 한땀 바느질해 붙인 아름다운 작품이다. 과거의 아픈 상처를 치유하기 위해 명상하듯 작품을 만들었을 그녀를 상상하니 퀼트 작품이 더 의미 있게 다가온다. 헤이워드 갤러리 인근 워털루에

헤이워드 갤러리에서 'Love Is What You Want
: 수치심마저 예술로 승화시키다'라는 제목으로
열린 트레이시 에민 개인전. 아무리 사소한 것이
라도 모두 예술 작품이 될 수 있다는 그녀의 예술
관을 확인할 수 있었다.

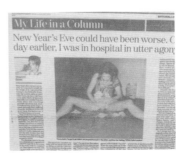

서 학교를 다니고, 빈 공간을 활용해 작품 전시를 한 적도 있는 그녀였기에 이곳에서의 전시는 특별하게 느껴졌을 것 같다.

트레이시 에민의 작업은 회화, 드로잉, 콜라주, 퍼포먼스, 사진, 영상까지 다양한 장르와 소재를 넘나드는데, 특히 사랑, 이별, 낙태, 가족, 친구 등 개인적인 경험을 텍스트로 표현해 관객들은 마치 그녀의 비밀 일기장을 훔쳐보는 듯한 느낌을 갖게 된다. 특히 관객과의 직접적인 소통을 중시하는 그녀의 네온아트 작품은 "아름답고 시적이다"라는 평가를 받고 있다. 그녀는 켄트대학, 런던 메트로폴리탄대학 등으로부터 명예박사 학위를 받았고, 자신이 한때 혐오했던 왕립미술원의 교수로 임명되었다. 그녀는 수백 년 모교의 역사에서 교수가 된 두 번째 여성이었고, 2007년 베니스 비엔날레에서는 역시 여성 작가로는 두 번째로 영국관 대표 작가로 선정되는 영예를 안았다.

음주, 낙태, 섹스, 자위행위 등 자신의 모든 경험을 솔직하게 그대로 다 보여주는 그녀의 작품을 비평가들은 유치하고 지나치게 외설적이라고 비판하기도 한다. 하지만 평범한 관객들은 그녀의 작품을 통해 오히려 공감과 카타르시스를 느끼고, 무엇보다 자신의 숨겨진 상처를 직시하고 극복할 수 있는 힘과 용기를 얻는 것 같다. 트레이시 에민은 자유를 상징하는 두 마리의 새가 입맞춤하는 그림 위로 "당신의 투지는 나에게 영감을 줘요. 그리고 사랑해요"라는 문장을 적어 선수들의 노력과 인간의 한계를 극복하는 투지를 예찬한 2012년 런던 올림픽 포스터를 제작하기도 했다. 딱 쉰 살이 되는 올해, 2013년에 영국 왕실로부터 영국 시각예술에 기여한 공로로 훈장을 받으며 영국을 대표하는 아티스트로 입지를 굳힌 그녀는 빡빡한 해외 전시 일정을 소화하며 전성기를 누리고 있다. '마게이트 촌년' 트레이시 에민이 결국 모두를 이긴 셈이다.

마 게 이 트 를   찾 아 가 다
## 트레이시 에민의 아름다운 복수

마게이트는 영국을 대표하는 19세기 풍경화가, 윌리엄 터너가 자주 찾은 바닷가 휴양지이기도 하다. 왕립미술원을 졸업한 천재 화가였던 터너는 아버지가 돌아가시자 큰 충격을 받았다. 우울증으로 고통스러워하던 터너는 런던을 떠나 마게이트를 자주 찾아 바닷가 풍경을 스케치했다. 마게이트의 바닷가 풍경이 특별히 아름다워서라기보다는 현지 술집 여주인이었던 사라 댄비 때문이었다. 중년의 미망인이었던 사라의 매력에 푹 빠져 있던 노총각 터너는 평생을 독신으로 지내며 그녀를 그리워했다. 마게이트 바닷가에는 '조개 부인'이라고 불리며 천재 예술가에게 영감을 주었던 사라를 기념하는 동상이 세워져 있다.

터너의 풍경화가 인기를 끌게 되면서 배경이 된 바닷가 풍경을 보기 위해 예술 애호가들이 마게이트를 방문했다. 최근에는 터너가 그린 바다를 한눈에 내려다볼 수 있는 터너 컨템퍼러리(Turner Contemporary) 미술관까지 개관하여 마게이트는 큐레이터 및 예술 관련 전문가들이 자주 찾는 예술 중심지로 급부상했다. 터너 컨템퍼러리 미술관의 또 다른 주인공은 트레이시 에민이었다. 실제로 미술

마게이트 해변에 위치한 터너 컨템퍼러리 미술관에는 에민의 자기 고백적이며 솔직한 작품들이 전시되어 있다.(위) 영국 인상주의 풍경화가 터너가 사랑했던 여인을 기념하는 조개 부인 동상.(왼쪽) 트레이시 에민 덕분에 한적하고 촌스러운 휴양도시에서 세련된 예술가들의 드림랜드로 변신 중인 마게이트.(아래)

관 개관 행사 때 그녀는 주요 연사로 초대되었으며, 미술관 기념품 점에서는 그녀의 작품을 모티브로 한 다양한 아트 상품들이 진열되어 있었다.

예술가의 지리적 경험과 상상력이 담긴 작품은 공공 미술, 관광산업, 장소 마케팅 등 다양한 영역과 연계되어 공간을 변화시키는 힘이 있다. 남자친구와 함께 지내던 해변의 방갈로를 통째로 뽑아서 전시장으로 옮겨 온 〈당신에게 한 마지막 말은 "날 여기 두고 떠나지마"였어(The Last Thing I Said to You was Don't Leave Me Here)〉 같은 작품이나 고향 마게이트 바닷가의 선착장을 재현한 설치예술 작품에는 그녀의 고향에 대한 지리적 상상력과 어린 시절의 추억이 담겨 있다. 트레이시 에민의 팬이라면 이런 작품들의 배경이 된 고향 마게이트에 꼭 한번 가보고 싶은 생각이 들 것이다.

두 걸출한 예술가 덕분에 촌스러웠던 휴양도시 마게이트가 핫플레이스로 주목받고 있다. 미술관이 들어서고 갤러리가 생겨 예술 관련 종사자들이 자주 이곳을 찾게 되자, 마게이트의 카페, 호텔, 레스토랑도 덩달아 호황을 맞았다. 한물간 여름 휴양지였던 마게이트는 윌리엄 터너와 트레이시 에민 덕분에 새롭게 변신 중이었고, 세련된 런더너들과 예술 애호가들의 취향에 맞춰 마게이트의 건물과 거리 풍경은 나날이 예뻐지고 있었다. 2013년 초봄 마게이트는 새로 시작하는 사람들이 뿜어내는 희망의 에너지로 밝게 빛나고 있었다. 보수적이고 칙칙한 케임브리지를 떠나 새로운 기회를 찾아 마게이트로 이사 왔다는 젊은 커플은 벽면에 하얀 페인트칠을 하며 그들의 꿈이 담긴 첫 카페를 열 준비를 하고 있었다.

트레이시 에민의 고향 마게이트는 더 이상 고통스러운 기억으로 가득한 실패자의 도시가 아니었다. 오히려 꿈을 꾸는 사람들을 끌어들이는 '꿈의 나라'로 거듭나고 있었다. 어린 시절 그녀를 놀리고 괴롭히던 말썽꾸러기 동네 남자애들은 모두 사라졌다.

가난한 다문화 가정 소녀의 아픈 상처에는 딱지가 떨어져 새살이 돋고 있었고…… 그녀는 '승리자의 아름다운 복수가 어떤 것인지' 제대로 보여주고 있었다.

도린 로렌스
Doreen Lawrence

———

대처 시대의 아픔을 치유하는
희망의 상징이 되다

## 올림픽 개막식 하이라이트에
## 희망의 상징으로 등장한 한 흑인 어머니

2012년 7월 28일 밤 런던 동부의 올림픽 주경기장에서 제30
회 런던 올림픽 개막식이 시작되었다. 올림픽 조직위원회에
서 선정한 '인류의 소망을 대표하는' 9명에 의해 올림픽기가
운반되었다. 반기문 유엔 사무총장과 함께 권투 선수출신 무
하마드 알리(미국), 세계적 지휘자 다니엘 바렌보임(아르헨
티나), 환경운동가 마리나 시우바(브라질), 마라톤의 황제 하
일레 게브르셀라시에(에티오피아), 노벨 평화상 수상자 리마
보위(라이베리아), 코소보에서 봉사 활동을 한 샐리 베커(영
국), 영국 인권단체 리버티의 샤미 샤크리바티 사무총장 등
쟁쟁한 인사들과 함께 '도린 로렌스'라는 평범한 흑인 여성이
등장했다. 인종차별주의자에게 살해당한 스테판 로렌스의
어머니 자격으로 참여한 것이다. 영국 사람들은 도린 로렌스
가 등장하자 눈시울을 붉혔고, 소외 계층을 배려하고 런던을
희망의 공간으로 바꾸겠다는 올림픽 조직위원회의 진정성을
믿게 되었다. 그녀는 어떻게 많은 영국 인들을 감동시키고 세
상을 바꾸는 희망의 상징이 되었을까?

## 자메이카에서 런던으로 입성하다

영국의 식민주의는 잔인했다. 인도의 장인들이 손으로 짠 천의 품질이 뛰어나 영국의 방직공장 기계로 짠 투박한 천이 경쟁이 되지 않자 인도 장인들의 손을 잘라 버릴 정도였다. 19세기 빅토리아시대 영국 귀부인들이 우아하게 즐기는 티타임에 필요한 차, 커피, 설탕의 수요가 급증하자 더 많은 플랜테이션 농장이 필요했다. 브라질이나 코스타리카 등 커피를 재배하기 좋은 곳은 이미 스페인이 장악한 뒤였기에 영국은 자메이카에 사탕수수와 커피 농장을 집중적으로 조성했다. 하지만 열악한 작업환경으로 노동자들이 자꾸 죽어 나가자 서부 아프리카 출신의 건장한 흑인 노예들을 강제 이주시켜 자메이카 농장에서 일하게 했다.

도린 로렌스는 1952년 자메이카에서 태어났다. 자메이카는 '레게의 전설, 밥 말리'의 고향이기도 하다. 1945년 백인 아버지와 흑인 어머니 사이에서 태어난 밥 말리는 작은 농촌 마을 트렌치타운에서 태어나 킹스턴 빈민가에서 자랐다. 정의롭고 평화로운 사회를 꿈꾼 열정의 뮤지션 밥 말리는 아름다운 가사로 자유와 희망을 노래했고, 자메이카 사람들은 어려서부터 밥 말리의 음악을 들으며 자랐다. 그녀가 두 살 때 어머니가 재혼하기 위해 영국으로 떠나 버리자 도린 로렌스는 외할머니 밑에서 성장했다.

도린이 어렸을 때 자메이카는 영국의 식민지였고, 커피 · 망고 · 바나나 · 사탕수수 등 상품작물을 재배하는 플랜테이션 농장이 많았다. 비록 풍족하지 않은 환경에서 부모님 없이 자랐지만 그녀는 열대의 풍요로운 자연에서 마음껏 뛰놀며 행복한 어린 시절을 보냈다. 도린은 여장부 같았던 외할머니의 사랑을 듬뿍 받으며 그녀에게 정직하고 용기 있게 사는 법을 배웠다고 회상한다. 자애롭고 남에게 베풀기를 좋아했던 도린의 외할머니는 동네의 중심인물이었고, 사람들은 어려운 문제가 생기면 그녀를 찾아와 상담을 받았다. 함께 의논하며 문제를 해결해 나가는 외할머니를 보면서 어린 도린은 세상을 살아가는 지혜와 서로 돕는 공동체의 소중함을 배울 수 있었다.

도린은 책 읽기를 좋아하는 학생이었고, 특히 어머니가 사는 영국을 동경했다. 언젠가는 런던에 사는 어머니를 만날 수 있으리라 믿으며 영어도 열심히 익혔다. 하지만 아홉 살 때 할머니가 갑자기 돌아가시자 그녀는 친척 집을 전전하는 천덕꾸러기 신세가 되었다. 어린 딸이 학교도 제대로 다니기 어려운 상황에 처하자, 재혼 후 새로운 가정을 꾸리고 살아가던 어머니는 결국 도린을 영국으로 초청하게 된다.

태어나 처음 히드로 공항에서 만난 어머니의 표정은 밝지 않았다. 자메이카가 독립한 1962년 전후로 영국으로 이주하는 자메이카 사람들이 급증했는데, 도린의 어머니도 그중 하나였다. 이들은 험한 일들을 마다하지 않고 적은 보수를 받으며 일했고, 영국 사회를 떠받치는 보이지 않는 하층 노동자계급을 형성했다. 좁은 집에서 재봉틀을 돌리며 많은 아이들을 길러야 하는 유색인종 워킹맘이었던 어머니의 삶은 고달프고 팍팍했다. 멀리서 온 딸을 반갑게 맞이할 만큼 여유 있는 상황이 아니었던 그녀는 멀리서 온 딸에게 따뜻한 정을 주지 못했다.

도린은 어머니의 차가운 반응에 실망했지만 곧 런던이라는 공간에 적응했다. 피곤하고 바쁜 어머니를 도와 동생들을 돌보고 빨래, 청소, 요리 등 집안일을 도맡아 하면서 학교 공부도 열심히 했다. 도린은 남동부 런던에서 고등학교를 마친 후 은행에서 첫 일자리를 구하는 데 성공했다. 가난한 이민자의 딸이 화려한 런던의 금융 중심지에 첫발을 내딛고 중산층으로 계급 상승을 할 수 있는 기반을 갖게 된 것이다. 컴퓨터가 없던 시대에 계산이 빠르고 정확했던 그녀는 은행에서 능력을 인정받게 되었다. 지하철과 버스를 갈아타고 출퇴근하면서 그녀는 작은 행복을 느꼈다. 어머니에게 더 이상 부담이 되고 싶지 않았던 그녀는 좋은 남편을 만나 하루빨리 자신만의 단란한 가정을 갖고 싶다는 꿈을 꾸었다.

## 세 아이의 어머니로 행복했던 시절
런던의 풍요로운 문화 예술 생활을 누리다

1970년 열여덟 살이던 도린은 같은 자메이카 출신의 열 살 많은 네빌 로렌스를 만나 2년 뒤에 결혼식을 올렸다. 당시 네빌은 가죽옷을 만드는 공장에서, 도린은 은행에서 일했는데, 네빌과의 첫 데이트는 런던 웸블리 공연장에서 자메이카 출신 레게 그룹의 콘서트를 관람하는 것이었다. 네빌은 성실한 직장인이자 집안일을 잘 돕는 자상한 남편이었고, 도린은 남편과 댄스파티를 함께 다니며 행복한 신혼 생활을 만끽했다. 1974년에는 첫아들 스테판이 그린위치 병원에서 태어났고, 런던 남동부에 집을 사 살림을 조금씩 늘려 가는 재미도

도린은 평화의 상징이자 레게의 전설인 밥 말리의 고향 자메이카에서 태어나 어린 시절을 보냈다.(오른쪽 위) 런던 금융계의 중심인 은행에서 일자리를 구했다는 건 가난한 이민자의 딸이 중산층으로 상승할 수 있는 기반을 가졌다는 것이다.(아래) 영국에서 육체노동으로 힘든 노동자 계층은 주로 이민자들로 구성되어 있다.(왼쪽)

쏠쏠했다.

성실한 네빌은 가족의 생일이나 기념일을 잘 챙겼는데, 가족과 함께 하는 크리스마스를 특히 좋아했다. 스테판의 첫돌을 즈음해서 도린은 고향인 자메이카를 가족과 함께 방문해 행복한 휴가를 보냈는데, 돌이 막 지난 스테판은 자메이카에서 처음 걸음마를 시작했다. 그 후 도린은 아들과 딸 하나씩을 더 낳아 삼남매의 어머니로서 평범한 일상 속의 작은 행복을 누렸다.

한국에서는 음악가나 화가 같은 예술가가 되려면 부모가 경제적 능력을 갖추고 있어야 하지만, 영국에서는 트레이시 에민 같은 다문화 가정의 소녀도 얼마든지 예술가의 꿈을 꿀 수 있다. 입장료를 받는 기획 전시나 교육 프로그램도 어린이들에게는 무료로 개방되어 가난한 노동자계층 아이들도 얼마든지 문화·예술을 향유할 수 있는 기회를 가질 수 있기 때문이다. 도린은 매일 신문을 읽고 도서관에서 책을 빌려 읽으며 지성을 길렀고, 아이들과 함께 런던의 박물관과 미술관을 부지런히 다니며 문화적 소양을 쌓아 나갔다. 문화·예술 공간뿐 아니라 공원 등 녹지 공간이 풍부한 런던은 장애인, 노약자, 특히 어린이를 배려하는 도시다. 영국에서 어린이와 청소년들은 버스, 기차, 전철 같은 대중교통이 무료이고, 아기가 타고 있는 유모차를 보면 모두 자리를 양보하거나 도와준다.

또한 런던은 연중 축제가 이어지는 다문화 도시이기도 하다. 런던의 노팅힐 카니발은 영국뿐 아니라 유럽에서도 가장 큰 축제인데, 자메이카 등 중남미 카리브해 연안에서 온 이주민들이 다채로운 민속 의상을 입고 신나는 음악에 맞춰 화려한 춤을 추며 행진하는 장관을 연

출한다. 도린 로렌스도 자메이카 출신 가족들과 교회에서 예배를 함
께 드리며 교제를 나누었고, 문화적 전통을 전수하는 다양한 축제와
예술 행사에도 참여했다.

## 대처 시대의 그림자, 낙후된 런던 동부
빈부 격차, 인종차별, 불안한 치안

　　　　런던은 연간 관광 수입만 200억 달러가 넘는 인기 있
는 관광지이고, 세계 금융의 중심지다. 영국 국내총생산(GDP)의 30퍼
센트인 6700억 달러가 런던에서 유통되고 500개가 넘는 외국 은행들
이 런던에 진출해 있지만, 런던의 모든 지역이 다 깔끔하고 세련된 것
은 아니다. 런던은 이스트엔드와 웨스트엔드로 크게 나눌 수 있는데,
우리에게 익숙한 런던은 웨스트엔드 지역으로 각종 박물관과 미술관,
버킹엄 궁, 국회의사당 같은 웅장한 역사적 건축물, 해로스 백화점, 리
젠트 거리 등 고급 쇼핑가가 몰려 있는 화려한 중심부다. 영국의 부자
들은 첼시 등 런던의 서부에 주로 살고, 백인 중산층 거주지도 런던을
둘러싼 그린벨트 외곽과 템스 강 상류 지역을 따라 형성되어 있다. 깨
끗한 물과 상쾌한 공기를 찾아 웨스트엔드를 중심으로 고급 주거지가
형성되고 외곽 지역으로 확장된 것이다.

　　반면 세계 여러 나라에서 온 이민자들의 삶의 터전인 이스트엔드 지
역은 완전히 다른 세상이다. 런던은 인구의 40퍼센트가 외국인이고,
300여 개의 언어가 사용되며, 60여 개의 종교가 뒤섞여 있는 다문화

도시이며, 세계에서 가장 불평등한 도시 중 하나이기도 하다. 영국 내 이민자들의 분포와 현황은 일찍이 아프리카 대륙에서 노예선에 실려 물건처럼 거래된 흑인 노예부터 1970년대에 노동력 확보를 위해 대거 수용한 아시아 출신 노동자에 이르기까지 무척이나 다양하다. 한때 전 세계 영토의 4분의 1을 차지해 해가 지지 않는 제국이었던 영국은 제2차 세계대전 이후 식민지가 독립하고 옛 식민지 출신자들이 대거 영국으로 역유입되는 진통을 겪어야 했다. 인도인 18만여 명, 파키스탄인 12만여 명, 방글라데시인 8만 5000여 명 등 100여 개국 출신 소수 인종 230만여 명이 주로 살아가는 런던의 동부와 남부 지역은 홍역, 수두, 결핵 등 전염병이 돌 정도로 비참하고 열악한 환경이었다.

대처 수상이 집권하던 1980년대에 영국은 경제 수치가 눈에 띄게 좋아지고 국가적 위신이 회복되었지만, 대처의 정책은 많은 영국 사람들에게 상처로 남았다. 상위 10퍼센트의 부자들이 최빈곤층보다 100배나 더 많은 소득과 재산을 가진 영국의 계급·계층 간 이동성은 그 어떤 선진국보다 낮다는 것이 경제협력개발기구(OECD)의 분석이다. 대처의 경제정책은 중산층을 두텁게 하겠다는 그녀의 의도와는 달리 주로 극소수의 상류층에게 혜택이 돌아갔고, 런던과 남부 교외 지역의 부동산 가격도 크게 올려놓았다. 맨체스터, 리버풀 등 영국 북부의 공업 도시들은 초토화되었으며, 유색인종과 이민자들이 받는 차별은 더 심해졌다. 애니타 로딕은 다음과 같이 강조했다. "인종차별주의는 너무나 자연스럽게 흘러내리는 머리카락처럼 우리의 마음을 쉽게 오염시킨다. 인종차별주의자가 되지 않도록 우리는 항상 조심해야 한다."

THE PINNACLE

런던 동부의 카나리워프 지역은 대처 시대 영국 사회의 변화를 극적으로 보여주는 공간이다. 전 세계에서 들어오는 물품들을 하역하던 부두 시설이 있던 도크랜드 지역에 금융 신도시가 조성되면서 고층 건물이 들어서고 경제는 활기를 띠었다. 하지만 경전철과 지하철, 시티공항이 들어오는 등 접근성이 좋아지고 재개발이 이루어지면서, 이민자 출신 하층민들은 더 열악한 생활환경인 외과 지역으로 쫓겨 나갔다. 개인주의와 경쟁, 탐욕과 이기심을 조장하는 문화 속에서 노조 활동을 억압하고 다른 의견을 가진 사람을 범죄자로 규정하는 경향이 강해지면서 영국은 선진국 중에서 가장 불평등한 나라 중 하나가 됐다. 런던 안에서도 서부의 첼시 같은 부촌이나 신흥 경제자유 지역 카나리워프에는 돈이 흘러넘쳤지만, 동부 지역의 가난한 이민자들은 일자리를 구하기도 점점 더 어려워지는 절망적 상황이었다.

대처가 통치하던 1980년대에는 사회복지 및 공공 예산이 축소되었고, 실업률이 높아진 런던 동부와 남부 지역의 치안은 극도로 불안해졌다. 19세기 빅토리아시대의 이스트엔드는 '연쇄살인마 잭 리퍼' 이야기가 나올 정도로 범죄율이 높았는데, 대처 정부가 공공 부문의 구조 조정을 단행하고 경찰 인력을 줄이면서 그 지역의 강력 범죄는 계속 증가했다. 일부 유색인종 청소년들은 꿈을 잃고 방황하거나 범죄에 가담하기도 했고, 길거리를 배회하는 흑인 청소년들은 백인 경찰에 의해 잠재적 범죄자 취급을 당했다. 인종 간 대립과 경찰에 대한 소수민족 주민들의 반감과 분노가 누적되어 있는 상태에서 작은 마찰이 대규모 폭력 사태로 번지기도 했다. 1990년대 초 런던 남동부의 낙후된 슬럼 지역은 밤이 되면 안전하게 다니기 어려운 무법천지로 변했다. 스테판이 살해당한 버스 정류장 부근도 폭력, 강탈, 살해 사건이 빈번하게 발생하는 우범 지역이었다.

## 아들 스테판의 죽음이 모든 것을 바꾸다

큰아들 스테판이 고등학교에 진학하고 막내딸 조지나가 초등학교에 입학하자 도린은 육아의 부담에서 벗어났다. 그녀는 아이들이 학교에 다닐 때 잠깐씩 보조 교사를 하면서 정식 교사가 되고 싶다는 꿈을 갖게 되었다. 평소에도 책과 신문을 꾸준히 읽으며 교양을 쌓아 왔던 그녀는 쉽게 교육대학에 합격했다. 마흔이 넘어 용기를 내어 교사가 되기 위한 공부를 시작한 것이다. 아이들에게는 자기 일은 스스로 알아서 하도록 가르치고, 느지막이 다시 시작한 공부에 재미를 느껴 가고 있었다. 그날은 대학 수업의 필수 코스인 버밍엄 현장 답사를 다녀와 피곤했기에 집에서 조용히 휴식을 취하고 있었다.

갑자기 초인종이 울려 현관문을 열자, 낯선 사람이 "당신의 아들이 죽었다"는 소식을 전했다. 아들이 친구 집에 놀러 갔다 귀가하기 위해 버스를 기다리던 중 살해를 당했다는 것이다. 그녀는 너무 놀라 아무 말도 하지 못했고, 그날 밤 이후 그녀의 모든 것이 바뀌었다.

개인적 불행이 닥치면 우리는 "산 사람은 살아야 한다"며 고통스러운 기억을 빨리 잊으려 한다. 유가족들은 가해자를 처벌받게 하거나 보상금을 받고 경제적 이익이라도 챙기는 것이 그나마 최선이라고 생각하고, 개인적인 상처를 되도록 건드리지 않고 조용히 사건을 마무리하고 싶어 하는 경우가 많다. 하지만 도린 로렌스는 고작 열여덟 살이었던 아들의 허무한 죽음 앞에서 절망하거나 무기력하게 대응하지 않았고, 더 넓은 시각에서 아들의 죽음을 바라보고 영국 사회를 바꾸는 작은 투쟁을 시작했다.

한 청소년이 살해를 당했는데, 경찰은 제대로 현장 조사도 하지 않았다. 오히려 스테판이 범죄자들과 어울렸고 이들과 범행을 저지르다 변을 당한 것 같다는 누명까지 씌우려 했다. 당시 런던 남동부에서는 유색인종 청소년들의 범죄율이 높아 이들에 대한 사회적 편견이 심했기에, 경찰이 스테판 사건에 대해 처음부터 편견을 가지고 수사를 진행한 것이다. 경찰은 살해 현장도 제대로 보존하지 않고, 용의자 수사도 제대로 하지 않는 등 총체적 부실 수사로 일관했다. 도린과 남편은 그런 상황을 도저히 이해할 수도 용납할 수도 없었다.

민주주의의 원조인 영국에서 어떻게 그런 일이 발생할 수 있을까? 만일 런던의 상류층 거주지에서 백인 학생이 살해당했다면 언론에서 대서특필하고 경찰도 철저하게 수사했을 것이다. 하지만 범죄와 폭력이 일상화된 런던의 가난한 남동부 지역에서, 그것도 흑인 청소년이 한밤중에 살해되었을 때는 이야기가 달랐다. 인종차별, 계급차별이 일상화되어 있었던 영국 사회에서 런던 남동부에 사는 흑인 청소년 스테판의 죽음은 조용히 묻힐 뻔했다.

아들이 잠재적 범죄자 취급을 당하고 경찰이 제대로 수사도 하지 않는 절망적인 상황에서 그녀는 아들 스테판의 시신을 고향에 묻기 위해 자메이카행 비행기를 탔다. 자신이 사랑했던 할머니의 옆에 아들의 묘지를 만든 그녀는 더 이상 무기력하게 침묵하지 않겠다고 다짐했다. 진실이 밝혀질 때까지 끝까지 투쟁해서 아들의 명예를 지켜 주고 그의 죽음이 헛되지 않도록 노력하는 것이 어머니로서 아들에게 줄 수 있는 마지막 선물이라고 생각했다.

무엇보다 길거리에서 아무 이유도 없이 처참하게 살해당한 아들과 같은 피해자가 더 발생해서는 안 된다는 생각에 인종차별적 관행이 뿌리 깊은 영국 경찰, 영국 법원, 영국 사회를 상대로 싸우기로 결심했다. 도린 로렌스와 가족들은 유색인종 이민자들이 주도하는 교회 공동체를 통해 상황을 알리고 도움을 요청했으며, 마침 영국을 방문 중이던 남아프리카공화국의 넬슨 만델라 대통령을 만나 천군만마를 얻었다. 만델라 대통령이 "스테판의 죽음은 우리 모두의 비극"이라고 유감을 표명하자, 그동안 아무도 관심을 갖지 않던 사건이 영국 사회를

스태판의 흔적을 찾아간 어느 해 절 녁, 20년 전 그
날 스태판이 바라본 하늘도 같은 색이었을까?(맨
위) 교회에서 나오는 길에 쓰러진 스태판을 발견한
부부는 경찰에 신고한 후 이곳에서 그를 위해 기도
했다고 한다.(왼쪽 위)

IN MEMORY OF
STEPHEN LAWRENCE
13.9.1974
22.4.1993
MAY HE REST IN PEACE

뒤흔드는 이슈로 떠올랐다. 자메이카계 이민 가정 출신으로 건축가를 꿈꾸던 평범한 고등학생, 스테판 로렌스의 죽음은 한 여성의 삶뿐 아니라 영국 사회를 통째로 바꾸는 계기가 되었다.


## 극심한 고통을 우아하고 침착하게 버려 내다

처음부터 쉽지 않은 상황이었다. 이미 아들은 죽었고, 그 슬픔만으로도 몸을 가누기 힘들었다. 그런데 영국 경찰과 법원은 비상식적으로 대응했다. 백인 청년 다섯 명이 용의 선상에 올랐지만 경찰 당국은 증거 불충분을 이유로 이들을 모두 풀어 줘 영국의 대표적인 '인종차별 수사'라는 비판을 받았다. 런던 경찰관들은 이 사건을 빨리 종결하려고만 했고(백인이었던 용의자의 아버지가 경찰에게 뇌물을 주었다는 사실이 나중에 드러났다), 부실한 경찰 수사에 근거한 재판은 스테판의 죽음과 관련된 실체적 진실을 제대로 규명하지 못했다. 역시 인종차별적이었던 영국 법원은 증거 불충분을 들어 피고들에게 무죄판결을 내렸다. 인권 운동 단체를 중심으로 영국 경찰과 사법부에 대한 비판이 고조되고 여론이 들끓었다. 당황한 경찰 당국이 스테판의 가족들과 공정한 수사를 촉구하는 사람들의 모임에 경찰을 잠입시켜 주도자들의 배경을 몰래 뒷조사해 흠을 잡으려 했다는 사실이 최근에 드러나기도 했다.

사람이라면 누구나 불행은 피하고 평탄하고 행복한 삶을 원한다. 일부러 불행을 선택하고 싶은 사람은 없겠지만 이미 벌어진 불행한 사건에 대하여 어떤 자세를 취하는가는 각자의 주체적 결단이다. 도린 로렌스는 진실을 밝히고 정의를 실현하기 위해 긴 투쟁을 시작했다. 아들의 죽음을 반복적으로 생각해야 하는 기나긴 재판 과정은 그녀에게는 극심한 고통이었을 것이다. 강한 열정과 에너지를 가진 애니타 로딕도 법정 싸움에 휘말리면서 스트레스가 심해져 갑자기 세상을 떠났고, 강인한 비비안 웨스트우드마저 맬컴과의 법적 분쟁 때문에 긴 침체기를 보내야 했다. 하지만 도린은 극심한 고통을 피하기보다는 직면하고, 어려운 법률 용어를 공부해 가며 정면 돌파하는 길을 택했다. 직접 고용한 사설탐정과 함께 증거를 수집하고 용의자 주변을 탐문하기 시작했고, 인권변호사를 만나 법률적 도움을 받았다. 영국 언론의 치밀한 탐사 보도로 영국 경찰과 법원의 인종차별적 관행이 적나라하게 드러났고, 정치인들은 스테판의 억울한 죽음과 그 어머니 도린 로렌스의 투쟁에 주목했다.

논란이 커지자 영국 정부는 1997년 사건진상조사위원회를 구성해 전면적인 재조사를 벌였고, 용의자들의 인종차별적 성향이 범행 동기임을 밝혀내고 경찰에 재수사를 요구했다. 경찰의 재수사 과정에서 새로 도입된 과학적 수사 기법 덕분에 용의자의 옷에서 피해자의 미세한 혈흔과 머리카락 등 추가 증거가 발견되었다. 결국 경찰은 2011년 용의자 두 명을 기소했고, 이들은 종신형을 선고받았다. 사건이 발생한 지 19년 만의 일이었다. 인종차별 문제에 둔감했던 영국인들은 영국 사회가 그동안 '제도적으로 인종차별적(institutionally racist)'이었음을 인정해야 했다. 영국 사회에서 스테판의 죽음은 인종 문제와 관련된 모든 분야에서 중요한 의미를 지니는 상징적인 이슈로 부각되었다. 법원 앞에서 감회를 묻는 기자들에게 그녀는 다음과 같이 대답했다.

"저는 그저 안도하고 있습니다. 마침내 내 아들을 살해한 용의자 두 명이 붙잡혔고, 정의의 심판을 받게 됐다는 점에서 안도합니다."

만일 개인적 원한을 풀 목적이었다면, 그녀는 20년 가까이 힘겨운 투쟁을 지속하지 못했을 것이다. 그녀의 노력으로 인종차별금지법이 수정되고 영국 사회 전체가 인종 문제의 폐해와 심각성에 눈을 떴다. 도린 로렌스는 다른 인종차별 피해자들을 계속 지원했고, 영국 사회를 바꾸는 희망의 아이콘이 되었다. 아들의 이름을 딴 '스테판 로렌스 재단'을 만들어 아들과 같은 소수민족 청소년들이 꿈을 이루도록 지원하는 활동을 전개했다. 도린 로렌스는 영국 사회를 바꾼 정의의 화신으로 영국인들의 의식 속에 각인되었고, 죽은 아들 스테판 로렌스는 영국 사회를 밝게 비추는 작은 촛불로 부활했다.

## No woman, No cry
죽은 아들을 위한 희망의 공간을 만들어 내다

영국 방문객이 가장 선호하는 관광지는 더 이상 런던의 버킹엄 궁전이나 런던 아이(London Eye)가 아니다. 국제적인 인기 관광지인 런던은 살인적인 물가로 악명이 높지만 입장료를 받지 않는 런던의 유명 미술관과 다양한 박물관은 관광객들이 런던을 다시 찾는 이유가 된다. 세계적인 예술가들의 예술 작품을 무료로 감상할 수 있는 테이트모던 미술관은 런던을 찾는 관광객들의 필수 코스 중 하나인데, 이곳에 가면 도린 로렌스와 아들 스테판을 위한 예술 작품을 감상할 수 있다.

나이지리아 출신 부모에게서 태어나 영국 북부의 맨체스터에서 자란 흑인 아티스트 크리스 오필리(Chris Ofili)는 도린 로렌스의 투쟁에 깊은 감명을 받았다. 1998년 그는 영국 사회 곳곳에서 여전한 인종 차별에 맞서 힘겨운 싸움을 벌이는 도린 로렌스를 응원하기 위해 아들을 잃은 어머니의 눈물을 소재로 한 작품 〈여인이여, 울지 말아요(No Woman, No Cry)〉를 창작했다. 자메이카 출신 뮤지션 밥 말리의 노래 제목이기도 한 이 미술 작품에서, 흑인 어머니의 눈에서 흘러내리는 눈물 한 방울 한 방울 속에는 열여덟 나이에 세상을 떠난 아들 스테판의 작은 얼굴이 보석처럼 담겨 있다. 이 작품으로 크리스 오필리는 1998년 터너상 수상의 영예를 누렸고, 2003년에는 베니스 비엔날레 영국 대표 작가로 선정되었다. 취미로 친구과 함께 그림을 그려 넣은 티셔츠가 불티나게 팔릴 정도로 그림에 소질이 있었던 스테판의 꿈이 크리스 오필리를 통해 이루어진 셈이다.

스테판은 고등학생 인턴으로 건축사 사무실에서 일하며 도시 재개발 프로젝트 계획에 참여한 적이 있었는데, 공교롭게도 이 건축사 사무실이 바로 테이트모던 주변 지역에 있었다. 런던 최초의 민선 시장 리빙스턴은 8년간의 재임 기간 중 런던 동부 및 남부의 낙후된 지역을 문화 · 예술을 통해 재활성화하는 정책을 추진했는데, 특히 남부 런던의 서더크(Southwark)에 있는 오래된 화력발전소를 테이트모던 미술관으로 개조하여 주변 지역에 활기를 불어넣고자 했다. 런던을 대표하는 최고 인기 관광지로 부상한 테이트모던 미술관에 스테판을 추모하는 작품 〈여인이여, 울지 말아요〉가 걸림으로써, 영국 국민들뿐 아니라 영국에 온 관광객들도 스테판의 희생과 어머니의 눈물을 함께 기억할 수 있게 되었다.

스테판은 도시 계획에 관심이 많아 그린위치대학 건축과에 입학할 계획이었다. 도린 로렌스가 임시직으로 일한 인연도 있는 그린위치대학 당국은 아들을 위한 그녀의 투쟁을 지원하기 위해 무엇을 해주면 좋겠냐고 물었다. 그녀는 "평소 미술과 건축에 관심이 많았던 아들의 이름을 딴 갤러리가 그린위치대학 캠퍼스에 생기면 좋겠다"는 의견을 전했다. 일회성으로 경제적 지원을 받기보다는 아들을 추모하는 갤러리가 생겨 많은 사람들이 예술 공간을 찾게 되면, 아들의 짧은 삶이 오랫동안 아름답게 기억될 수 있음을 내다본 어머니의 지혜였다.

생전에 스테판은 자선 마라톤 경기에서 선수로 뛰고, 소수민족 공동체를 위한 다양한 활동에 참여하고, 지금 스테판 로렌스 재단이 있는 데퍼드(Depford) 지역의 재활성화 프로젝트를 돕는 등 사회 의식이 강했다. 낙후된 런던 남동부 지역을 변화시키고 싶었던 스테판의 소망은 어머니 도린 로렌스에 의해 계속 이어지고 있다. 스테판 로렌스 재단은 소수민족 청소년이 꿈을 실현할 수 있도록 돕고 그 부모들을 위한 일자리와 직업 교육을 제공하는 등 런던의 저소득층 가정과 청소년들을 도우며 희망의 공간을 계속 넓혀 가고 있다.

나이지리아 출신 흑인 아티스트 크리스 오필리의 〈여인이여, 울지 말아요〉. 눈물 속에 스태판의 얼굴이 보인다.(위) 미술과 건축에 관심이 많았던 스태판은 낙후된 남동부 지역의 도시 개발 프로젝트에 인턴으로 참여한 적도 있다.

## 런던 올림픽으로 런던의 풍경이 바뀌다

2012년 올림픽 유치 도시를 선정하기 위한 IOC 총회가 2005년 싱가포르에서 개최되었다. 런던을 비롯해 뉴욕, 파리 등의 쟁쟁한 도시들이 모두 유치를 희망했지만, 다양한 나라에서 온 이민자들로 구성된 다문화 도시 런던의 장점을 홍보하고 제3세계 출신 위원들에게 지지를 호소한 런던이 올림픽 개최권을 따냈다. 런던이 2012년 개최 도시로 선정된 배경에는 감동적인 프리젠테이션의 힘이 컸다. 런던 동부 빈민가의 한 흑인 어린이가 올림픽 경기장에서 뛰고 싶다는 꿈을 꾸면서 시작되는 이 영상물은 전 세계에서 온 이민자들이 열악한 환경에서 살아가는 런던 동부 지역에 올림픽 경기장이 들어서고 낙후된 지역이 개발되면, 가난한 이민자들과 소외 계층 어린이들에게 큰 도움이 될 것이라는 희망의 메시지를 담고 있었다.

올림픽 개최 준비가 한창이던 2008년, 세계 금융 위기로 경기장 건립 계획이 조정되는 등 재원 조달에 어려움이 생기고 부동산 개발업자들과 주민들의 갈등도 불거지면서 비판과 우려의 목소리가 높아졌다. "무늬만 소외 계층을 위하고 지속 가능한 개발을 지향하는 것이다. 돈벌이에 혈안이 된 상업화된 올림픽이 될 것이다. 올림픽 효과가 정말 런던 동부의 소외된 유색인종들에게까지 돌아가겠냐. 결국 대기업과 개발업자만을 위한 올림픽이 될 것이다."

하지만 대니 보일 감독이 연출한 2012년 여름 런던 올림픽 개막식은 영국 내부의 냉소적인 분위기를 한 방에 날려 버렸고, 영국의, 영국을 위한, 영국에 의한 올림픽이라는 찬사를 받았다. '경이로운 영국 (Isles of Wonder)'이란 주제하에 NHS(National Health Service)를 이끌어 온 간호사부터 여성참정권 운동가, 비참한 환경에서 일했던 청소년, 이민 노동자들을 등장시켜 영국 사회가 얼마나 진지하게 정의와 평등의 원칙을 고민하고 더 나은 사회가 되기 위해 계속 노력하고 있는지를 잘 보여주었다. 영국의 가장 '일반적인' 가정이라는 강조와 함께 흑백 결합 가정이 나오고 젊은이들의 자유로운 군무가 반전 평화의 상징을 만드는 가운데, 동성애를 다루었던 텔레비전 드라마 장면이 배경으로 묘사되었다. 당초 유명 스타나 인사가 마지막 성화 봉송 주자로 나설 것이라는 예상을 깨고 마지막 성화 봉송 주자로 다양한 인종으로 구성된 평범한 유소년들이 등장하기도 했다.

스포츠뿐 아니라 영국의 역사, 문화, 예술적 역량을 총집결한 행사, 영국의 다양한 인종과 사회계층을 아우르는 축제로 승화된 런던 올림픽의 하이라이트는 도린 로렌스가 세계의 VIP들과 함께 올림픽기를 나르는 장면이었다. 한국 언론은 반기문 UN 사무총장만 주목하고 도린 로렌스는 이름만 간단히 소개했지만, 개막식에서 흰색 정장을 입고 올림픽기를 나르는 그녀를 보고 가슴이 먹먹할 정도로 감동을 받았다는 영국 사람들이 많았다. 영국 정부가 하는 모든 일에 대해서 비판적이고 냉소적인 지식인들조차 런던 올림픽의 진정성을 믿게 되고 자신이 영국인이어서 자랑스럽다고 말했다. 도린 로렌스는 런던 올림픽의 진정한 주인공으로 영국인들의 마음에 강한 인상을 남겼다.

아들 스테판 같은 젊은 예술가들을 발굴하여 그들의 작품을 주로 소개하는 스테판 로렌스 갤러리는 그린위치대학에서도 가장 전망이 좋은, 템스 강이 보이는 건물에 들어서 있었다. 방문할 당시에 젊은 여성 예술가들의 작품이전시되어 있었는데, 마침 갤러리에 있었던 그린위치대학 미술사 전공 교수이자 큐레이터인 노교수(왼쪽 위)의 안내를 받아 대학 캠퍼스에 있는 스테판 로렌스의 흔적을 더 찾아볼 수 있었다. 촛불이 밝혀져 있는 성당(맨 위), 로렌스 모자를 그린 예술 작품이 걸려 있는 방(옆 쪽) 등 추모의 공간들이 캠퍼스 여기저기 숨어 있었고, 심지어 스테판 로렌스 빌딩(오른쪽 위)도 있을 정도이니⋯⋯ 어머니의 끈질긴 노력으로 스테판은 사후에라도 그린위치대학의 일원이 되었다.

# 시련을 홀로 이겨 내고,
# 나비로 다시 태어나다

도린 로렌스는 아들이 죽은 뒤에도 개인적으로 큰 아픔과 시련을 더 겪어야 했다. 아들이 죽자 삶의 의미를 잃어버린 남편 네빌이 전혀 다른 사람으로 변한 것이다. 아들이 살해당한 도시이자 슬픔으로 가득한 런던에서 더 이상 살아갈 수 없었던 네빌은 1999년 도린과 이혼하고 고향 자메이카로 돌아가 버렸다. 아들의 죽음과 관련된 진실이 밝혀지고 정의가 실현될 때까지는 아무리 힘들어도 자메이카로 돌아갈 수 없다고 생각한 도린은 그 후 홀로 모든 일을 견뎌 내야 했다. 보통 사람들은 상상하기 힘들 만큼 극도로 고통스러운 일들이 계속 발생했지만, 도린은 우아함을 잃지 않으며 정의를 위한 캠페인을 꾸준히 전개했다.

아들을 잃은 슬픔을 딛고 일어나 영국 사회에서 인종차별을 금지하는 정책을 만들어 내고, 더 나아가 영국 전체를 더욱 정의로운 곳으로 바꾸는 에너지로 승화시킨 도린 로렌스. 아들의 죽음이 헛되지 않게 진실을 밝히고 정의를 바로 세우겠다는 절박한 심정에서 시작한 투쟁은 아들과 같은 소수민족 청소년들이 꿈을 이루도록 돕는 캠페인으로, 그리고 인종차별 철폐를 위한 정책으로 확장되었다. 사랑하는 아들의 죽음에 '죄 없는 이의 숭고한 희생(ultimate sacrifice)'이라는 의미를 부여하고, 고통과 슬픔을 영국 사회를 바꾸는 희망의 에너지로 전환하려는 어머니의 노력에 영국인들은 경의를 표했다. 아들을 떠나보내고 남편마저 잃은 한 흑인 어머니의 눈물로 인종차별적인 영국 사

올림픽 경기장이 들어선 후 변화된 런던 동부 지역(위). 런던 올림픽은 소외된 계층을 돕고 지속 가능한 개발을 지향한다는 캐치프레이즈로 세계의 주목을 받았다. 런던 올림픽에서 만났던 밝은 얼굴의 유색인종 청소년들(아래).

회가 조금씩 바뀌기 시작했고, 도린 로렌스는 영국이 계속 더 나은 사회로 진화할 수 있다는 희망의 증거가 되었다.

스테판 로렌스 살인 사건의 마지막 판결이 내려진 2012년 1월 도린 로렌스는 다음과 같이 소감을 밝혔다. "너무나 오랫동안 힘들었는데 이제야 새 삶을 시작할 수 있을 것 같습니다. 힘겨운 과거에서 벗어나 다시 한 번 제 삶을 살아 보렵니다."

자신에게 닥친 엄청난 고통을 직면하고 상처를 극복하려면 큰 용기와 강한 정신력, 정확한 판단력, 사회적 상상력이 필요하다. 그녀는 자신에게 닥친 고난을 이겨 내는 과정에서 자신처럼 고통받는 사람들을 떠올리고 그들의 눈물을 닦아 주며 영국을 더 나은 곳으로 만들기 위해 힘을 모았다. 죽은 아들이 더 많은 사람들에게 오래 기억될 수 있도록 아름다운 추모의 공간을 만들어 내고 영국 사회에서 아들이 하고 싶었던 일들을 하나씩 실현해 나가며 희망의 꽃씨를 계속 심어 왔다.

도린 로렌스를 만나다
## 깊은 절망을 이겨 낸 어머니의 미소

도린 로렌스와의 개인 인터뷰를 성사시키기 위해 1년 가까이 공을 들였건만, 영국에서 가장 유명하고 바쁜 인사가 된 그녀를 만나기란 쉽지 않았다. 영국을 떠나기 바로 전날, "나의 행복한 공간이 궁금하다는 한국의 지리학자를 꼭 만나고 싶다"는 연락을 갑자기 받았다. 우여곡절 끝에 스테판 로렌스 재단에 있는 그녀의 사무실에서 드디어 인터뷰가 시작되었다.

"19년 동안 고통스럽고 힘든 시간을 보내셨잖아요. 특히 법정이라는 공간이 사람을 참 지치게 하지요. 삶의 에너지가 떨어졌을 때 찾아가 위로를 받는 치유의 공간, 비밀의 화원이 있나요?"

"아. 정말 좋은 질문이에요. 나는 많이 힘들 때 고향 자메이카에 가요. 나를 키워 주신 할머니와 아들 스테판이 잠들어 있는 무덤에 가면 그렇게 마음이 편안할 수가 없어요. 무덤가 언덕에서 내려다보는 풍경이 정말 아름답니다. 스테판을 대신해서 남은 생을 더 열심히 살아 내야겠다는 다짐을 해요."

"요즘은 언제, 어디서 가장 행복하세요?"

"이제 저도 할머니가 되었답니다. 런던에서 손주들과 함께 시간을 보낼 때면 잠깐이나마 모든 고통을 완전히 잊을 수 있어요. 천진난만한 아이들을 보고 있노라면…… 행복감이 밀려와요."

그녀는 사무실에 걸려 있는 손주들의 그림을 가리키며 환한 미소를 지었다.

"앞으로 개인적으로 해보고 싶은 일이 있나요?"

"아…… 여행을 많이 다니고 싶어요. 김이재 교수의 안내로 동남아시아나 한국도 가보고 싶네요."

깊은 절망을 이겨 낸 도린 로렌스의 밝은 미소와 행복한 모습을 보니, 나도 어떤 고난과 시련이 닥쳐도 담담하게 이겨 낼 수 있을 것 같다는 희망이 생겼다.

## "도린 로렌스는 현대 영국의 영웅이다"

2013년 4월 22일은 열여덟 살이었던 스테판이 세상을 떠난 지 딱 20년 되는 날이었고, 교회에서는 추모 예배가 진행되었다. 이 자리에는 데이비드 캐머런 수상과 보리스 존슨 런던 시장, 에드 밀리밴드 노동당 당수 등 진보 진영과 보수 진영을 가리지 않고 영국을 대표하는 유명 인사들이 참석했다. 이들은 모두 도린 로렌스가 영국 사회에 기여한 공로를 치하하고 스테판의 희생이 헛되지 않도록 함께 계속 노력해 나갈 것을 다짐했다.

도린 로렌스와 인터뷰를 하고 바로 며칠 뒤 그녀의 환한 얼굴이 영국 신문의 1면을 장식했다. 영국 정부가 노동당의 추천을 받아 도린 로렌스에게 남작 작위를 수여하고, 그를 상원의원에 지명한다고 발표한 것이다. 이제 자메이카 클래런던의 로렌스 남작(Baroness Lawrence of Clarendon, of Clarendon in the Commonwealth Realm of Jamaica)으로 불리게 된 도린 로렌스는 매우 예외적으로 영연방의 일원인 자메이카의 지명을 딴 최초의 인물이 되었다. 그녀를 상원의원으로 지명한 노동당은 성명서를 통해 그녀의 새로운 역할에 기대감을 표했다. "도린 로렌스는 현대 영국의 영웅이다(a hero of modern Britain). 인권운동가 도린 로렌스가 정의를 위해 보여준 강인함과 용기는 인종차별주의 철폐에 큰 영향을 주었다. 그녀는 영국을 더 나은 국가로 바꾸었고 앞으로도 계속 변화시킬 것이다."

낙후된 남동부 지역의 재활성화 프로젝트와 소수민족 청소년들의 꿈을 실현할 수 있도록 돕는 스테판 로렌스 재단. 아들을 잃은 슬픔을 자신처럼 고통받는 사람들을 위한 긍정적인 에너지로 승화시켜 영국 사회에서 인종차별을 금지하는 정책을 만들어 낸 도린 로렌스(아래).

## 텐진 빠모 스님
Tenzin Palmo

———

## 나를 사랑할 공간이 필요하다

**또 한 명의 영국 여자를 만나다**

2013년 11월 한국을 방문한 텐진 빠모 스님을 사흘 동안 가까이에서 뵙고 말씀을 나눌 기회를 가졌다. 텐진 빠모 스님은 세상을 "아름다운 영적 몸매를 가꾸고 근육을 기르기 위한 헬스장"에 비유했다. 불행이 없는 편안하고 안락한 삶에서는 영적 근육이 흐물흐물해져 볼품없어지지만, 거듭되는 불행의 무게를 잘 견디고 영적 근육을 계속 단련하다 보면 멋진 영혼을 갖고 깨달음의 경지에 도달할 것이라는 희망의 메시지였다. 연약해 보이는 외모이지만 누구보다 맑은 미소와 빛나는 눈을 지닌 텐진 빠모 스님에게서 그동안 열심히 탐구한 영국 여성들의 모습을 모두 볼 수 있었다.

엘비스 프레슬리를 좋아하던 발랄한 런더너였던 텐진 빠모 스님은 스무 살 나이에 편안한 런던 생활에 머물지 않고 영적 스승을 찾아 용감하게 먼 길을 떠났다. 그녀는 진리를 구하는 수천 명의 티베트 불교 수도승들 사이에서 유일한 여성으로서 극심한 차별과 고통을 겪었는데, 마치 "진리로 가득한 맛있는 음식을 잔뜩 차려 놓고는 그 음식에 접근하지 못하도록 유리벽으로 막고 있는" 느낌이었다고 고백한다. 외부 세계와 철저히 차단된 좁은 동굴 속에서 제대로 눕지도 먹지도 못하는 금욕 생활을 자발적으로 선택한 후 죽음의 위기를 여러 번 겪기도 했지만, 오히려 그녀는 자연과 교감하고 깨달음을 얻어 가는 과정이 진정 행복했다고 한다. 결국 그녀는 서양 여성으로서는 최초로 티베트 불교의 계를 받았다.

히말라야 설산의 좁은 동굴에서 장좌불와(누워서 자지 않는) 수행을 12년간 했던 텐진 빠모 스님도 이 책에 등장하는 빅토리아시대 영국 여성들처럼 몸이 아파 학교에 자주 결석하던 병약한 소녀였다. 어릴 때부터 런던이나 맨체스터 같은 대도시는 왠지 불편하고 답답했다는 베아트릭스 포터나 이사벨라 버드 비숍처럼 스님도 번잡한 런던보다는 소박한 시골 마을, 아름다운 자연에 더 끌렸고 여행을 하면 아픈 몸과 마음이 치유되었다. 실제로 런던에 살 때는 재발되는 질병으로 고생을 많이 했지만 히말라야에서는 티베트 불교의 남자 수도승도 힘들다는 동굴에서의 고행을 견뎌 내는 강인한 여성으로 변모했다. 텐진 빠모 스님의 영적인 깨달음을 위한 "Not for Turning(돌아보지 않기)"의 뚜렷한 목표 의식은 대처를 닮았다(물론 두 사람이 추구하는 방향은 정반대였지만). 또한 어떤 고통에서도 긍정적인 측면을 찾으려 노력하고 절망을

희망으로 바꾸는 스님의 정신적 공력은 도린 로렌스를 연상시킨다.

이 책의 마무리를 위해 부처가 보낸 선물이라는 생각이 들 정도로 텐진 빠모 스님의 삶과 장소의 인연은 이 책에 나오는 영국 여성들과 긴밀하게 연결되어 있었다. 1943년 태어난 텐진 빠모 스님이 출가 전 20년을 보낸 런던 이스트엔드의 올드 베스널 그린로드(Old Bethnal Green Road) 72번지는 매우 특별한 장소다. 트레이시 에민은 바로 옆 베스널 그린로드에 친구와 '숍(Shop)'을 열었고, 조앤 K. 롤링은 근처의 런던 앰네스티에서 일하며 고통받는 사람들과의 공감 능력을 길렀다. 또한 2012년 런던 올림픽의 혜택을 가장 많이 받은 이 지역은 런던 남동부의 유색인종·소수민족 출신 청소년들을 돕는 도린 로렌스의 희망의 공간과도 겹친다. 텐진 빠모 스님은 런던대학의 SOAS(School of Oriental African Studies)에서 연구 보조원으로 일했는데, 애거서 크리스티의 고고학자 남편이 그곳 교수였으니 대학 어디선가 애거서와 서로 마주쳤을지도 모른다. 또한 텐진 빠모 스님이 런던에서 가장 좋아했던 공간인 대영박물관은 버지니아 울프가 작가로서 재능을 꽃피운 블룸즈버리 집과 산책 코스였던 고든 스퀘어와 매우 가깝다.

환경 운동에 관심이 많은 제인 구달은 2006년 서울의 화계사를 찾아 사찰 음식으로 발우공양 하고 채식을 장려하는 불교문화를 높이 평가했으니, 인간뿐 아니라 모든 생명체를 사랑하라는 텐진 빠모 스님의 가르침과 크게 다르지 않다. 중생이 깨달음에 이르도록 돕고 싶은 텐진 빠모 스님의 자비심은 정의롭고 아름다운 세상을 꿈꾼 애니타 로딕의 따뜻한 마음과도 통한다. 남녀 차별적인 계율이 강했던 티베트 불교를 변화시키고 전 세계의 후배 여성 불자들이 비구니가 될 수 있는 교육 기회를 넓히는 일에 관심이 많은 텐진 빠모 스님을 불교계의 비비안 웨스트우드, 버지니아 울프라고 해도 좋지 않을까?

## 마음이 중요한 만큼 공간도 중요하다

올해 일흔 살인 텐진 빠모 스님이 서울의 한 사찰에서 설법을 위해 높은 자리(사자좌)에 올라가는 도중 갑자기 제지가 들어왔다. 비구니 스님에게 투표권이 없는 한국 불교계에서 비구니 스님들이 설법의 자리에 오르는 것은 매우 드문 일이라고 한다. 내공이 깊은 텐진 빠모 스님은 전혀 개의치 않고 준비된 단상에서 설법을 계속했지만, 나는 오랜 비구니 전통을 자랑하고 교육체계가 훌륭한 한국 불교계에 아직도 여성 차별적인 공간 구조와 계율이 남아 있다는 사실에 충격을 받았다.

"어디에서건 자신의 마음이 중요합니다. 세상의 모든 변화는 행복한 나의 마음에서 시작됩니다."

텐진 빠모 스님은 마음의 중요성에 대해 말씀하셨지만, 나는 그녀의 지리적 선택에도 주목하고 싶다. 그녀처럼 어릴 때부터 영적으로 깨어 있고 훌륭한 심성을 가진 여성조차 수행을 위한 절대 고독의 공간,

12년간 그 누구의 방해도 받지 않고 홀로 수행에 정진할 수 있는 동굴이 필요했다. 그러고 보니 예수도 부처도 마호메트도 특별한 장소에서 기도하고 진리를 깨닫기 위해 긴 여행을 떠났다. 종교인뿐 아니라 평범한 사람들도 심신이 편안해지는 장소, 깨달음을 얻기 위한 행복한 장소, 참된 스승을 만나고 정신을 고양하는 체험을 심화하기 위한 여행이 필요하지 않을까?

설법이 끝나자 한 여성이 손을 들고 일어나 스님께 간절히 도움을 청했다.

"친구가 큰 충격을 받고 갑자기 쓰러져 정신병원에 있습니다. 몇 달째 계속 약을 먹고 치료를 받지만 차도가 별로 없는 것 같습니다. 친구로서 그녀를 돕고 싶은데, 어떻게 해야 할지 모르겠습니다."

"병원에서 벗어나 자연이 아름다운 곳을 찾아가 보는 것은 어떨까요? 자연은 우리의 아픈 몸과 마음을 치유하는 능력이 있습니다. 여러분도 삭막한 도시를 떠나 자연 속에서 조용히 명상을 해보시길 권합

니다."

유명한 사찰이나 명상·기도를 위한 종교적 공간들은 모두 자연이 아름다운 곳에 있다. 텐진 빠모 스님이 좋아하는 이탈리아 아시시에 있는 수도원도 치유와 깨달음의 장소로 유명하다. 최근에는 '공간이 마음을 치유한다'는 메시지를 담은 과학 서적까지 나오는 걸 보면상처받은 몸과 마음을 치유하는 데 지리와 장소는 여전히 중요하다는생각이 든다.


## 한국 여성들에게 지리학자가 건네는 작은 위로

한 여성이 텐진 빠모 스님에게 다가와 자신의 고통을 토로하며 지혜의 말씀을 구했다.

"어머니를 용서하고 싶습니다. 하지만 너무 힘이 듭니다. 어머니가추운 겨울, 남들이 보는 앞에서 저에게 찬물을 끼얹고 따귀를 때리셨습니다. 어린 저는 너무나 큰 충격을 받았고, 트라우마에서 헤어 나오려 아무리 노력해도 잘 안 됩니다. 명상을 해도, 무엇을 해도 집중이잘 안 됩니다. 어머니에게 받은 상처에서 벗어나려고 평생 애쓰다 제인생이 허무하게 끝나 버릴 것 같아 두렵습니다. 정말 한 발자국도 앞으로 나갈 수가 없습니다."

스님은 그녀에게 진심 어린 위로를 건넸다.

"어머니를 용서하세요. 당신은 할 수 있습니다. 당신 자신을 있는그대로 받아들이고 사랑하세요. 비슷한 아픔을 가진 여성들과 함께모여서 이야기를 나누어 보세요. 그것만으로도 큰 힘이 될 거예요."

불교에서는 모든 인연을 전생의 업으로 해석한다. 하지만 "다음 생에도 너의 어머니로 태어나 네가 깨달음을 얻도록 돕고 싶다"고 응원한 어머니를 두었던 텐진 빠모 스님이 고약한 성격의 어머니를 둔 딸의 아픔에 완전히 공감하기는 어려우리라는 생각이 들었다. 어쩌면 남성의 몸으로 태어난 부처, 예수, 달라이 라마가 직접 한국에 와서 상담을 한다 해도 한국 여성들이 겪고 있는 민감한 감정적 문제를 이해하고 구체적인 조언을 하기는 힘들지 않을까? 나는 그녀에게 베아트릭스 포터와 버지니아 울프의 이야기를 조용히 들려주고 싶었다.

"이제 당신은 성인이니, 어머니로부터 되도록 멀리 떨어져 자신만의 공간을 만들어 가는 건 어떨까요? 어렸을 때 당신이 소중하게 생각했던 '비밀의 화원'은 어디였나요? 당신이 쉽게 행복해지는 공간을 발견하고 그곳에서 보내는 시간을 늘리는 것도 좋은 방법일 것 같아요. 런던의 부잣집 딸 베아트릭스 포터도 독선적인 어머니 때문에 많이 힘들었고, 마흔 살까지 정말 되는 일이 없었답니다. 하지만 중년의 나이에 용감하게 시골로 이사 가서, 어릴 적 꿈을 이루고 사랑을 만나 행복해졌어요. 영국의 유명한 여류 작가 버지니아 울프, 이름은 들어보셨죠? 그녀도 어린 시절 가족들에게 받은 상처로 많이 괴로워했어요. 아픈 몸과 마음을 치유하기 위해 자연이 아름다운 곳, 어린 시절 행복했던 장소를 열심히 찾아다녔답니다. 어머니에 대한 슬픈 추억, 어린 시절의 아픔을 소재로 치열하게 글을 써서 위대한 작가가 되었고, 아팠던 몸과 마음도 건강해졌답니다. 당신은 어머니의 아픈 기억으로부터 벗어나기 위해 이미 충분히 고통스러웠고, 명상을 통해 마음의 근육을 키워 놓았으니 어디를 가도 잘 적응하고 쉽게 행복해질 수 있을 거예요."

또 다른 여성이 울먹이며 텐진 빠모 스님에게 질문을 던졌다.

"아…… 한국에서 여자로 태어난 것이 너무나 힘들어요. 제가 남자로 태어났으면 이 모든 고통을 겪을 필요가 있었을까요?"

텐진 빠모 스님은 안타까워하며 강한 어조로 설파하셨다.

"여자라서 못 할 일은 아무것도 없습니다. 남자들이 우리보다 하나 더 가지고 있는 것이 있는데…… 바로 교만입니다. 문제 많은 남자로 태어나지 않은 것에 감사하십시오. 여자의 몸으로 우리는 모든 것을 할 수 있고, 우리가 소망하는 것을 다 이룰 수 있습니다. 힘을 내세요."

지당한 말씀이다. 특히 여성의 몸으로 붓다가 되리라, 많은 생애를 거쳐서라도 꼭 여성의 몸으로 깨달음을 얻으리라는 서원을 하고 평생 치열하게 노력해 오신 분이시기에 그 말씀은 더 강력하게 다가왔다. 하지만 나는 같은 한국 여성으로서 그녀에게 좀 더 구체적인 조언을 더해 주고 싶었다.

"한국은 성격차지수로 볼 때 111위로 최하위권에 속하는 국가입니다. 우리보다 남녀 차별이 심한 나라는 전 세계에 별로 없습니다. 있다면 사우디아라비아 정도일 겁니다. 절망스럽다고요? 아니오. 이것은 당신에게 희망의 메시지입니다. 전 세계의 웬만한 국가, 즉 110개국 어디에서든 당신은 한국에서보다는 편안하게 느낄 확률이 높습니다. 당신은 그동안 한국에서 여성으로 태어나 고생하며 사셨기 때문에 이미 충분히 마음의 수련이 되었을 듯합니다. 세계 어디를 가도 당신은 한국에서보다는 쉽게 꿈을 이루고 행복해질 수 있을 겁니다. 아무리 애를 써도 한국에서 여성으로 살아가는 것이 너무 힘들다면……마음이 끌리는 나라로 한 번 여행을 떠나 보는 건 어떨까요? 19세기에 태어난 영국 여성 이사벨라 버드 비숍은 환갑이 넘어 떠난 한국 여행을 통해 아픈 몸과 마음을 치유하고 최초의 여성 지리학자, 베스트셀러 작가가 되었답니다. 텐진 빠모 스님도 고향인 영국 런던을 떠나 히말라야 산지에 가셨기 때문에 좋은 스승을 만나고 깨달음을 얻으셨잖아요. 만일 겨울의 추위를 잘 견디실 수 있다면, 세계에서 가장 양성평등적인 나라, 아이슬란드를 지리학자로서 추천해 드리고 싶습니다."

### 나비 같은 영국 여자들처럼……

책을 쓰는 과정에서 텐진 빠모 스님을 비롯해 좋은 사람들을 만나는 행운이 계속 이어졌다. 특히 2012년 11월 최재천 교수 연구실에서 제인 구달과 한 시간 넘게 집중 인터뷰를 할 수 있었는데, 며칠 뒤 인도네시아 수마트라를 소개하는 다큐멘터리 프로그램에 출연하기로 되어 있던 내게 그녀는 유인원과 친해지는 노하우를 전수해 주었다. 또한 제인 구달은 한국에서 연예인 이효리와 특별한 인연을 맺었다. 화려한 연예인 생활 속에서 외모만 가꾸고 소비를 우선하는 삶을 살기 쉬운데, 그녀는 늘 환경을 생각하고 동물의 복지를 챙긴다. 그런 아름다운 마음은 제인 구달을 만나면서 더욱 빛이 난다. 서울 중심부가 아닌 제주도 자연 속에서 소박한 결혼식을 올리고, 신혼여행도 유럽과 아이슬란드로 떠난 그녀는 꿈을 실현하고 사랑을 찾는 방법을 제인 구달로부터 특별히 전수받았는지도 모르겠다.

이제 11명의 영국 여자들과 함께한 여행을 마쳐야 할 시간이다. 지리적 상상력으로 위기와 장애물을 극복한 영국 여자들, 지리적 의사결정을 잘 내리고 용감하게 실행한 그녀들이 진심으로 존경스러웠고 눈물 나게 부러웠다. 무엇보다 고달픈 애벌레, 절망적인 번데기 시절을 홀로 잘 견디고 화려하게 부활한 나비 같은 영국 여자들과 함께 울고 웃을 수 있어 행복했다. 책을 쓰기 위해 멋진 영국 여자들을 직접 만나 이야기를 나누고 그녀들의 추억이 담긴 특별한 장소를 열심히 찾아다니다 보니, 어느새 나도 영국 여자가 다 되어 가고 있었다. 그녀들의 꿈과 사랑, 슬픔과 기쁨, 고통과 보람을 직·간접적으로 체험하는 과정을 거치며 예전보다 내가 좀 더 강해졌음을 느낀다. 껍질을 깨고 나오기 위해 알 속에서 치열하게 노력한 새만이 날개를 활짝 펴고 우아하게 하늘을 날 수 있게 된다. 아…… 나도 세상을 멋지게 날고 싶어졌다.

지리로 운명을 바꾸고 세상을 아름답게 변화시킨 영국 여자들처럼.

| 감사의 글 |

애브릴 매드럴(Avril Maddrell), 도린 매시(Doreen Massey), 리즈 테일러(Liz Taylor), 매슈 갠디(Matthew Gandy), 스티븐 스코펌(Stephen Scoffham), 스티븐 카원(Steven Cowan), 수 버밍엄(Sue Bermingham) 등 영국 학자들은 영국 사회의 빛과 그림자를 내게 솔직하게 보여주고 영국 문화에 대한 통찰력을 길러 주었다. 숙명여고 김준호 선생님, 서울대 이기석 · 김종욱 · 류재명 · 이정만 교수님은 나를 흥미로운 지리학의 세계로 이끌어 주셨다. 박은혜 · 최진영 · 조은지 · 박주연 · 조현아 · 장수련 · 이지영 · 조예림 · 송영근 · 박미림은 책에 쓰일 사진 작업을 도와주었고, 전시경 · 김여량 · 유미리 · 류수지 · 정경미는 한국 여성으로 갖는 고민과 희망을 함께 나누었다. 늘 영감을 주는 존재, 애슐리(Ashley)는 영국 여자들의 자취를 따라가는 답사에서 내게 영국인에 대한 다양한 경험과 생각을 들려주었다. 젊은 시절 아픈 내게 세계 여행을 처방하고 나비처럼 멋지게 날기를 진심으로 바랐던 현명한 의사가 있었다. 故 토마스 황 님께 고마운 마음을 전한다.

치열하게 그리고 우아하게

초판 1쇄 발행 2014년 1월 10일
초판 4쇄 발행 2014년 12월 7일

지은이 | 김이재
펴낸이 | 연준혁

출판3분사 | 정보배, 엄정원
제작 | 이재승
디자인 | 석운디자인

펴낸곳 | ㈜위즈덤하우스　출판등록 | 2000년 5월 23일 제13-1071호
주소 | (410-380) 경기도 고양시 정발산로 43-20 센트럴프라자 6층
전화 | (031)936-4000 팩스 (031)903-3895
홈페이지 | www.wisdomhouse.co.kr　전자우편 wisdom1@wisdomhouse.co.kr
종이 | 월드페이퍼　인쇄 · 제본 | ㈜현문

글ⓒ김이재, 2014　본문 사진ⓒAshley Kim & Kimeje, 2014

값 14,800원
ISBN 978-89-6086-644-7 03810